Marthe macht Ferien an der Côte d'Azur. Dort begegnet die verheiratete Schweizerin dem jungen Fischer Marceau, und die Liebe bricht wie eine Naturgewalt über die beiden herein. Für kurze Zeit gibt sich das ungleiche Paar dem Liebesrausch hin. Doch als Marthe ein Jahr später zurückkehrt, ist auch Marceau verheiratet. Einzig sein Bruder, der Marthe wie ein Doppelgänger ihres Geliebten vorkommt, lässt sie weiterträumen, bis die Liebe im dritten Sommer endgültig erlischt.

Meerauge ist aufgebaut wie ein Triptychon: Der mittlere, umfangreichste Teil schildert die sommerliche Liebesidylle, während der erste und der dritte Teil Erinnerung, Verlust und Einsamkeit thematisieren. Zu Billes Lebzeiten unveröffentlicht, erschien *Meerauge* 1989 postum in einer von ihrem Ehemann Maurice Chappaz stark gekürzten Version. Die Herausgeberin und Übersetzerin Lis Künzli skizziert in ihrem Nachwort, wie sehr *Meerauge* S. Corinna Bille am Herzen lag und wie viel sie von ihren eigenen Provence-Erlebnissen ungefiltert in den Roman einfließen ließ.

S. Corinna Bille

Meerauge

Roman

Aus dem Französischen
und herausgegeben
von Lis Künzli

EDITION BLAU
Rotpunktverlag

Inhalt

DRITTER TEIL

Der Schatten

NACHWORT

»In Wahrheit bin es immer ich.«

Ich brauche eine kleine Sprache,
wie Liebende sie verwenden.

VIRGINIA WOOLF

ERSTER TEIL

Der Doppelgänger

I

Als wäre er tot, dachte sie. Diese Abwesenheit auf den Wegen und Stränden, wo er immer gewesen war. Inzwischen wagte sie es wieder, in die Menschenmenge zu blicken. Die ersten Tage hatte sie sich nicht getraut, so sehr fürchtete sie, ihn vor sich auftauchen zu sehen. Und was dann? Aber von all diesen Leuten glich ihm niemand, trug niemand dieses strahlend weiße Unterhemd, diese blaue, über das Fußgelenk gekrempelte Leinenhose. Ein Fußgelenk, das so dünn war, dass Marthe es mit dem Daumen und dem längsten Finger beinahe umfassen konnte.

Am sonntäglichen Meer gingen vier Jugendliche in weiten, schmutzigen Kimonos aufeinander los. Mit ihren kribbeligen Füßen spritzten sie ihr Sandkörner in die Augen, und sie schimpfte leise. Man klärte sie auf, dass dieser eigenartige Kampf Judo hieß. Doch dann zog ein Pärchen etwas weiter weg Marthes Aufmerksamkeit auf sich: Der Mann hielt ein Laken vor ein junges Mädchen gespannt, um es vor den Blicken zu schützen. Einzig ihr hübscher Kopf war, wie auf einem Altar, zu sehen, und hinter dem Tuch wollte das Anziehen, das Zuknöpfen des Rocks, das Glattstreichen der Bluse kein Ende nehmen; schließlich hielt der Mann dem ausdruckslosen Gesicht einen Spiegel hin.

Ob Marceau mit seiner Frau auch so ist? Nein, sagte sie sich.

Um den großen Strand zu meiden, kletterte sie am nächsten Tag zur Pointe-du-Vaisseau hinauf, an deren Klippen sich die Wellen teilten, und von dort zum nächsten Strand hinunter. Hier war es ... Sie beugte sich über eine kleine Arena im Sand. Hier hatte er sie geliebt. Doch sie setzte sich weiter weg, wandte sich von der Stelle ab wie von einem Grab. Die junge Frau spürte in dieser Umgebung ein seltsames, verwirrendes Wohlgefühl. Der Nebel, der an dem Junimorgen die Küste einhüllte, schirmte sie von der übrigen Welt ab. Die nahen Schreie zweier junger Burschen störten sie so wenig wie die der Seemöwen; die nackten Körper der beiden stachen aus dem Dunst hervor, sie bewarfen einander lachend mit Tang. Der eine hatte schwarze, der andere rote Haare. In welcher Sprache redeten sie? Sie lauschte ihren schrillen Stimmen, ohne es herauszufinden. Wo der Schleier aufriss, funkelte das Wasser, und die feuchte Berührung der Sonne brannte auf ihrer Haut. Für Momente kam es ihr vor, als hätte sie leichtes Fieber.

Sie hatte den alten Fischer Demetria, der in der Pension Eisblöcke verkaufte, überredet, sie mitzunehmen, wenn er entlang der Küste seine Langleine auslegte. Vom Meer aus konnte Marthe endlich die bisher verborgen gebliebenen Hügel und Strände in ihrer ganzen Ausdehnung sehen. Von Pinien eingezäunt, zog das Annuntiatinnenkloster der unsichtbaren Nonnen vorbei, dann das Violett der Bougainvilleen, das Rothschild-Schloss und das Anwesen, auf dem Eisenbahnerkinder aufgenommen wurden. Sie lächelte den blau-weiß gestrichenen Hütten zu, welche die Combe-aux-Sources emporkletterten. Um ihr eine Freude zu machen, lenkte Demetria sein Boot zum schwarzen Wasser bei der Sainte-Madeleine-Höhle.

»Ist es tief?«, fragte sie.

»Na und ob das tief ist!«

Einmal meinte sie ihn vom Boot aus unter dem großen Felsen – sein Schlupfwinkel – zu sehen, aber der Mann war mit zwei Frauen und Kindern zusammen. Das ist er nicht, dachte sie.

Wie Menschen, die in ihrem Wahn den Tod eines geliebten Wesens anzweifeln und immer weiter auf ihn warten, konnte sie nicht glauben, dass es aus war. Marceau sollte sie nicht mehr lieben? Sie würde ihn nie mehr wiedersehen? Ein Teil von ihr verweigerte sich dem Offenkundigen.

Einmal hörte sie es früh am Morgen an ihre Zimmertür klopfen, und sie sah, wie sich der Griff langsam nach unten senkte, doch sie hatte mit dem Schlüssel abgeschlossen. »Wer ist da?« Keine Antwort. Eine heftige Erregung ergriff sie, dabei gab es keinen Grund dafür, Marceau war nie ins Hotel gekommen. Jemand musste sich im Zimmer geirrt haben. Es klopfte leise an andere Türen, Worte wurden gewechselt, und ein Schlüssel drehte sich in einem Schloss.

Beim Speisen saß sie allein in dem großen gefliesten Saal mit der Schilftapete, allein mit einer Flasche provenzalischen Rosé vor sich; sie rührte ihn nicht an, begnügte sich mit einem bescheidenen, mit Wasser gestreckten Rotwein. Die Flasche stand da, um die Kunden in Versuchung zu bringen, und auf ihrem Etikett stand der rätselhafte Satz:

Bois toujours avant la soif, elle ne viendra jamais.

»Trink immer vor dem Durst, dann kommt er nie.« Das ist kein Rat für mich, dachte sie, ich mag den Durst, weil der Genuss beim Trinken danach umso größer ist! Sie sah das Etikett von der Seite und las nur das Ende, »kommt er nie«.

»Madame Glanet«, verkündete ihr der Hotelier, ein Pariser, der sich erst vor kurzem in der Gegend niedergelassen hatte, »in wenigen Tagen wird es hier voll werden, aber im Moment halten die Wahlen die Leute noch zurück.«

»Die Wahlen...«

Bei diesen Worten musste Marthe an ihren Mann denken, der in der Schweiz geblieben war. Wie weit weg sie von ihm war!

Vielleicht wohnt Marceau inzwischen in der Stadt? An einem Nachmittag begab sie sich nach Toulon, um die Reede zu besichtigen.

»Hier ist es so still wie auf dem Genfersee«, sagte der Reiseleiter aufgeräumt, um die Touristen zu beruhigen. »Und unsere Kampfboote sind auf dem Bodensee aufgerieben worden.«

Der Anblick der großen Kriegsschiffe, nichts als ein Haufen Eisenschrott, stimmte Marthe traurig.

»Die Hälfte der Flotte liegt auf dem Meeresgrund und wird von den Tauchern Stück für Stück heraufgeholt. Hier haben wir die Überreste der *Dunkerque* und dort drüben die *Lorraine*, die für das Fest geschmückt wird. Morgen gibt es Tanz.«

Neben ihr hatten zwei stille Städter von einer protzigen, zweifelhaften Eleganz Platz genommen, und in ihrer Naivität verdächtigte Marthe sie, Zuhälter zu sein. Als sie den Fuß wieder an Land setzten, bemerkte sie, dass beide invalid waren.

Sie gab dem Reiseleiter ein gutes Trinkgeld, der sich ihrer galant erbarmte:

»So allein?!«

Ja, sie war allein. Sie irrte noch eine Stunde durch die Straßen, betrat eine Kirche, wo sie eine Kerze anzündete, »damit kein Unglück geschieht«, und ging dann in ein kleines, düsteres Kino, wo ein alter Stummfilm lief: *Lucrèce*, mit Edwige Feuillère. Als sie wieder hinaustrat, waren überall schwarze Schiefertafeln angebracht, die die Wahlergebnisse verkündeten. Die Kommunisten hatten die meisten Stimmen bekommen. Sie kaufte sich Kuchen und ging zum Bahnhofsplatz hinauf, von wo sie der Autobus wieder nach La Farloude bringen sollte. Sie war erschöpft, verstaubt, und nahm sich vor, nicht mehr in die Stadt zurückzukehren.

Doch das Gefühl, dass etwas fehlte, wurde mit jedem Tag stärker. Ihre Lust, los und ans Meer zu rennen, prallte ab an einem krankhaften Bedürfnis zu schlafen. Und am Abend ging sie dann, stolz, den ganzen Nachmittag geschlafen zu haben, an den Strand, zur Stunde, da sich die Schwätzerinnen trafen:

»Endlich ein bisschen Abkühlung! Ein wahrer Paradiesgarten.«

Sie wollte weg.

Eines Morgens jedoch war etwas anders geworden. Sie ließ ihre langen Haare auf die Schultern fallen und schlüpfte in ein rotes Kleid mit grauen Blumen, das ihre von Meer und Luft bereits goldgebräunte Taille freiließ. Sie kam an der kleinen, auf Pfähle gebauten Bar vorbei, und der Mann, der das Geländer ausbesserte, hielt in seiner Arbeit inne. Die plötzliche

Stille war ihr nicht entgangen. Und als sie gegen Mittag zurückkehrte, waren es drei oder vier, die dastanden und schauten, wie sie vorbeiging. Einer vor allem, etwas abseits von den anderen, schien auf sie zu warten und starrte sie so unverhohlen an, dass sie das Gesicht wegdrehte.

Doch auf der Straße wurde sie bald von zwei Männern überholt. Der eine schob ein mit einer kleinen Kiste beladenes Fahrrad. Sie meinte die Worte zu hören:

»Ah, diese Frau ... Er hat gesagt, eine wie sie gebe es keine zweite auf Erden! Und jetzt ...«

Der mit dem Rad sagte nichts.

Was an den folgenden, mit demselben Warten ausgefüllten Tagen geschah, hätte sie nicht sagen können. Es wurde ihr erst später bewusst.

Immer noch diese Abwesenheit auf den steinigen, von Winden und Ginster gesäumten Wegen, deren aufdringlicher Geruch nicht die Feinheit des viel selteneren Geißblatts hatte, das in Marthes Hand, kaum gepflückt, verwelkte. Was murmelte sie vor sich hin, wenn zwei schwarze Augen unter einer Zyklopenbraue sie eine Welle lang bespähten? Wie hätte sie ihn erkennen sollen, diesen hinter den dunklen Gläsern einer Hornbrille versteckten Blick? Und wie hätte sie ahnen können, dass sie auf ihn zugegangen war und auf keinen anderen, am Tag, als sie von weitem glaubte, in der Bewegung eines Badenden, der mit einem Speer ins Wasser stach, die Bewegung des Abwesenden zu erblicken? Sie hatte sich genähert, war die Felsen hochgestiegen, aber überzeugt, sich getäuscht zu haben, ging sie gleichgültig an dem Unbekannten vorbei und kehrte um.

Dieser mit der Fähigkeit der Allgegenwart ausgestattete Mann tauchte überall auf. Ohne es wirklich zu merken, hatte sie ihn immer wieder von neuem in ihrem Blickfeld. Dieser Unbekannte, dieser Fremde, ja, dieser Fremde, löste dumpfe Begierde und Hass in ihr aus. Wenn sie ihn hinter sich ahnte, spürte Marthe, wie ihre Hüfte geschmeidig wurde, ihre Taille zitterte. Doch wenn er vor ihr herging, sich auf sein Fahrrad schwang, zu viel von seinem braunen Schenkel entblößte und sich umdrehte, um sie noch einmal anzusehen, wandte sie die Augen mit Verachtung ab.

Abends spazierte sie manchmal über die einzige Straße des Dorfes. Auf der einen Seite reihten sich Häuser und Geschäfte aneinander, die hinter ihren oft geschlossenen Läden und dem Schmutzwasser am Trottoirrand kaum zu erkennen waren. Auf der anderen waren Gemüsegärten, ein großer Oleander und ein verlassener Park, in dem Laubfrösche quakten. Unter den jungen Leuten, denen sie begegnete, war stets einer, der sie mit einem frechen Bonsoir grüßte, das sie ungerührt entgegennahm. Einmal schnappte sie die Bemerkung auf:

»Willst du Marceaus Faust im Gesicht?«

Am nächsten Abend hörte sie, laut und wie für sie bestimmt:

»Er ist verheiratet, Marceau!«

Und eine junge Mädchenstimme, die fragte:

»Warum ist er verheiratet, Marceau?«

So wurde der Abwesende ihr durch nächtliche Stimmen wiedergegeben.

Doch für Momente schnürte ihr der Wunsch, tot zu sein oder weit weg zu flüchten, die Kehle zu. Im Hotel öffnete sie das kleine Fenster im Gang, um das Bellen eines Hundes vom

Hügel oder den Schrei eines Vogels zu hören. Dieselben? Ja, dieselben! Sie ging ins Zimmer zurück und legte sich hin.

Vielleicht hat er heiraten müssen …, überlegte sie sich.

Marthe hatte einen Tag nach ihrer Ankunft in La Farloude von dieser Hochzeit erfahren.

»Ja«, hatte der Wirt zwei nicht weit von ihr sitzenden Gästen erzählt, »ich hatte vor kurzem eine Hochzeit hier. Ein junges Mädchen, das einen Burschen aus dem Nachbardorf geheiratet hat, einen Burschen mit dem Spitznamen Hitzkopf. Für das Dessert wollte der Konditor von mir einen Pauschalpreis von sechstausend. Also habe ich mich in die Küche gestellt und alles für ein paar Hunderter selbst gemacht, habe ihnen herrliche Kuchen, Cremes, Torten und Clafoutis aufgefahren.«

Sie hatte die Hände auf den Tisch gestützt und sah, wie das Blut aus ihren Fingern wich. Die Roséflasche zitterte leicht. Zum zwanzigsten Mal las sie: … *kommt er nie.*

»Unsere Bouillabaisse ist heute zur Hälfte pariserisch, zur Hälfte meridional. Es ist alles so teuer geworden! In der Hochsaison kommt mir die Bouillabaisse auf achthundert Francs pro Person zu stehen, das kann ich mir nicht leisten.«

Sie kehrte mit dem verwirrenden Gefühl, keine Hände mehr zu haben, auf ihr Zimmer zurück, doch sie sagte sich: So ist das Leben, es ist stärker als alles andere. Ich war nicht mehr da, und selbst wenn ich da gewesen wäre, Marceau hat ein junges Mädchen kennengelernt. Er wollte ein junges Mädchen haben. Sie gestand sich ein, wie gerne sie ein Kind von ihm gehabt hätte. Ihr Speichel hatte den Geschmack von Tränen, und ihre Arme mit den abgeschnittenen Händen glitten blind über ihren Körper. »Ich habe Marceau verloren.«

Eines Abends jedoch hatte sie eine dunkle Vorahnung, er käme zu ihr. Er hatte sich auf den Weg gemacht, sie war sich sicher, *er kam*.

Eine große Hoffnung überfiel sie wie ein neuer Glaube. Sie konnte Gut und Böse nicht mehr auseinanderhalten. Sie spürte voller Angst Marceaus Anstrengung, die Anstrengung eines Mannes, der von sehr weit her kam und Wind, Wasser und Müdigkeit gegen sich hatte. Dunkle Mächte hinderten ihn voranzukommen, doch er kämpfte und trotzte ihnen. Dieser Kampf würde vielleicht Monate, Jahre dauern.

Sie atmete die Weite ein, schloss die Augen, die Seele dem Reisenden zugewandt.

Aber es war der Fremde, der auftauchte. An einem Morgen, als am Strand der Mistral blies, an den Röcken zerrte, die Haare auffliegen ließ, war er in dem Getose der Wellen, die an die Felsen schlugen, plötzlich wieder vor ihr, lautlos, aus dem Wind, der Gischt hervorgegangen. Und wie immer bespähte er sie geduldig, sanft, still. Dieses Mal wurde sie für ihn, was er für sie war: Sie belauerte ihn im Stillen. Marthe saß auf einem Felsen und tat, als betrachtete sie das Meer; er lag auf dem Sand und verlor sie nicht aus den Augen.

Er hatte sein blaugrünes Hemd ausgezogen, das sonst über seinen kakifarbenen Shorts um seine Hüften schlackerte. Er setzte die Brille ab und stützte sich auf die Ellbogen. Sie spielte eine Weile mit einem jungen Paar aus Paris Ball, ein Spiel, das sie nicht mochte, aber ihr war kalt. Sie sprang hoch und fing, gleichzeitig mit dem Ball, den Blick des Mannes auf.

Nach einer Weile ging er, nachdem er noch ein letztes Mal den Kopf nach ihr umgedreht hatte. Er verschwand zwischen den Klippen, um zum anderen Strand zu gelangen, zu dem mit der kleinen Bar, doch Marthe und er sollten sich am selben Tag noch einmal begegnen. Als sie aus dem Wald heraustrat, bog er mit dem Fahrrad auf die Straße ein. Er bremste, schien anzuhalten, zögerte, konnte sich aber nicht entschließen und raste den Hang des Hügels hinunter.

Als ihr die Tränen in die Augen stiegen, verstand die junge Frau mit einem Mal: Es ist Marceaus Bruder!

II

Nein, darauf war sie nicht gekommen. So nah ist man den Dingen, dass man sich weit weg wähnt. Dabei hatte ihre Intuition sie gewarnt, ihr Marceaus Erscheinen angekündigt. Marceaus Erscheinen? Ein wenig seins, ja, in Gestalt seines Bruders.

Doch diese plötzliche Präsenz nach so langer Abwesenheit – obwohl es nicht einmal die echte Präsenz war – wühlte sie auf. Marthe geriet in Panik.

Am nächsten Tag, einem Sonntag, suchte sie einen weißen Unterrock heraus, Nylonstrümpfe, puderte sich, legte die Ohrringe an, alles Dinge, die sie am Meer nicht mehr getan hatte. Statt in ihre üblichen Espadrilles schlüpfte sie in elegante weiße Hirschledersandalen, versteckte ihre Haare zur Hälfte unter einem Schal von Rodier, der in ihrem Nacken einen schweren, wassermelonenroten Knoten bildete, und so ausstaffiert, trat sie auf die Straße hinaus. Dort überkam sie Angst, ein Reflex zu fliehen. Bei der Kreuzung wäre sie beinahe ins Landesinnere abgebogen, kehrte aber um und schlug den Weg zum Meer ein.

Sie saß noch keine drei Minuten, nonchalant an einen Stein am Fuß der Felsen gelehnt, die Arme wie die Zacken eines Sterns von sich gestreckt, als sie den Mann in dem blassgrünen Hemd auf allen vieren von der Pointe-du-Vaisseau herunterklettern sah. Er kam in ihre Richtung, näherte sich aber nicht sofort. Er schien sich erst einen Moment besinnen zu wollen, bevor er sie ansprach. Was hatte sie so Furchterregendes an sich?

Seit fünf Tagen beobachtet er mich und bringt noch immer kein Wort heraus. Wartet er etwa darauf, dass ich den ersten Schritt tue? Ja, das musste seine geheime Hoffnung sein und der Grund für seinen offenkundigen Wunsch, erkannt zu werden.

Er ging ins Wasser, wo es tief war, und unterhielt sich mit einem dicken Jungen, der von einem Steg aus angelte. Aber auch jetzt verlor er sie nicht aus den Augen, während er sich gleichzeitig für den Fang des Jungen interessierte. Ein Kind hatte sich Marthe genähert und spielte mit einem kleinen Jeep, den es im Sand herumschob. Hin und wieder lächelte sie ihm zu; das Kind beachtete sie kaum, aber schien sich zu freuen, dass sie da war.

Plötzlich spürte sie im Rücken, wie ihr Herz gegen den Stein klopfte. Der Mann näherte sich. Sie war nun sicher, dass er sie ansprechen würde. Doch er ging wortlos vorbei, immer noch seine Maske, die schwarze Brille, im Gesicht. Sie hatte Zeit, seine dünne Nase, seinen Mund mit den schmalen Lippen, sein energisches Kinn zu sehen. Er drehte sich zu dem kleinen Jungen und lachte, als er ihn vor sich hin trällern hörte. Ja, es ist derselbe Mund, dachte sie.

Doch schon listete sie sämtliche Unterschiede auf. Wie viel misstrauischer, zaghafter, aber auch berechnender, städtischer er ist … Die städtische Erscheinung vor allem war es, die sie erst gehindert hatte, die Wahrheit zu sehen.

Das Knie leicht gebeugt, ging er mit festem Schritt, der vom

Boden Besitz ergriff, mit dem Schritt eines Mannes, der über tückisches Gelände geht und nicht ausrutschen oder einsinken will. Kein Schritt der Angst, sondern der Entschlossenheit. Auch hier zeigte sich der Unterschied. Sie sah den stampfenden Gang von Marceau wieder vor sich, oder hörte ihn eher: das Klatschen seiner Espadrilles, seine wie bei einem Tanz angespannten Beine.

Dieser Bruder da trug Sandalen aus cremefarbenem Plastik; bestimmt mochte er alles, was neu und modern war. Er stieg über die Steine hinweg zum kleinen Nachbarstrand und verschwand. Aber schon kehrte er wieder zurück. Marthe, die sich nicht gerührt hatte, hob zum ersten Mal ihr Gesicht zu ihm, worauf er offenbar gewartet hatte. Er setzte seine schwarze Brille ab und sprach sie, das Gesicht leicht gesenkt, ein sibyllinisches Lächeln um die Lippen, endlich an:

»Entschuldigen Sie, Madame, ich würde Sie gern etwas fragen.« Und er schaute ihr in die Augen, bis tief in ihre verängstigte Seele und ihren verängstigten Körper hinein. »Das waren doch Sie, Sie haben doch für einen Schweizer Almanach posiert?«

Auf diese Frage war sie so wenig gefasst, dass sie einen falschen Vorwand vermutete und ein empörtes »Nein« stotterte. Noch bevor sie sich wehren konnte, murmelte er halblaut: »Ich gleiche ihm …« Aber schon verbesserte er sich höflich:

»Für ein Magazin, hätte ich sagen sollen. Sind Sie Modistin?«

»Ja.«

Wieder trafen sich ihre Augen. Die mandelförmigen des Mannes waren listig und durchdringend. Es tanzte ein lebhafter Glanz des Vergnügens und vielleicht auch der Lust darin. Die der jungen Frau blinzelten verunsichert. Instinktiv verbarg sie ihr Gesicht hinter einer Hand.

»Ah«, sagte er wie betroffen.

»Ah«, sagte sie wie ein Echo.

»Ich bin nicht von hier«, erklärte er und setzte sich neben sie, als wollte er sich rechtfertigen. Dann warf er einen anerkennenden Blick auf ihre weißen Ledersandalen.

»Doch, doch«, nickte sie.

»Nein, ich wohne dort drüben.«

Und er deutete mit dem Kinn auf die andere Seite des Meeres.

»Afrika«, sagte sie.

Er warf ihr heimlich einen Blick zu.

»Wo genau?«, fragte Marthe.

»Dakar, am Hafen von Dakar.«

»Und gefällt es Ihnen dort?«

»Na und ob es mir gefällt! Ich kann es kaum erwarten, wieder zurückzukehren, man lebt gut dort.«

Sie war etwas verunsichert. Sie erinnerte sich, dass Marceau ihr einmal gestanden hatte: »Es gibt nur einen Menschen auf der Welt, der mich jemals weinen gesehen hat: meine Mutter, als ich die Briefe meines Bruders aus Afrika las.«

Neben ihr saß ein Mann, der unverkennbar glücklich war über sein Los und stolz, es zeigen zu können. Sie empfand eine eigenartige Eifersucht.

»Aber dort drüben sehe ich nichts als Nachtgesichter.«

Marthe hörte ihn denken: Und Ihres ist ein Gesicht des Lichts …

»Schwarze?«

»Ja.«

Sie fühlte sich bedrückt, während er immer zufriedener wirkte. Er zupfte seine Shorts auf dem Schenkel zurecht und schaute sie mit einem honigsüßen Blick an. Wie unterschiedlich sie sind, musste sie wieder denken. Der Andere hatte mich niemals mit so viel Honig in den Augen bedacht.

»Oh, ich wollte nicht wiederkommen«, sagte sie. »Nein, wirklich, ich wollte nicht. Ich hatte bereits ein Zimmer in einer Pension in La Ciotat reserviert. Aber als ich die Küste hinter Marseille gesehen habe, fand ich alles hässlich, diese Straßen, Häuser und Casinos entlang der Strände. Ich bin fünfmal mit dem Bus umgestiegen und schließlich doch wieder hier gelandet. Ich mag La Farloude, es ist noch so unberührt.«

»Und ein Magnet hat Sie angezogen...«

»Oh nein«, protestierte sie ärgerlich.

»Na ja, vielleicht mögen Sie die Gegend einfach«, sagte er versöhnlich. Sie schaute aufs Meer hinaus.

»Wenn das Meer so ist wie jetzt«, sagte er, »trauen Sie sich dann nicht ins Wasser?«

»Ich gehe nicht wegen der Wellen nicht ins Wasser!«, gab sie zurück, empört, dass sie es sagen musste.

Er zeigte spöttisch auf den dicken Jungen, der immer noch angelte:

»Mit dieser Schnur wird er nur ganz kleine Fische erwischen. Aber den würde ich nicht an den Sohlen kitzeln: Das ist kein Mensch, das ist ein Stier!«

Marthe lächelte. Ihr Gefährte ballte und streckte die Hände.

»Wie sie werden, wenn man lange im Wasser ist...«, sagte er.

Sie blickte kurz hin. Es waren dieselben langen, geschmeidigen Finger des Anderen, aber ihre Elfenbeinfarbe bildete einen Kontrast zu den stark gebräunten Armen. Wollte er Marthes Aufmerksamkeit auf seine Hände lenken? Wusste er, dass sie seinem Bruder die Schicksalslinien gelesen hatte? Marceau hatte sich immer gewehrt: »Schauen kannst du«, hatte er gesagt, »aber sag nichts! Sag mir nichts!« Und er nannte es Humbug.

»Was fischen Sie denn?«

»Im Moment hole ich vor allem Napfschnecken. Eigentlich mag ich am liebsten das Tiefseefischen. Aber mein Bruder hat meine Harpune mitgenommen. Und für den einen Monat, dass ich in den Ferien bin, lohnt sich das nicht.«

»Doch, das würde sich schon lohnen.«

»Na, dann gehe ich sie mir nächste Woche holen.«

Sie fragte nicht, wo er sie holen wollte, doch sie dachte sich: Marceau hat das Dorf verlassen.

»Und wenn Sie einen Meerstern finden«, sagte sie, »dann geben Sie ihn mir!«

»Ja, und auch Perlmutt. Dort drüben kann man welches finden.«

Er zeigte auf die roten Felsen am Ufer einer Halbinsel weiter östlich:

»Sind Sie nie an dieser Küste gewesen?«

»Nein.«

Er schien überrascht.

Oh, dachte sie, der da kommt herum, und er bringt einem Perlmutt, das ist noch besser als Meersterne.

»In Afrika«, sagte er, »ist das Fischen interessanter. Es gibt dort jede Menge Fische.«

»Und Sie bereiten sie eigenhändig zu!«

»Wussten Sie das?«

»Vielleicht weiß ich auch Ihren Namen.«

»Und wie ist mein Name?«

Die Stimme des Mannes war gierig, doch ihre wurde heiser, als sie antwortete:

»Antoine.«

»Ha! Und als ich Sie vorhin fragte, ob Sie das sind auf dem Magazin, haben Sie Nein gesagt.«

»Ja, ich habe zuerst nicht verstanden, was Sie meinten.«

Sie hatte Lust hinzuzufügen: »Und außerdem haben Ihnen die anderen sowieso schon gesagt, wer ich bin!« So wie sie vorher sagen wollte: »Ich hätte ihm dieses Magazin besser nicht geschickt!« Sie schämte sich jetzt für ihre Freude, als sie sich Marceau auf dem Titelblatt einer Revue präsentierte. Dabei war sie nur aus Zufall darauf gelandet, weil sie für ein befreundetes Mannequin eines Modehauses eingesprungen war. »Wenn es wenigstens für einen deiner Hüte gewesen wäre«, hatte ihr Mann gemurrt. Wie stolz Marceau gewesen sein musste! Vielleicht hatte er sie in den Bistros herumgezeigt.

»Dort drüben, in Afrika, gibt es jede Menge Fische«, sagte der Mann noch einmal, »viel mehr als hier. Und man hat immer ein Messer im Gürtel, wegen der Haifische.«

»Ach«, sagte sie bewundernd.

»Aber es gibt Strände garantiert ohne Haie.«

»Wenn sich einer dorthin verirren will, können Sie es ihm nicht verbieten.«

»Nein, man weiß, dass es dort keine gibt. Ach, hier ist es ja nicht gerade warm. Gestern musste ich sogar mein Hemd wieder anziehen. Ich habe Sie am Strand gesehen, Sie haben Ball gespielt.«

»Ich habe Sie auch gesehen. Aber ich dachte nicht …«

»Und neulich, bei den Felsen, da haben Sie mich überholt.«

»Das waren Sie!«

Dann hatte sie sich also nicht getäuscht, als sie meinte, von weitem Marceaus Bewegungen zu erkennen.

»Am Morgen schlendere ich herum. Ich komme, ich gehe. Aber nachmittags bekommen Sie mich nicht zu Gesicht.« Er zwinkerte ihr zu.

»Dann sind Sie zwischen den Felsen?«

»Ja.«

»Heute Abend fahre ich mit dem alten Demetria hinaus. Ich mag es, wenn die Wellen hoch sind.«

»Ich weiß, er hat mir gesagt, er werde Ihnen eine Dusche verabreichen.«

Mit plötzlich ernst gewordenem Gesicht fragte sie:

»Und wie geht es Ihrer Mutter?«

»Nicht gut, sie geht am Stock.«

»Sie war bestimmt froh, Sie wiederzusehen.«

»Ha, meine Mutter, das ist schon was!«

Er drehte sich erstaunt zu Marthe um.

»Haben Sie meine Mutter denn kennengelernt?«

»Nein.«

Sie sprachen nicht mehr. Zwei junge Frauen brachten sich Hand in Hand lachend vor den Fluten in Sicherheit. Eine von ihnen trug einen blauen Schal, den sie mit geschickter Anmut um ihr Haar gebunden hatte.

»Stimmt es, dass Sie gegen Haifische gekämpft haben?«

Der Mann verneinte mit einem Schnalzen.

Sie musterte ihn von Zeit zu Zeit mit einem nicht sehr freundlichen, beinahe hasserfüllten Blick. Er meinte, sie habe seine Narben an den Beinen bemerkt, aber sie hatte sie nicht gesehen.

»Ich wäre beinahe verstümmelt worden. Aber da ich ein guter Schwimmer bin, konnte ich mich retten«, erklärte er und imitierte mit den Händen Schwimmbewegungen.

»Wie ist es passiert?«

»Ich bin durch ein Boot hindurch.«

Das war schwer zu verstehen, aber sie getraute sich nicht nachzufragen. Auch auf dem Arm hatte er eine Narbe.

»Und das da?«, fragte sie.

»Auch ein Unfall«, antwortete er mit einem Ausdruck triumphierender Verachtung. Sie suchte heimlich und etwas beunruhigt nach Spuren uneingestandenen Leids, doch sie prallte auf einen gesunden, glücklichen und mit sich selbst zufriedenen Mann. Während Antoine mit grausamer Beharrlichkeit und Lust nach dem inneren Leid von Marthe suchte.

»Waren Sie in Buchenwald?«, fragte sie.

»Ja, dreiundzwanzig Monate. Aber am Schluss war ich ›freier Arbeiter‹, da wurde ich etwas besser behandelt.«

»...«

»Ach, fett bin ich nicht gerade geworden.«

Er kicherte. Das war alles. Sie fragte nicht weiter.

»Wenn ich daran denke«, fuhr er fort, »wenn ich daran denke, dass sie wieder Krieg anzetteln wollen! Alles wieder von vorn! Wie damals, als ich dort war, und kein Ende abzusehen!«

»Sie wurden von den Russen befreit.«

»Ja.«

Sie musterte ihn mit einem kurzen, intensiven Blick. Er war bäuerlicher vom Körperbau her, gedrungener, stämmiger, aber sein Gesicht war maghrebinischer, und sein Lächeln hatte etwas Geheimnisvolles, Verschwiegenes, beinahe Verschlagenes. Es war etwas Falsches an ihm, das es bei seinem Bruder nicht gab, und er war Marthe fremder. Marceau war ihr nie fremd gewesen, sondern im Gegenteil vom ersten Wort, vom ersten Blick an vertraut. Bei Antoine musste sie sich anstrengen, um an ihn heranzukommen, ihn zu fassen. Dabei war er schön, vielleicht sogar schöner als Marceau.

»Sie haben doch noch einen jüngeren Bruder, der seinen Militärdienst in Afrika leistet. Wo ist er?«

»Im Obersenegal, vier Tagesreisen von mir entfernt.«

»Ah, da sehen Sie sich wohl nicht oft.«

»Meinen jüngeren Bruder haben Sie auch gekannt?«

»Nein.«

Sie standen auf, um nach Hause zu gehen. Der Mann lud die junge Frau ein, auf der verlassenen Terrasse der kleinen Bar etwas zu trinken. Sie bestellte einen Ananassaft, den er selbst holte. Als er zurückkam, spürte sie seinen Blick auf sich. Einen plötzlich ängstlichen Blick, als fürchtete er, sie könnte nicht mehr da sein. Genau der Blick seines Bruders, als er sie ein Jahr zuvor auf dieselbe Bank geführt hatte. Doch heute waren sie allein, während das letzte Mal Leute da gewesen waren. Ein Fischer mit tätowiertem Oberkörper hatte Muscheln zubereitet und dabei Marthes wiederholte Frage gehört, die nicht an ihn, sondern an Marceau gerichtet war, der sich taub stellte:

»Gibt es hier auch Teppichmuscheln?«

Der Fischer nickte.

Nicht, dass sie Lust auf Teppichmuscheln gehabt hätte, aber sie war neugierig, ob sie auch im Mittelmeer, nicht nur im Ozean vorkamen. Marceau hatte die beiden Flaschen mit dunklem Bier auf den Tisch gestellt. Und sie tranken.

Auch jetzt trank sie, ohne Durst und ohne Worte, mit einem Gefühl von Kälte im Herzen.

Gemeinsam gingen sie die breiten Stufen empor. Voller Freude hatte sie in den ersten Tagen diese sanft zum Meer abfallende Treppe wieder unter ihren Espadrilles gespürt, jeden Morgen in dem gelben Staub einen berauschenden Tanz angefangen auf diesem Trampolin, das sie nun nicht mehr dem entgegenfliegen ließ, den sie noch immer suchte.

Wie es sein Bruder so oft getan hatte, packte Antoine sein Fahrrad mit dieser Bewegung, mit der die Schäfer ein Zicklein aufheben.

Marthe sah sich das Eisengestell an, doch es war ein normales Rad, mit Gummigriffen und einer Kiste auf dem Gepäckträger, etwas ganz anderes als der rostige Alteisenhaufen, der letztes Jahr treu neben ihr hergerollt war.

Sie gingen über die kleine, von Hecken gesäumte Straße, die über Hügel in die Ebene im Landesinnern hinabführte, von wo aus das Meer nicht mehr zu sehen war. Der Mann beugte sich über ein Gebüsch und klatschte kurz und kräftig in die Hände.

31

»Ach nein, ich dachte, es sei eine Zikade! Ich wollte eine für Sie fangen.«

Da erinnerte sie sich, dass der Andere eines Abends, als sie sich im Wald auf dem Hügel getroffen hatten, zu ihr sagte: »Ich wollte dir eine Grille mitbringen.« Ja, sie hatte einfach in dieses Land zurückkehren müssen, wo die Männer den Frauen kleine singende Insekten schenken.

Er zeigte auf die Hecke, die höher war als sie selbst:

»Wenn der Weißdorn blüht, ist sie sehr schön.«

Antoine schaute Marthe begeistert an. Sie sah, dass die Weißdornblüte vorüber war, aber ganz sachte meldete sich das Glück zurück. Sie sprachen wieder über Afrika.

»Wie ist es außerhalb der Stadt? Gibt es da Urwald?«

Er schwieg einen Moment betroffen, dann antwortete er mit diesem strengen Ton, den sie nicht mochte, diesem lehrerhaften Ton, der sie etwas kränkte:

»Nein, Sie wissen doch, dass es ein trockenes Afrika und ein feuchtes Afrika gibt. Wir sind im trockenen Afrika. Da gibt es nur Wüste, Busch und ein paar riesige Bäume.«

»Affenbrotbäume?«

»Ja, Affenbrotbäume.«

»Oh!«

»Ich werde Ihnen auf einem Foto zeigen, wie klein ein Mensch daneben ist.«

»Ja, ich weiß, man bohrt Tunnels in sie hinein, und die Autos fahren hindurch.« Sie war stolz, dass sie nicht ganz so unwissend war.

Ein Schmetterling flatterte über der Straße.

»Dort drüben muss es schöne große Schmetterlinge geben.«

Er antwortete nicht sofort, vielleicht langweilte ihn das Gespräch.

»In der Stadt sieht man Vögel«, sagte er endlich, »schöne rote Vögel. Sie setzen sich auf die Trottoirs.«

Und er fügte hinzu: »Ich jage dort.«

»Was für Tiere?«

»Rehe, Pumas, Turteltauben.«

»Oh!«, rief Marthe. »Das ist nicht nett von Ihnen, Turteltauben zu töten!«

»Nicht nett? Und was ist mit meinem Bruder? Wissen Sie, was mein Bruder tötet? Rebhühner! Die sind kleiner als so!«

Er zeigte verärgert seine Faust. Dann erklärte er versöhnlich: »Wilde Turteltauben, nicht die anderen. Sie sind eine Zielscheibe. Es ist für uns eine Frage der Zielscheiben.«

Sie schwiegen einen Moment. Sie waren auf dem höchsten Punkt der Hügel angekommen, und die Straße fiel in gerader Linie zu den Dörfern ab. Da gestand er ihr:

»Gestern, als ich bei La Tour herumfuhr, habe ich mich umgedreht, und ich habe gesehen, dass Sie mich angeschaut haben. Und wie Sie geschaut haben!«

Wenn er so weit weg war, dachte sie, wie konnte er dann sehen, dass ich ihm nachschaute? Er muss es gespürt haben …

»Wenn ich aus Afrika zurück bin, werde ich mir ein Motorrad kaufen.«

Sie wollte antworten: »Das war der Traum von Marceau«, besann sich jedoch eines Besseren.

»Es ist praktisch, um herumzukommen, man gelangt sehr schnell von einem Ort zum andern, man kann auf die Bälle gehen …«

»Ja«, sagte sie mit leicht erstickter Stimme.

»Dort drüben in Afrika geht man nicht gern zu Fuß. Um von hier zum Dorf zu kommen, würde man ein Taxi nehmen.«

»Ach, die Faulpelze!«

Antoine lächelte. Bei der Kreuzung verabschiedeten sie sich, und sie schlug den Weg nach La Farloude ein.

III

Am Nachmittag kehrte sie ans Meer zurück. Sie war noch ganz benommen, wie berauscht, und etwas beunruhigt. Was wollte der Mann von ihr? Doch wohl nicht dasselbe wie sein Bruder? Bei diesem Gedanken versteifte sie sich, nein, nein!, während sie die begehrlichen Mandelaugen vor sich sah. Angesichts dieser allzu forschen Männlichkeit sehnte sie sich nach dem einfachen Verlangen des Anderen. Ach, ob sie auf dieser Welt jemals wieder so viel Ursprünglichkeit wiederfinden würde?

Der Strand war leer, das Wetter kühlte weiter ab. Sie sah einen großen Schmetterling, eine Art Schwalbenschwanz, aus der Gischt aufsteigen, die Flügel schwer von der Feuchtigkeit, und dicht über dem Sand davonfliegen. Sie sah ihn am späten Nachmittag noch einmal, denselben, wie ihr schien, aber er wurde von einer Welle verschluckt.

Trotz des starken Seegangs, der ihm nicht ganz geheuer war, nahm der alte Demetria sie mit aufs Boot. Sie hatte die Kapuze aufgesetzt, die Beine unter die Pelerine gezogen. Sie gerieten in den Tumult der Wellen und des Mistrals, dem sich der Fischer frontal entgegenstemmte. *Vielleicht will er es mir verleiden …*, doch sie klammerte sich mit einem Lächeln und bebenden Nasenflügeln an ihre Bank, das Gesicht den klatschenden Ohrfeigen der Wellen dargeboten. Das Wasser begann den Boden des Bootes zu überspülen, das in den Abgrund stürzte und sich fast senkrecht wieder aufrichtete. Dieses gewaltige Stampfen begeisterte Marthe, verdrängte ihren Kummer: »Es soll nie aufhören! Es soll niemals aufhören!« In diesem Augenblick fühlte sie sich der Welt gegenüber stark wie das Meer und wollte am liebsten immer in seiner Nähe leben.

Plötzlich wurde das Steuer fortgerissen. Sie erschrak, sah es im Wasser treiben. Der Fischer holte es seelenruhig mit dem Ruder ein. Aber er hatte genug und kehrte zum Hafen zurück.

»Das nennt man einen echten Seegang«, rief ein anderer Fischer mit hellen Augen und einer Baskenmütze.

»Genau, wie es der Dame gefällt«, sagte eine Frauenstimme. In der Bar de la Rascasse saßen Leute und blickten auf.

Marthe fiel spät in einen unruhigen Schlaf, schreckte immer wieder auf, mal hoffnungsvoll, mal bange. Vor ihren Fenstern, die auf die Straße hinausgingen, verflochten sich noch lange dumpfe, schroffe Stimmen, unter die sich Schreie mischten. Es klang wie Männer, die sich stritten, aber sie achtete nicht darauf, war zu sehr mit ihren eigenen Gedanken beschäftigt. Am nächsten Morgen ging sie an einen größeren Strand, der weiter entfernt lag. Der steinige Weg führte steil hinab durch einen Wald aus Kiefern, Kork- und Steineichen, doch der Sand war hier feiner, und der Atem des Meeres wirbelte Gischtschleier auf, durch die Marthe gerne watete.

Marthe trug einen dicken Wollpullover über ihrem leichten Kleid – sie ging nie in Shorts, sie fand das unkleidsam für eine Frau – und hüllte sich in ihren transparenten Regenmantel, bevor sie sich im Schutz des Windes in den Sand legte.

Bald sah sie Antoine den westlichen Hang der Pointe-du-Vaisseau hinuntersteigen und über die ufernahen Klippen klettern. Sie hatte ihn erwartet, war jedoch überrascht, dass er so früh kam. Alles geschah, wie sie es erhofft hatte, und sie wunderte sich darüber. Eine Minute lang, bis er die letzten über die Wellen ragenden Felsen hinter sich hatte, sah sie ihn nicht mehr, dann tauchte er wieder auf. Erst dachte sie, sie hätte sich geirrt. Sie erkannte ihn nicht mehr., er hatte ein ganz blasses Gesicht; nein, das war nicht Marceaus Bruder! Er war es. Sie begrüßten sich, und er setzte sich neben sie.

»Ich habe die Fotos mitgebracht«, sagte er.

»Ah, gut.«

Er holte sie aus seinem Portemonnaie; ein sehr schönes aus Leder. Sie erinnerte sich, in welch schäbigem Teil der Andere seine Papiere aufbewahrte, und an seine schmuddeligen, fast zur Unkenntlichkeit verblichenen Fotos. Doch die von Antoine waren in Wirklichkeit weniger schön, denn es waren darauf banale Menschengruppen zu sehen, ohne Geheimnis, und überhaupt keine Landschaft. Auf jedem war Antoine, oft kauerte er, wirkte angespannt, hatte scharfe Gesichtszüge. Und dann wiederum drückte er aus, was sein Blick manchmal Lügen strafte: eine grundlegende Anständigkeit, ein gutes Herz. Es rührte sie.

»Der Kolonist hier«, er zeigte auf einen der Männer, der sein Chef zu sein schien, »ist mein bester Freund. Ein echter Kerl!«

Auch mit einem breitrandigen weißen Hut zeigte er sich selbstgefällig:

»Antoine-der-Afrikaner.«

37

Es folgten ein paar schummrige Bilder, auf denen sie mit Mühe Badende ausmachen konnte, die über dämmrigen Feuern Fische brieten.

»Das ist nicht in Afrika«, sagte er, während er die junge Frau beobachtete.

»Sind Sie das?«, fragte sie zögernd.

Sie hütete sich, den Finger auf den Anderen zu richten. Aber sie hatte ihn erkannt, hager, etwas wild, das Gesicht mager. Antoine sah sie an. Sie verzog keine Miene, doch dann schaute sie ihn genauso direkt an:

»Sie haben ja auch zusammengewachsene Brauen!«

»Warum sagen Sie mir das?«

Er fühlte sich geschmeichelt.

Sie antwortete nicht. Sie wusste, dass sie kein einziges Wort über Marceau herausbringen würde: Der Satz würde ihr im Hals stecken bleiben. Sie wollte es auch nicht. Sie verkniff sich die Frage, wo er jetzt wohne. Vielleicht war er weit weg, vielleicht ganz in der Nähe, sie wusste es nicht, und es war besser so. Sie hätte es nicht ausgehalten, es zu wissen. Sie wäre sofort losgegangen, hingerannt. Und dann?

»Wir gleichen uns«, sagte der Mann.

»Nein, ihr seid unterschiedlich.«

Sie hatte es mit fester, bestimmter Stimme gesagt.

»Ah«, sagte er, als würde er ihr zustimmen.

Sie sagte nichts mehr.

»Mein Bruder hat mir gestern Abend die Taucherbrille und die Harpune gebracht.«

»Und das Foto mit dem Affenbrotbaum?«

»Das habe ich vergessen.«

Mechanisch griff er zu seiner Leinentasche und breitete ihren Inhalt vor ihr aus. Eine Gabel und ein Tauchermesser, beides rostig und armselig, aber äußerst solide und zweckmäßig, wie die Rümpfe der alten Tartanenboote, die jedem Sturm trotzten: seine Fischerausrüstung.

»Ich«, sagte sie, »ich würde am liebsten immer am Meer leben oder in seiner Nähe.«

»Und ich«, seufzte er, »muss mein Leben auf Schiffen verbringen!«

»Was machen Sie eigentlich in Dakar?«

»Ich repariere Schiffe.«

Oh, dachte Marthe, wie glücklich ich wäre an der Seite dieses Mannes, der sein Leben lebt …

»Es lebt sich gut dort drüben«, erzählte er, »man ist viel besser bezahlt als die Arbeiter hier. Das hier, das ist kein Leben.«

Er nannte Zahlen, sagte, wie viel er im Monat verdiente, dass er alle achtzehn Monate zwei Monate Ferien bekam.

»Bezahlte Ferien«, fügte er hinzu.

Sie rechnete, achtzehn Monate, das machte eineinhalb Jahre. In eineinhalb Jahren würde er zurückkommen. Wann wäre das? Während sie überlegte, erklärte er:

»Ich werde die Abteilung wechseln, da muss ich drei Jahre am Stück machen.«

Wieder öffnete er sein Portemonnaie und zeigte ihr Geldscheine, schöne neue Geldscheine aus den Kolonien. Aus Höflichkeit warf sie einen Blick darauf; es interessierte sie nicht sehr. Doch er insistierte, streckte sie ihr hin, damit sie sie in die Hand nahm. Mein Gott, das sieht ja aus, als würde er ihr Geld geben, vor allen Leuten! Auf einer der Banknoten waren Einheimische abgebildet, eine schwarze Frau mit nacktem Oberkörper, prallen, provozierenden Brüsten. Marthe wurde verlegen.

Er steckte die Scheine ins Portemonnaie zurück und das Portemonnaie in die Gesäßtasche seiner Shorts.

»Einmal wurde es mir gestohlen. Dabei hatte ich es vorne auf der Brust, in der Hemdtasche. Ein Passant bat mich um Feuer für seine Zigarette. Man beugt sich vor und in diesem Augenblick …« Er machte eine katzenhafte Bewegung.

Antoine dachte, sie schaue auf die Uhr, die er am Handgelenk trug. Sofort nahm er sie ab und hielt sie ihr hin. Sie berührte sie mit einem unheimlichen Gefühl, beinahe mit Abscheu.

»Sie kommt aus Ihrem Land, aus der Schweiz. Schmuggelware.«

»Ich hatte eine hübsche kleine aus Gold«, sagte sie, »aber ich habe sie verloren.«

»Am Strand?«

»Nein, zu Hause, ich konnte sie nicht mehr finden.«

Es beeindruckte ihn, sie so gleichgültig zu sehen, und er schwieg.

»Ja, es lebt sich gut dort drüben«, sagte er wieder, »aber es ist nicht einfach, nicht jeder kann dort arbeiten.«

»Es ist nicht einfach?«

»Nein, die Franzosen müssen eine Kaution hinterlegen, bevor sie rübergehen.«

»Ach so.«

»Die Kollegen hier haben weniger Geld als ich, darum sind sie ständig hinter mir her: Kommst du heute mit uns in den Ausgang, Antoine? Sie meinen, ich bezahle für alle. Aber ich lasse mich nicht gern für dumm verkaufen.«

»Niemand lässt sich gern für dumm verkaufen.«

»Ich sage zu ihnen: Lauft nicht wie kleine Hunde hinter mir her, ich habe abgemacht!«

Plötzlich hasste sie ihn.

»Wie ist denn diese Stadt so, Dakar, wie sieht sie aus?«

»Wie eine europäische Stadt.«

»Aber gibt es da auch ... Kuppeln?«

In den Augen des Kolonisten flammte ein anzüglicher Schein auf:

»Meinen Sie die Tittenstadt? Ja, der französische Staat lässt für die Schwarzen ein nagelneues Quartier errichten, mitsamt Minaretten, eine hygienische Maßnahme.«

»Aber haben sie es nicht besser in ihren Hütten? Wirklich großartig, die Zivilisation!«, empörte sie sich.

»Nein, es ist eine humanitäre Frage. Es ist widerlich, wie sie leben.«

»Sind Sie auch ... Kommunist?«

Sie konnte ein Lächeln nicht unterdrücken. Doch er wölbte seine Brust mit der größten Ernsthaftigkeit, und die Lider halb geschlossen, die Stirn zum Meer gerichtet, verkündete er:

»Ich bin ein französischer Arbeiter. Meine Ahnen haben die Republik aufgebaut.«

Sie hätte am liebsten gesagt: »Ihre Ahnen waren vielleicht Araber!« Aber nein, auch wenn die Augen die gleichen waren, so waren die Lippen schmal, sparsam, wie die der Bauern hier, genügsam, zurückgenommen. Und als sie ihn zweifelnd ansah, bereit, ihn lächerlich zu finden mit seiner ganzen Feierlichkeit, fuhr er fort:

»Wir haben das im Blut. Mein Urgroßvater hat Revolution gemacht. Obwohl sie ihn für zwei Jahre nach Afrika geschickt haben!« Er sagte den Satz mit dumpfem Groll.

Sie lachte nicht mehr. So hatte der Andere nie mit ihr gesprochen. Vielleicht wusste er nichts von dieser Großtat. Marceau hatte ihr bloß gestanden, dass das Einzige, was ihn in der Schule interessiert hatte, die Geschichte von Napoleon war.

»Aber«, fragte sie, »bei welcher Revolution denn?«

»Bei der von 1789.«

Hatte sie richtig gehört? Irrte er sich nicht? Sie getraute sich nichts zu sagen, war seltsam beeindruckt. Der Lärm des Meeres drang nicht mehr bis zu ihr. Ihre Ellbogen drückten sich in den Sand.

Antoine fing wieder von den Schwarzen an.

»Sie riechen nach Fisch«, sagte er.

»Sie müssten diesen Geruch eigentlich gewohnt sein.«

Aber er hörte nicht mehr zu, sein Gesicht war voller Abscheu.

»Ich mag sie nicht, dabei hatte ich einen schwarzen Hausangestellten. Er hat für mich gekocht, ich habe ihm gezeigt, wie's geht. Manchmal hielt ich es nicht mehr aus und schrie ihn an: ›Es gibt Wasser und Seife, geh dich waschen!‹«

Er hatte einen brutalen, autoritären Ton angenommen:

»Sie werden nicht rot, sie werden weiß. Wenn sie einen anlügen …«

Sie wunderte sich über so viel Abscheu und sah ihn neugierig an. Antoine begann zu gähnen.

»Ich schlafe nicht genug in der Nacht, es gibt zu viele Kinder im Haus. Ein kleines Mädchen im oberen Stock macht einen Krach über meinem Kopf, als wollte es die ganze Welt von unten nach oben kehren!«

»Die Kinder der Frauen, mit denen sie zusammen waren, als ich sie neulich überholte?«

»Nein, die beiden, zwei Schwestern, die habe ich letzte Woche auf einem Ball in La Come-aux-Sources kennengelernt.«

Marthe machte sich lustig:

»Sie Ärmster, Sie müssen ganz schön müde sein!«

»Ja, ich mache nichts anderes als essen, schlafen und spazieren, und ich bin müde!«

»Sie können am Strand schlafen. Ich bin auch schläfrig, ich möchte schlafen.«

Es stimmte, eine große Lähmung hatte sie ergriffen. Sie legte sich auf den Bauch, immer noch in ihren Regenmantel gewickelt, aus dem nur die nackten Arme herausschauten. Sie legte sie auf dem Sand übereinander, ließ den Kopf darauf fallen und schloss die Lider. Sie öffnete sie wieder. Der Mann hatte es ihr, leicht entfernt, aber schräg zu ihr, gleichgetan. Doch seine Augen waren nicht geschlossen, sie glänzten, auf eigenartige Weise amüsiert, listig. Trotz ihrer Beunruhigung überkam die junge Frau eine seltsame Sanftheit. Sie wünschte sich, bis zum Ende aller Zeiten hier so liegen zu bleiben.

»Ich schlafe gern.«

»Ja«, murmelte der Mann, »dann denkt man nicht.«

Sie drehte ihm den Rücken zu und schloss die Augen, blieb jedoch auf der Hut. Würde er sich bewegen, zu ihr herkriechen, wie der Andere damals? Sie hielt es nicht mehr aus und schaute hin. Er hatte immer noch dasselbe Lächeln, dasselbe Funkeln in den Pupillen, hatte sich aber keinen Daumenbreit von der Stelle gerührt.

Marthe schüttelte sich und setzte sich auf.

»Ich würde Dakar gern kennenlernen.« Eine wahnsinnige Lust hatte sie plötzlich gepackt, dorthin zu fahren. »Was kostet die Fahrt?«

»Dreißigtausend Francs.«

Der Preis schien ihr vernünftig.

»Aber«, fügte sie hinzu, »ich werde es nie dorthin schaffen.«

»Das weiß man nicht«, sagte er, »vielleicht ergibt sich eines Tages die Gelegenheit.«

»Und die Hitze? Das Fieber? Man ist bestimmt ständig schweißnass.«

»Die Hitze? Nach vier Monaten spürt man sie nicht mehr. Dann ist es wie hier. Und ich habe kein einziges Mal Fieber gehabt. Ich habe einmal Chinin genommen, aber erst, als ich wieder zurückkam, nicht in Dakar. Und man geht nachts aus. Es gibt hübsche Bälle, die Mädchen haben heißes Blut…«

Marthe presste die Lippen zusammen.

Er hob den Kopf:

»Da weint jemand. Ich habe gute Ohren.«

Tatsächlich weinte hinter dem Felsen das Kind mit dem Jeep. Sie stand auf. Da die Mutter nicht in der Nähe war, nahm sie es auf den Arm, um es zu trösten, und setzte sich mit ihm wieder hin.

»Mein Bübchen, mein kleines Bübchen…«

Sie nahm zwei Muschelschalen, schob einen Kieselstein dazwischen und schüttelte dann ihre Hand wie ein Glöckchen. Das Kind beruhigte sich. Sie hielt es fest auf dem Schoß, gerührt über sein Federgewicht. Sie vergaß den Kolonisten ein wenig, dem sie wieder den Rücken zukehrte, doch sie spürte seine angenehme, achtsame Anwesenheit, wie ein Feuer, das ihr den Rücken und die Schultern wärmte. Es schien ihr, als beuge er sich vor, Marthe drehte sich um: Sie sah, wie er mit seinem alten rostigen Messer etwas schnitzte.

»Das ist ein Knochen von einem Tintenfisch. Wenn man sich mit seinem Pulver die Zähne putzt, werden sie schön weiß.«

Sie trocknete die Tränen des Jungen, der zu weinen aufgehört hatte. Antoine beobachtete sie, weiter schnitzend, hieß ihre mütterliche Fürsorge schweigend gut. Und plötzlich streckte er ihr das schneeweiße Tintenfischknöchelchen hin, das er zu einem Herz geschnitzt hatte.

»Schau«, sagte er zum Kind, »das ist für dich.«

Marthe nahm es und zeigte es ihm. Ein eigenartiges Glücksgefühl durchströmte sie; er hatte das Herz ihr geschenkt. Doch das Kind ließ es in den Sand fallen. Irritiert stand die junge Frau auf:

»Es ist Zeit, ich muss los.«

Sie stellte das Kind ab, das zu seiner Mutter zurückkehrte.

»Sie werden mich den ganzen Monat hier antreffen«, sagte Antoine, »morgens flaniere ich gewöhnlich an der Küste, ich komme, ich gehe.«

»Oh, ich bin nur für vierzehn Tage hier.«

»Ach so, ich dachte, Sie bleiben länger.«

Er hatte es mit einem zweideutigen, beinahe unterwürfigen Ausdruck gesagt, der Marthe missfiel. Im Moment, als sie aufbrach, blickte sie zu Boden und sah, dass das kleine Tintenfischknochenherz zwischen den Steinen entzweigebrochen war. War das Kind draufgetreten? War sie es gewesen?

IV

Statt wie gewöhnlich einen Mittagsschlaf zu halten, kehrte
sie an denselben Strand zurück. Die Luft war kalt. Sie trug
einen Rock und eine Strickjacke und um die Schultern einen
Schal. Der Himmel verdunkelte sich, genauso wie das Meer.
Sie lag im Regenmantel im Sand und wartete. Inzwischen bestand sie nur noch aus Warten. Aus Warten und zwei Augen,
zwei Ohren, um dem Geräusch des Meeres zu lauschen und
um den zu sehen, der kommen sollte. Kaum ein Gedanke
mehr.

Antoine musste drüben in der Felsenbucht sein. Ungedul-
dig stand sie auf und ging zu dem Weg, der über dem Wasser
schwebte. Doch kaum war sie bei der ersten Klippe, den Kopf
auf der Höhe der Felskante, sah sie, als wären es vom Himmel
an unsichtbaren Fäden gezogene Marionetten, einen jungen
Burschen mit einer Fischerrute, dann einen Mann und eine
Frau. Sie verschwanden, als wären sie verschluckt worden,
kamen aber bald nicht weit von ihr wieder in Sicht. Marthe
hatte sie erkannt und wich zurück, beschämt, dass sie beim
Nachspionieren ertappt worden war, wie durch ein Schlüssel-
loch.

Die drei waren aus den Felsen herausgetreten und gingen
zum Strand. Zum ersten Mal glich er dem Anderen, hatte er
dasselbe sehr männliche, ernste Gesicht. Er trug eine graue

Jersey-Jacke und eine leinene, über die Knöchel gekrempelte Matrosenhose. An seiner Seite ging eine junge, aber nicht mehr sehr junge Frau, mit etwas schwerem Körper, sanftem Gesicht und einem blauen Blick.

Eine richtige Tonne, dachte sie böse. Sie stehen auf füllige, großbusige Frauen. Und es überkam sie eine dumpfe Zärtlichkeit für diese Frau. Doch Antoines Blick hatte sie durchbohrt, ein besorgter Blick, der *wusste*, der vollkommen verstanden hatte. Es war das erste Mal, dass er sie so ansah. Wieder schämte sie sich, sich so exponiert zu haben, doch sie spürte eine große Ergebenheit in diesem Mann, eine Treue, notfalls bis in den Tod. Er drehte sich ein letztes Mal nach ihr um, dann verschwand die Gruppe, und nur die Angelspitze schaukelte noch einen Moment über den Felsen von La Combe-aux-Sources.

Aufrecht und steif stand sie allein vor dem Meer, das immer schwärzer wurde.

Und doch war es in diesem Moment, dass sie anfing, an Marceaus Bruder zu denken. Und er, überlegte sie, möchte er vielleicht ebenfalls von mir geliebt werden? Wenn er mir so viel von sich erzählt, sich auf Fotografien zeigt, ist das denn nicht, um meine Aufmerksamkeit auf sich zu ziehen? Er ist eifersüchtig auf seinen Bruder. Dabei hatte sie sich vorgenommen, nicht auf seine Avancen einzugehen! Sich geschworen, Nein zu sagen, aber sie hatte nicht mehr die Kraft dazu. Als sie ins Dorf zurückkehrte, wurden ihre Schritte von einem bedrohlichen Glücksgefühl getragen.

Nachts konnte sie lange nicht schlafen. Und als sie am

nächsten Morgen auf dem Felsvorsprung der Pointe-du-Vaisseau das entfesselte Meer betrachtete, das ihr den Geruch der Gischt ins Gesicht schleuderte, wartete sie wieder auf ihn. Die Wellen waren so stark an diesem Tag, dass sie über den ganzen Strand bis an die Felsen schlugen. So hatte sie das Meer noch nie gesehen. Sie war berauscht davon. In dem kleinen Hafen, an dem es etwas ruhiger war, liefen Männer hin und her, erforschten die Wasseroberfläche. Eine untröstliche Schwimmerin hatte ihren Fingerring im Meer verloren. Aber Antoine konnte Marthe nicht erblicken. Da stellte sie sich in ihrer Besessenheit vor, er sei für sie Perlmuscheln holen gegangen. Perlmutt, das er ihr auf seiner bleichen Handfläche überreichen würde, wie der Andere ihr Sterne gebracht hatte. Sie wartete den ganzen Nachmittag, und auch am nächsten Tag, doch er kam nicht.

Fragen stiegen in ihr auf. Sie wollte sie ihm stellen: Woher ihr Vater stammte. Kam er wirklich aus diesem Tal in der Haute Provence? Sie hatte eine Landkarte mitgebracht. Und ihr Ahne, der von 1789? Oder von 1848? Sie wollte es genauer wissen.

Wieder sah sie den Mann vor sich, der ihr, als sie sagte, sie schlafe gern, geantwortet hatte: »Ja, dann denkt man nicht.« Er musste das ebenfalls kennen: schlafen wollen, um nicht denken zu müssen.

Einzig von Antoine konnte sie etwas über Marceau erfahren. Er war die einzige Brücke, die es ihr noch erlaubte, zu ihm zu gelangen. Doch Marthe spürte bereits den Boden unter ihren Füßen wegbrechen. Man hatte sie aus dem Kreis der

Liebe verbannt, den sie so verzweifelt wieder betreten wollte. Sie brauchten sie nicht mehr, die Küstenbrüder!

Und doch wartete sie, hoffte sie weiter.

Sie ging von einem Strand zum nächsten, kletterte über die Uferfelsen zur Pointe-du-Vaisseau hinauf. Sie versuchte, zur Halbinsel mit dem rosaroten Sand zu gelangen, die voller Kriegsruinen war, gab es aber auf. In einer Steinbucht bemerkte sie die Spuren von Antoines Sandalen, die im Sand kleine, regelmäßige Löcher hinterlassen hatten. Verstohlen hob sie eine Handvoll Körnchen auf, die von seiner Sohle zerdrückt worden waren, und steckte sie in die Tasche, zusammen mit den beiden Bruchstücken des herzförmigen Tintenfischknochens, die sie wiedergefunden hatte.

Eines Abends schaute sie sich auf dem Dorfplatz einen kleinen Freilichtzirkus an. Der Chef, ein großer Rohling mit Vorortsakzent, führte ein kluges Pferd vor, während seine Frau sich im Schatten versteckte, wo gegen ihren Willen zwei riesige Ohrringe schimmerten. Er heizte die Spannung an und fragte sein Pferd:

»Sag mir, wer ist hier der gescheiteste Mann? Und wer der lasterhafteste?«

Der armselige Klepper bewegte seine Nüstern in Richtung Zuschauer, und der Mann bestimmte jemanden aus der Menge.

»Und jetzt sag mir, wer am stärksten der Flasche zuspricht.«

Natürlich sah es immer so aus, als würde das Pferd jemanden anschauen, und die Leute amüsierten sich.

»Zeig mir die Dame, die am meisten verliebt ist!«

Marthe wäre am liebsten im Boden versunken, denn das

Pferd schaute ausgerechnet sie an. Doch zum Glück lachte eine aufgetakelte Frau hinter ihr laut auf, die dem Schausteller besser gefiel. Er zeigte auf sie.

Dann wurde *Frankreichs jüngster Trapezkünstler* angesagt. Blass und blond, mit entschlossenem Gesicht, trat ein sieben-, achtjähriger Junge nach vorn. Er trug eine geflickte Hose und ein Unterhemd. Marthe war erschüttert über seinen stolzen, wütenden Ausdruck. Mit zusammengebissenen Lippen, ohne ein Lächeln führte er mehrere Nummern vor. Sein erschöpfter, schöner kleiner Körper schien einzig von seinem ungeheuren Stolz gestützt zu sein. Wogegen er wohl ankämpfen mag? Hunger, Angst, Fieber? Hat er einen Vater und eine Mutter? Er kann doch nicht das Kind dieses vulgären Mannes und dieser so finsteren, hässlichen Frau sein, die ihm Befehle erteilen? Nein, er hätte meins sein können.

Nachdem er den Salto mortale ausgeführt hatte, mischte sich der Junge unter die Zuschauerreihen, um Geld einzusammeln. Marthe hatte nicht viel bei sich. Bedauernd legte sie ein paar Münzen in den Hut, und das enttäuschte Kind zog eine verächtliche Grimasse.

Am dritten Tag, als Marthe die Einsamkeit nicht mehr länger ertrug, beschloss sie, in der Felsenbucht schwimmen zu gehen, in der geheimen Hoffnung, dort Antoine anzutreffen. Sie hatte sich nicht geirrt. Von der Höhe der Pointe aus sah sie, dass der Platz von einem eng umschlungenen Pärchen besetzt war, von dem sie nur die Beine sah, sie erkannte jedoch schon von weitem die honigfarbenen Sandalen von Antoine. Kühn ging sie, ohne die Augen zu senken, auf sie zu.

Was mach ich bloß! Was mach ich bloß …

Die Scham trieb ihr das Blut ins Gesicht, doch sie lief weiter. Habe ich etwa nicht das Recht, dahin zu gehen, wo ich will? Bei den Liebenden angekommen, ging sie rasch und ohne einen Blick an ihnen vorbei. Erst in der nächsten Bucht blieb sie stehen. Wie schon das erste Mal breitete sich hier ein besänftigendes Wohlgefühl in ihr aus, doch ihr Herz klopfte wild. Sie legte sich in den Sand. Und dann auf einmal fühlte sie nichts mehr, ja, es schien ihr, sie könne nie wieder irgendetwas fühlen. Ist so der Tod?

Sie blieb liegen, nickte vielleicht für Momente ein. Dann kam sie wieder zu sich und ging ins Wasser. Die Kälte peitschte ihr Blut an und gab ihr für Momente Kraft zurück. Als sie einen Blick zum Ufer wagte, hatte sich das Paar aufgesetzt. Antoine schaute zu ihr herüber. Meine Anwesenheit stört sie. Sie schwamm bis zum Ende des Riffs, dann drehte sie um. Sie mochte diese Pirouette, die sie mit einem kräftigen Hüftstoß ausführte, mochte es, gegen die Strömung anzukämpfen. Als sie von einer Welle hochgetragen wurde, bemerkte sie, dass sich das Paar wieder umschlungen hielt. Der Mann lag auf dem Körper der Frau. Marthe wurde in die Tiefe gespült und sah nichts mehr. Doch als sie auf den nächsten Kamm emporgehoben wurde, saßen Antoine und seine Freundin brav nebeneinander. Sie getrauen sich nicht mehr, weil ich da bin. Sie schwamm wieder ins weite Meer hinaus.

Doch sie spürte, dass Antoine ihr mit den Augen folgte und um sie besorgt war. Wenn ich ihn rufen würde, würde er mir ganz sicher zu Hilfe kommen. Dieser brüderliche Schutz, den sie in ihm ahnte, so als fühlte er sich insgeheim für sie verantwortlich, tröstete sie. Wieder schaute sie. Das Paar musste sich über ihre Lage beruhigt haben, denn sie hatten sich wieder aneinandergeschmiegt. Marthe versuchte, weiter hinauszuschwimmen, doch ihr Kampf gegen die Wellen, die ständig über ihren Kopf hinwegzurollen drohten, erschöpfte sie. Sie schwamm ans Ufer zurück. Antoine und die Frau mit den blauen Augen hatten sie vergessen oder scherten sich nicht mehr um sie. Zum ersten Mal in ihrem Leben betrachtete sie diesen fremdartigen, etwas monströsen, schweren Körper, den zwei sich paarende Menschen bilden. Nie hätte sie es sich so vorgestellt. Wie ein dicker Frosch, dachte sie und wurde gleichzeitig von einer Welle und einem sanften Mitgefühl überrollt.

Von oben beäugte ein Voyeur, wie eine Spinne in ihrem Netz an einem Ast hängend, die Liebenden. Marthe wollte rufen, um den Mann zu verjagen und die beiden zu warnen. Wut überkam sie, ein grenzenloser Hass. Dabei, was tat sie denn selbst hier?

Sie erreichte das Ufer, kroch an Land, schloss die vom Salz und von der Emotion brennenden Augen. Als sie sie wieder öffnete, hatten sich Antoine und die Frau voneinander gelöst und standen am Rand des Wassers. Marthe versteckte sich hinter einem Felsen, um ihren Bikini auszuziehen und ihr Kleid aus einem ähnlichen Stoff überzustreifen. Sie mochte dieses Kleid, dessen Träger ihr ab und zu lässig von den Schultern glitten und ein diskretes Sternbild aus Sommersprossen enthüllten, eine Erinnerung an ihren ersten Sommer.

Ihr Kopf ragte über den Felsen, auf dem sie ihren kleinen

Badeanzug zum Trocknen ausgebreitet hatte. Sie sah, dass Antoine in ihre Richtung schielte. Seine Gefährtin, nicht weit von ihm, wirkte wie eine überreife Frucht mit leuchtendem Fleisch, eine schwere Reine-Claude, und senkte ihr benommenes, vielleicht eingeschüchtertes Gesicht. In ihr war eine große animalische Unschuld, eine Art gelassene Unterwerfung. Es ist ihr peinlich, dass ich sie gesehen habe … Bereut sie es, eingewilligt zu haben? Marthe hatte die beiden in den Tagen zuvor nie allein gesehen. Sie waren stets in Begleitung von Kindern oder einer Schwester.

Antoine hatte seine Taucherbrille aufgesetzt und wagte sich mit den Füßen ins Wasser, kehrte aber gleich wieder an den Strand zurück. Er schien sich wieder für Marthe zu interessieren. Doch sie hatte es jetzt eilig zu gehen. Sie sammelte ihre Sachen ein, die der Wind angetrocknet hatte, stopfte sie in die Tasche, schlüpfte in ihre bereits verblichenen Espadrilles. Und mit festem Schritt – denn es forderte ihr einigen Mut ab – ging sie wieder an dem Pärchen vorbei.

Der Mann hielt sie mit einer lebhaften Kinnbewegung auf:

»Aber, Madame, das Wasser ist ja viel zu kalt!«

Es war ein Vorwurf.

»Beim Schwimmen wird einem warm!«, erwiderte Marthe.

Er behielt seine missbilligende Miene.

Sie warf ihre Taille herum, von der die zerknitterten Falten ihres Rocks hinunterfielen, und setzte ihren Weg fort. Sie holte tief Atem. Ihre Brüste rückten an ihren Platz über den Abnähern des rohen Stoffes zurück, und ihre Beine, die nicht mehr zitterten, trugen sie über die Hügel.

Bei ihrer Ankunft im Hotel erwartete sie ein Telegramm. Es war von ihrem Mann, der die Rückreise um eine Woche vorverlegte. Die Nachricht kam ihr recht, sie war erleichtert zu fahren. Die Strandwege waren ihr feindselig geworden.

Sie stieg noch am selben Abend in den Bus nach Toulon.

Sie musste zwei Stunden auf den Nachtzug warten. Diesmal war sie allein. Sie betrachtete das Viertel mit den Kiefernwäldchen über dem Bahnhof, in denen sie und Marceau vor einem Jahr ein letztes Mal spazieren gegangen waren. Bereits sank die Dämmerung auf sie herab. Marthe drehte um und ging die große Straße hinunter.

Auch hier waren sie gewesen. Sie erkannte die Bank, auf die sie sich gesetzt hatte, als er Zigaretten kaufen ging. Und wie das erste Mal lag über allem ein trauriger Staub, ein unscheinbarer, aber hartnäckiger Schmutz. Vor ihr her gingen junge Männer und Frauen. Sie waren schön und teuer gekleidet. Kinder von Reedern und Schiffskapitänen? Einer wurde von seinen Kameraden im Triumphzug getragen. Vielleicht war es nur ein Spiel, doch die Frauen, die sie begleiteten, konnten ihre Begeisterung nur schlecht verbergen, eine vor allem, deren Gesicht Marthe neugierig betrachtete: Sie liebt ihn.

Aus Spaß schloss sie sich ihnen an und befand sich bald auf einem großen Boulevard. Aber sie spürte nur zu gut, dass sie nicht zum Fest geladen war. Sie blieb zurück und verlor sich in der Menge, die über die Trottoirs strömte.

Sie kam zu einem menschenleeren Platz, den sie nicht kannte, mit einem großen Brunnen, umgeben von Grashügelchen und Eisenketten. Als sie darauf zuging, hörte sie überrascht Frösche singen. Es musste mindestens ein Dutzend sein, das im Schatten, der inzwischen über Toulon hereingebrochen war, quakte. Marthe lächelte und versuchte vergeblich, die Frösche zu entdecken. Sie lauschte diesem Gesang der wilden Sümpfe, so außergewöhnlich inmitten einer Stadt, der ihren Kummer besänftigte und sie beruhigte.

Doch schließlich wandte sie sich von dem Brunnen ab und schlenderte weiter über den Boulevard. Sie kam an den großen Cafés mit ihren Strohstühlen, den mit Nickel eingefassten Tischen vorbei. Sie warf einen Blick in die Auslagen, wo provenzalische Baumwollstoffe für Sommerkleider ausgelegt waren.

Bald wurden Leben und Lichter spärlicher, die Straße verengte und verdunkelte sich. Wohin führte sie? Bevor sie kehrtmachte, blieb sie vor einem letzten Schaufenster stehen. Ein Automat hatte ihre Neugier geweckt, ein schwarzer Mann von der Größe eines sechsjährigen Kindes, der den Kopf drehte, die Augen rollte, das Zahnfleisch entblößte und sämtliche Gesichtsmuskeln spielen ließ, um eine Schuhcreme anzupreisen. Seine Mimik war so raffiniert, dass man ihn beinahe für echt halten konnte. Marthe betrachtete ihn staunend und hörte zwei Matrosen zu, als sie plötzlich im Rücken von einem Paar gestreift wurde. Antoine und seine Freundin spazierten gemächlich auf den erleuchteten Teil des Boulevards zu.

Von Panik ergriffen, fing sie an, ihnen zu folgen, so wie sie dem Zug der jungen Leute gefolgt war. Sie trugen beide Ausgangskleider, er mit Krawatte in marineblauem Anzug, und Marthe hatte Zeit zu bemerken, dass die »Tonne« feine Knöchel und eine schöne Haltung hatte. Marthe hatte sogar die Kühnheit, sie einzuholen. Die Frau schien nicht begeistert, doch Antoine begrüßte sie und fragte ohne Umschweife:

»Wohin gehen Sie?«

»Zum Bahnhof«, sagte sie.

»Um diese Zeit geht kein Bus mehr nach La Farloude.«

»Aber ich nehme den Zug, ich kehre in die Schweiz zurück!«, sagte Marthe stolz, ihre Abfahrt anzukündigen.

»Sie fahren früher, als Sie gesagt haben!«, bemerkte er.

Seine Gefährtin ging langsam weiter. Er wollte sie nicht verlieren und folgte ihr. Leute schoben sich zwischen ihn und Marthe. Er drehte sich noch einmal um, wollte er sich von ihr verabschieden? Doch Marthe ließ sich abhängen, sah das Paar in immer größerer Entfernung in der Menge untergehen. Antoine warf einen letzten Blick auf sie, dann verschwand er.

Es war vorbei.

Lange nach Marseille schlief Marthe im Zug ein und träumte.

Sie befand sich hoch oben auf einem Berg. Der Berg bestand aus Felsen und einer gräulichen, kiesigen Erde, in der kein Baum, kein Grashalm wuchs. Er schien losgelöst von allem, hoch über allem zu sein, ohne eine mögliche Verbindung zur Welt. Und hier lebte Marthe. Sie lebte in einer absoluten Einsamkeit. Doch jeden Tag wusch sie Säuglingswindeln und legte sie zum Trocknen auf den Abhang des Berges. Es gab keine Kinder, doch es war eine alltägliche, notwendige Handlung.

Etwas unter ihr reihten sich armselige kleine Hütten aneinander, drei oder vier, eher für Schafe oder Ziegen bestimmt als für menschliche Wesen. Und sie waren leer. Hin und wieder entwich ihnen ein eigenartiges Seufzen, ein Stöhnen beinahe. Marthe erschrak nicht: Sie wusste, dass es die Erinnerung jener war, die hier gelebt hatten.

Ein steiler, kaum angedeuteter Weg führte in gerader Linie abwärts. Und über diesen Weg, sagte sich Marthe, über diesen Weg werden nie wieder die kleinen Männer gehen, die ich so sehr geliebt habe!

Sie wachte auf. Der Zug rollte über ein in Morgennebel getauchtes Land, aus dem Bäume mit großen feuchten Blättern ragten. Und bald erschienen die wie Forellen glänzenden Dächer von Savoyen.

Und dabei, dachte Marthe, dabei war es nicht einmal die große Liebe.

ZWEITER TEIL

Die Liebe

I

Was war es dann?

Marthe sah die hohen Wellen vom letzten Jahr wieder vor sich und wie sie im Sand lag und ihnen zusah. Sie hatte sich an jenem Tag, einem fünfzehnten Juli, nicht ins Wasser getraut, sie ließ sich lediglich am Ufer von den Fluten umspülen und legte sich dann wieder in die Sonne. In jenem Moment war sie ganz und gar ahnungslos, die Unschuld in Person, sie wusste nicht, dass das Leben ihr für eine Zeit lang ihr Quäntchen Glück bringen und wieder nehmen würde.

So hatte es angefangen: Ihre Augen wurden plötzlich von einem Schauspiel gefesselt, das sie durch seine Außergewöhnlichkeit und Kühnheit faszinierte.

Eine Gruppe von fünf, sechs Badenden stürzte sich mit dem Kopf voran in die hohen Wellen, verschwand darin und schwamm mit unerhörter Geschicklichkeit durch sie hindurch. Manche von ihnen trugen eine Taucherbrille mit einem Rohr zum Atmen, andere hatten das Gesicht unverdeckt und schwarze Haare klebten ihnen auf der Stirn. Hin und wieder ragten ihre Flossen aus dem Wasser, tauchten wieder unter und schnellten wie Schweinswale unvermutet irgendwo hervor. Ja, sie musste dabei an diese fröhlichsten aller Meerestiere denken. Mit großer Leichtigkeit überlisteten die Männer die Gesetze von Wasser, Luft und Tiefe.

Marthe wurde es müde, ihnen zuzusehen, und legte sich auf den Bauch, ein Tuch über dem Kopf, um sich vor der Sonne zu schützen. Sie versuchte, ein Buch zu lesen, das sie nicht sehr interessierte. Nachdem sie sich von den Wellen hatte peitschen lassen, genoss sie jetzt die Stille. Doch ein winziges Ereignis riss sie aus ihrem Frieden: ein kleines Kieselsteinchen, das hauchzart, unmerklich beinah, ihren Rücken streifte. Der Sprung einer Fliege, das Streifen eines Vogelflügels hätten nicht sanfter sein können. Das hat man davon, wenn man die Badenden zu sehr anstarrt ... Sie wollte sich nicht aus der Ruhe bringen lassen und setzte ihre Lektüre, vor allem aber ihre Träumereien fort. Da kam ein neuer Kiesel, genauso zart wie der erste. Und nach einer Weile noch einer. Sie fragte sich, ob sie sich nicht getäuscht habe. Sie riskierte einen Blick in die Richtung, aus der sie kamen, und bemerkte zwei magere, leicht behaarte Beine. Es war ihr eher unangenehm, und sie begann, die Geduld des Unbekannten zu verwünschen. Denn Geduld hatte er, eine ergebene, zärtliche Geduld. Und Beharrlichkeit. Er war sogar ein Stück näher gerückt. Dieses Theater dauerte eine halbe Stunde. Sie hoffte, dass ihre Reglosigkeit ihn entmutigen würde.

Sie entmutigte ihn nicht. Verärgert sagte sie, ohne den Kopf zu drehen:

»Ach, hören Sie auf mit Ihren Kieselsteinen!«

»Ich habe Ihnen doch hoffentlich nicht wehgetan?«, fragte der Mann, und dann:

»Sind Sie denn überhaupt nicht kitzlig?«

»Warum?«

»Weil eine Ameise über Ihren Rücken spaziert.«

»Nein«, sagte sie, gerührt über seine Sorge.

Er hatte den starken Akzent der kleinen Leute, eher rau als vulgär, und da sah sie ihn an. Ja, er war ein Mann aus dem einfachen Volk, Körper und Gesicht vom Leben geprägt. Seine hageren Gesichtszüge waren hart, willensstark, und eine zerzauste Mähne schwarzer Locken fiel ihm bis zu den Brauen über die Stirn. Sie hörte ihm zu.

Er erzählte. Er erzählte ihr vom Tiefseefischen, wie schön es sei auf dem Meeresgrund. Sie hörte zu, verstand nicht alles, und er musste es ihr erklären. Manchmal tat er es in einem groben Ton, mit einer etwas unwirschen Kieferbewegung, und sie hätte sich vielleicht von ihm abgewandt, wären nicht seine Augen gewesen: Er hat die Augen eines guten, eines anständigen Mannes.

»Sie machen sich keine Vorstellung, was für Farben man da sieht, Farben, die auf der Erde nicht vorkommen, und die Pflanzen, die Tiere ... Seit ich meinen Kollegen davon erzählt habe, wollen alle schauen kommen. Oh, aber es gibt auch gefährliche Fische.«

»Muränen?«, versuchte sich Marthe.

»Eine verletzte Muräne, die reißt Ihnen glatt ein Bein aus! Und Kraken! Und Drachenköpfe, die haben bösartige Stacheln. Aber einer ist sehr schön, der Petersfisch.«

»Der Petersfisch?«

»Ja, der Petersfisch mit den langen goldenen Stachelstrahlen. Sie werden es mir vielleicht nicht glauben, aber man nennt sie auch Meerlämmer, weil sie sich nur von Moos ernähren, und mit Vorliebe von Moos in Ufernähe, das von der Sonne beschienen wird. Sie leben in Herden. Man kann sie vom Ufer aus sogar in großen Schwärmen grasen sehen, den Kopf nach unten und den Schwanz aus dem Wasser, das funkelt wie Blitze. Man sagt: ›Ich habe es blitzen gesehen.‹ Und von diesem Moos werden sie ganz berauscht. Dann fängt man sie am leichtesten. Man wirft das Garn über sie. Einmal wurde ein Fischer von dem Gewicht mitgerissen.«

»Das Garn?«, wunderte sich Marthe, und versuchte sich vorzustellen, wie man mit einem Faden Fische fangen konnte.

»Ja, so sagt man auch zum Wurfnetz, aber eigentlich mag ich nur das Tiefseefischen.«

Er erklärte, dass man bis zwölf Meter in die Tiefe tauchen konnte, aber aufpassen musste, danach nicht zu schnell wieder an die Oberfläche zu kommen: »Das Herz könnte aussetzen.«

»Wie lange können Sie unter Wasser bleiben?«, fragte Marthe.

»Anderthalb Minuten, aber mit Taucherbrille kann man so lange bleiben, wie man will. Man atmet durch das Rohr, das aus dem Wasser schaut.«

Dann zeigte er ihr seine Waffe:

»Das ist mein Gewehr. Ich habe es selber hergestellt.«

Sie sah ein langes Messingrohr, ausgestattet mit einem Dreizack und einer Feder, ähnlich der einer Armbrust.

»Ich werde Ihnen beibringen, mit der Brille unters Wasser zu gehen.«

»Nein, nein«, sagte sie erschrocken, »ich will nicht.«

Er fragte:

»Woher kommen Sie?«

»Raten Sie!«

»Oh, ich kenne mich mit den Akzenten nicht gut aus. Aus Paris?«

»Nein …« Sie lachte. »Aus der Schweiz.«

»Ich bin einmal dort gewesen, ich habe einen Rotkreuz-Lastwagen hochgebracht, gleich nach dem Krieg, fünfundvierzig, nach Genf. Wir wurden sehr gut aufgenommen.«

»Ich wohne im Wallis, das ist die Wiege der Rhone.«

»In den Bergen?«

»Ja.«

Bevor er sie verließ, fragte der Mann noch:

»Kommen Sie tanzen heute Abend?«

»Nein, ich war schon gestern auf dem Fest.«

Was ist mit mir los?, dachte sie wie betäubt, berauscht vom Meer, von diesem Fischer, den Wellen, die sie noch immer an ihre Brüste schlagen fühlte. Beunruhigt und vertrauensvoll.

Sie bekam Lust, ihrem Mann zu schreiben, ihn um Rat zu fragen. War es gefährlich, sich mit einem Einheimischen auf dem Strand einzulassen, oder durfte man es riskieren? Sie spürte Angst, aber in erster Linie vor sich selbst. Doch die Freude war stärker:

Ich gehe das Risiko ein!

Der Fischer hatte sich für den nächsten Morgen unten an der großen Treppe zum Strand mit ihr verabredet. Er war da. Er pfiff nach seinem Hund, bückte sich, um seinen Dreizack, die Flossen und einen kleinen grauen Leinenbeutel aufzuheben. Ohne Worte und ohne einander richtig anzusehen, nahmen sie die Pointe-du-Vaisseau in Angriff. Der steil ansteigende Pfad, auf dem er sie vorangehen ließ, führte durch den kleinen Torbogen einer Ruine. Auf dem Gipfel des Hügels blieb sie stehen. Mit einem raschen, scharfen Blick von der Seite ging er an ihr vorbei. Dann drehte er sich um, sah sie noch einmal genauer an, mit einem wilden, zufriedenen Ausdruck, überrascht über seine Beute. Der Weg fiel jetzt schroff ab, war in die Felsen gehauen, die senkrecht ins tiefe Meer stürzten. Sie streckte ihm die Hand hin, er ergriff sie, ohne zu zögern, und hielt sie fest in der seinen.

»Mein Gefährte, ich habe einen Gefährten.« Was für ein Vertrauen, welch ein Abgrund von Vertrauen tat sich vor ihr auf! Marthe warf sich hinein, glücklich, gedankenlos, und sog den Geruch des Meeres ein, das seine Frische bis zu ihnen hinaufblies. Sie stiegen zum anderen Strand hinunter. Die junge Frau rutschte auf dem Hang aus und musste an die Pfade durch die Geröllhalden in den Bergen denken. Sie machten einen Bogen um einen ehemaligen Bunker. Marthes nackte Beine tauchten tief in den falschen Rosmarin und die dornigen Sträucher mit ihren duftenden, klebrigen Blättchen ein.

»Vorgestern habe ich Immortellen gepflückt«, sagte sie, »merkwürdig, hier Immortellen zu finden.«

»Wo denn?«

»Dort hinten, über den Felsen. Ich bin dem Zollweg gefolgt. Er ist gefährlich, er bröckelt direkt über dem Meer, und auf der linken Seite zerkratzt man sich am Stacheldraht. Schließlich habe ich im Draht ein Loch gefunden, kennen Sie es?«

»Ja.«

»Ich bin hindurchgeschlüpft und habe mein Kleid zerrissen, dann kam ich in einen Wald, schön wie ein Urwald.«

Aus seinen Augen sprach Entsetzen. Hastig fragte er:

»Haben Sie jemanden angetroffen?«

»Ich bin lange gegangen, ohne jemanden zu sehen. Plötzlich kam ich zu einer Allee, auf der eine alte Frau spazierte. Sie sagte mit böser Stimme zu mir: ›Machen Sie, dass Sie fortkommen! Sie befinden sich hier auf Privatgelände!‹ Nicht weit von ihr saßen ein junger Mann und ein junges Mädchen auf einer Bank. Sie hörten es, aber kamen mir nicht zu Hilfe.« Dass sie geweint hatte, sagte Marthe nicht.

»Ach! Die alte Frau hat Sie angeschnauzt«, sagte er nachdenklich.

Sie waren am Fuß des Hügels angekommen, und ihre Füße berührten das Meer.

»Ist es hier?«, fragte sie.

»Nein, noch nicht.«

Hinter großen Felsen verbargen sich Sand- und Steinbuchten. Sie zögerte.

»Kommen Sie«, sagte er und kletterte auf einen großen Stein.

Er hatte ihr den Brotbeutel abgenommen und reichte ihr wieder die Hand. Sie stieg ebenfalls hinauf, sprang, es gab noch mehr Klippen zu überwinden.

Wohin führt er mich bloß?, murrte sie. Aber das Schicksal war besiegelt. Sie würde ihm folgen.

Endlich blieb er stehen.

»Ist hier Ihr Unterschlupf?«

»Ja«, sagte er.

»Sieht gemütlich aus.«

Sie legte ihr Kleid ab, stand im Badeanzug da, und ihre Haare fielen ihr auf die nackten Schultern. Sie setzte sich. Er löste den Gürtel, ließ seine blaue Caprihose hinuntergleiten und kauerte sich, nun ebenfalls nackt bis auf einen verwaschenen kurzen Leinenslip, der seitlich mit Bändern festgemacht war, mit finsterem Blick neben sie. Das Geräusch der Wellen hüllte sie ein. Der Gefahr bewusst, aber vertrauensvoll in dieser Gefahr, legte sie sich in den Sand. Sie nahm ein Zittern der Überraschung in ihm wahr. Aber er zögerte nicht lange. Er streckte sich neben ihrem Körper aus und küsste sie. Sie versuchte, ihn sanft zurückzustoßen, schon gab sie nach. Sie spürte diesen Körper und vor allem seine Härte, die Kraft dieses Körpers, und Marthe staunte. Noch nie hatte sie einen so harten Körper an sich gespürt.

Sie richtete sich auf:

»Nein, nein, nicht, bleiben wir Freunde.«

Er gehorchte, fing sie aber bald wieder mit seinen klingendünnen Lippen zu küssen an. Sie befreite sich, während sie wieder murmelte:

»Freunde, einverstanden. Mehr nicht.«

»Ja, Freunde«, wiederholte er schelmisch und schien es mit dem Wort nicht allzu genau zu nehmen.

»Nicht hier, vor allen Leuten …«, flehte sie.

Badegäste gingen vorbei. Sie hatte sich umgedreht, mit dem Bauch zum Sand, und wahrte ein wenig Distanz. Er betrachtete Marthes Hände, zeigte auf ihren Goldring.

»Den habe ich gestern schon gesehen, als ich Kiesel auf Sie warf.«

»Sind Sie oft verliebt?«

Er schaute ihr einen Moment tief in die Augen.

»Wenn ich so blonde Frauen sehe wie Sie, so nette wie Sie, mit langen Haaren, dann kann ich nicht widerstehen.«

»Hatten Sie noch nie Pech in der Liebe?«, fragte sie nach einem Moment des Schweigens.

»Oh doch, hatte ich schon!«

Aber er fügte hinzu:

»In der Liebe darf man keine Angst haben, das ist ein Fehler.«

»Das ist ein Fehler?«, fragte sie.

Seine Worte gefielen ihr. Er nahm die Taucherbrille aus seiner Tasche und setzte sie auf. Da beschlich sie wieder die Angst. Der Mann hatte etwas Ungeheuerliches, Gewalttätiges.

»Ich werde Sie einmal probieren lassen.«

»Nein …«

Sie wandte sich leicht angewidert ab.

Mit der Bewegung eines Speerwerfers stach er seine Harpune ins Meer. Er trat ein paar Schritte ins Wasser, streifte seine Gummiflossen über, tauchte mit einem Sprung unter und war verschwunden. Der Hund, der am Ufer geblieben war, jaulte. Hin und wieder tauchte das kleine Luftrohr über der Wasseroberfläche auf, und sie folgte mit dem Blick seiner Bahn. Aber für einen langen Moment sah sie ihn nicht mehr. Der Hund geriet in Panik.

»Beruhig dich«, sagte sie, »dein Herrchen ist nicht verlorengegangen!«

Aber Marthe war ebenfalls besorgt. Sie konnte die glänzende Wasseroberfläche absuchen, wie sie wollte, sie sah keine Spur mehr von ihm. Würde es ihr wirklich so nahegehen? Sie wunderte sich, doch ihr Herz war beklommen. Der arme Hund bellte, die Schnauze zum Himmel erhoben, die ganze Zeit weiter.

Plötzlich tauchte nicht weit von ihnen das große Zyklopenauge des Fischers aus dem Wasser auf. Sie lächelte. Der Hund wedelte mit dem Schwanz. Sein Hund, was für ein hässlicher Hund!, dachte sie, die an reine Rassen gewöhnt war. Was für ein armer, hässlicher Hund! Sie streichelte ihn. Sie mochte auch den Hund.

»Ich habe nichts gefangen«, sagte er, »ich hatte immer nur Sie vor meinen Augen.«

Und er kam zu ihr.

»Mir ist kalt!«

Er legte sich neben sie. Wieder spürte Marthe diesen harten, jetzt aber eiskalten Körper. Er schlotterte. Sie stieß ihn nicht zurück.

»Sie ist ganz warm, oh, wie warm sie ist«, murmelte er.

Wieder fing er an, sie sanft und beharrlich zu küssen.

Sie presste die Zähne zu einer kleinen Schranke zusammen, schloss den Mund. Etwas überrascht hielt er inne.

»Sie mögen die Frauen.«

»Na und ob ich sie mag!«

»Aber sie wollen nicht immer.«

»Oh nein, sie wollen nicht immer! Letzte Woche haben wir zwei junge Mädchen getroffen, mein Kumpel und ich, am anderen Strand dort drüben. Hinter den Felsen.« Er machte eine Bewegung, als würde er ihre Taille umfassen.

»Ach, da habe ich eine hübsche Ohrfeige eingesteckt. Dann ein zweites *Paff*. Mein Kumpel war an der Reihe.«

Ich habe ihn nicht geohrfeigt, dachte Marthe, was muss er von mir denken?

»Wie lange bleiben Sie hier?«

»Vierzehn Tage.«

Sie hatte Lust, den Rest ihres einmonatigen Urlaubs woanders zu verbringen, aber sie wusste noch nicht, wo.

»Gefalle ich Ihnen?«, fragte er.

Sie sagte Ja, ärgerlich über diesen Anflug von Selbstgefälligkeit. Doch er zitterte immer noch. Sie fuhr mit ihrer lauwarmen Hand über seine Haut, wärmte ihn in ihren Armen. »Oh, wie warm sie ist, wie warm sie ist!«, wiederholte er begeistert. Er war jung. Seine schwarzen Locken kratzten leicht an Marthes Gesicht und ihrem Hals. Sie rochen nach Meer, Olivenöl und nach Blumen. Jetzt waren seine Augen ganz nah an ihren. Es gab einen faunischen Glanz darin, eine spöttische Gier, Spaß. Sie glaubte, dass er diesen Ausdruck forcierte, um sie zu verführen, und ärgerte sich darüber.

»Jetzt sind Sie aber genug aufgewärmt«, sagte sie.

»Finden Sie meine Augen schön?«

»Ja ...«

Sie hätte ihm beinahe gesagt, dass seine Schönheit nicht die Art Schönheit war, die sie am meisten anzog. Aber er war schön. Sie stellte es mit einem stolzen Erstaunen fest. Noch nie hatte sie in einem Körper so viel Eleganz mit so viel Kraft vereint gesehen. Wie die Fächer einer Palme weiteten sich Brust und Schultern über seiner ägyptischen Taille, den unscheinbaren Hüften, und seine langen Beine waren von wilder Magerkeit. Sie betrachtete seine Gelenke, die Knöchel, die feinen, klassischen Hände.

»Und Sie«, sagte er, »Sie haben blaue Augen. Haben in Ihrem Land alle blaue Augen?«

»Nein.«

Ihr Lachen verunsicherte ihn.

»Die Frauen sagen nicht immer die Wahrheit, stimmt's? Das hat mir meine Mutter gesagt.«

»Ja, ja«, gab Marthe ihm recht, die selbst nie lügen konnte, ihm zu und stand auf:

»Ich gehe schwimmen.«

»Achtung!«, warnte er. »Ihnen ist heiß, dann darf man nicht zu schnell hinein: Das Wasser ist eiskalt.«

Er zeigte ihr, wie man vorgehen musste. Sie gehorchte gefügig, setzte sich an den Rand der Wellen, benetzte erst die Füße, die Finger, während sie rief:

»Das ist ja so eisig wie ein Bergsee!«

»Wenn mehrere Tage hintereinander der Mistral geht, wird das Meer aufgewühlt, und das tiefe Wasser kommt nach oben.«

Er hatte wieder seinen finsteren Ausdruck. Sie warf sich hinein und schwamm, ließ ihn allein zurück. Er blieb nachdenklich stehen, dann setzte er die Taucherbrille auf und sprang ihr nach. Im Meer überfiel sie plötzlich wieder die Angst. Wird er sie an den Beinen packen, sie mit sich in die Tiefe reißen? Er beobachtete sie durch seine Brille, dann verschwand er, aber er versuchte nicht, sich ihr zu nähern.

Beruhigt schwamm sie mit großer Wonne und kehrte dann ans Ufer zurück. Der verzweifelte Hund jammerte wieder, doch bald tauchte sein Meister mit einem rötlichen Fisch am Ende seines Dreizacks auf.

»Ah«, sagte sie fröhlich.

»Ein Drachenkopf, ein kleiner Drachenkopf.«

Er packte ihn an der Schwanzflosse, schlug ihn gegen einen Felsen und legte ihn darauf. Marthe beugte sich über den Fisch, um besser sehen zu können, als er, noch nicht ganz tot, plötzlich aufzuckte. Es hätte nicht viel gefehlt, und er wäre ihr mitten ins Gesicht gesprungen. Sie wurde wütend auf den Mann. Hatte er sie denn nicht vor den giftigen Stacheln gewarnt? Sie hätten sie verunstalten können! Doch als ihr Schreck vorbei war, bewunderte sie ihn aus einiger Entfernung.

»Der kommt in die Bouillabaisse«, erklärte er.

»Mittag!«

Sie würde zu spät im Hotel sein. Er stopfte den Drachenkopf in den Leinenbeutel, schlüpfte in die Hose und schloss die mit Grünspan überzogene Schnalle seines Ledergürtels. Marthe ließ ihr Kleid über sich gleiten, streifte den Badeanzug ab und wrang ihn aus. So war sie vollständig nackt unter ihrem Kleid, und das Meerwasser auf ihrer Haut war noch nicht getrocknet. Sie knüpfte die Bänder ihrer Espadrilles, die von den Wellen feucht waren.

Marthe fühlte sich gut, angenehm warm, die Mittelmeerluft strich über sie, und wieder schloss sich die lange, trockene Hand des Fischers um ihre.

Er hatte sie gebeten, am Nachmittag wiederzukommen. Sie hätte sich lieber in ihrem Zimmer ausgeruht, etwas gedöst und über den Vormittag nachgedacht. Aber sie schüttelte ihre Schlaflust ab. Sie fühlte sich leicht und rannte beinah über den Weg hinunter zum Strand.

Der junge Mann war da, und sie passierten gemeinsam den Torbogen, kletterten den Weg zur Pointe-du-Vaisseau hinauf und wieder hinunter, um zur kleinen Sandbucht zu gelangen. Diesmal hatte er den Hund nicht dabei.

»Nein«, sagte er, »ich habe ihn bei meinem Vater gelassen. Der hat heute Morgen schon genug herumgetanzt.«

Sie legten sich in den Schatten des Felsens, und da er nur schmal war, waren sie einander ganz nah. Aber sie küssten sich nicht.

Der Fischer beugte den Kopf nach vorne. Seine leicht fliehende Stirn verschwand unter den schwarzen Haarsträhnen, die zitternd den dichten Wimpernbogen berührten. Manchmal biss er sich nervös in die Haut des Arms oder der Schulter. Auf einmal stieg ein junges Paar beinahe über sie hinweg. Marthe erblickte kurz das kindliche Gesicht des Mannes, der sie ansah, dann das der noch sehr jungen Frau im kurzen Leinenkleid, die geschickt den Felsen über ihnen emporkletterte. Die beiden grüßten ihren Gefährten diskret.

»Das ist mein bester Kollege, aber jetzt ist er verheiratet. Ich hatte ihn gewarnt. Sie haben einen Jungen bekommen. Na ja, wenigstens liebt er das Mädchen. Und sie haben es gut zusammen. Ihr Vater ist Parfümhändler. Aber ich möchte nicht, dass das mir passiert, dass ich heiraten muss!«

»Haben Sie keine Lust zu heiraten?«

»So spät wie möglich!«

»Ich kann Sie verstehen«, sagte sie.

Er schaute wieder um sich und hinaus zu den Riffs.

»Dort hinten kann ich meinen Bruder sehen.«

»Die ganze Familie!«, mokierte sich Marthe. »Stimmt, es ist Sonntag. Wie alt ist er?«

»Raphaël? Dreiundzwanzig.«

Sie meinte, falsch verstanden zu haben, denn der Junge, auf den er zeigte, sah aus wie ein Kind. Er trug ein Hemd und eine Mütze.

»Haben Sie noch mehr Geschwister?«

»Wir waren fünf Brüder, aber einer ist mit zwei gestorben. Er war der Schönste von uns. Er ist gestorben, weil er Obst gegessen hat, das zu lange in der Sonne gelegen hatte.«

»Bei uns legt man die Früchte absichtlich in die Sonne«, sagte Marthe verblüfft. Und fügte hinzu:

»Sind Sie der Älteste?«

»Antoine ist der Älteste. Er lebt in Dakar. Und der Jüngste von uns vieren leistet seinen Militärdienst im Senegal ab.«

Er schwieg und wurde nachdenklich. Sie brachte bereits alles durcheinander, was er gesagt hatte.

»Und der dort, ist das der Jüngste?«

»Nein, das ist der Dritte, und dass er da so in Kleidern am Meer herumhockt, der Ärmste, das muss ihm der Doktor gesagt haben. Er hat eine Rippenfellentzündung gehabt.«

»Ach«, sagte Marthe. »Ihre Mutter wird ihre liebe Mühe gehabt haben mit Ihnen.«

»Ja, das hat sie!«

Er lachte und zeigte sämtliche seiner weit auseinanderstehenden Zähne.

»Sie haben Zähne, von denen man sagt, sie brächten Glück im Leben.«

»Na und ob ich Glück habe! Und Sie, haben Sie auch Brüder?«

»Nein.«

»Schwestern auch nicht?«

75

Sie schüttelte den Kopf. Er näherte sich und begann, sie zu küssen. Sie gab nach und kratzte ihn sanft mit den Fingernägeln am unteren Rücken.

»Wo haben Sie das alles gelernt, woher wissen Sie, wie man die Männer verrückt macht?«

Es verschlug ihr die Sprache.

»Das mit den Nägeln hat mir noch keine gemacht«, gestand er.

Es war das erste Mal, dass jemand mit Marthe über ihr Liebesgeschick sprach. Sie betrachtete ihre Hände und sagte:

»Wozu Fingernägel nicht alles gut sein können!«

Er beobachtete jede ihrer Bewegungen, schien entzückt darüber. Wenn sie nickte, nickte er genauso. Wenn ihm ein Wort gefiel, wiederholte er es. Noch nie hatte sie jemanden gesehen, der ihr so zugetan war, so empfänglich für die geringste ihrer Äußerungen. Der Stirnknochen ragte in dem mageren, braungebrannten Gesicht des Mannes weit über die Augenhöhlen hervor und beschützte sie wie ein Felsvorsprung. Darunter abgeschirmt waren die Augen auf der Lauer, ließen sich nichts entgehen.

»Meerauge«, murmelte sie, »Sie haben Brauen, die sich berühren, die Brauen der Eifersüchtigen.«

Er lachte fröhlich auf. Dann schien er besorgt.

»Sie haben heute Morgen gesagt, Sie möchten aufs Meer hinausfahren, ich habe mich nach Booten erkundigt.«

»Ach, haben Sie daran gedacht. Und?«

»Man hat mir gesagt, einer aus Paris würde mir vielleicht sein Kanu leihen. Wenn ich doch nur ein Boot hätte«, seufzte er.

»Machen Sie sich nichts draus«, sagte sie.

Er starrte mehrere Minuten mit grimmiger Miene auf die Wellen.

»Verraten Sie mir, wie alt Sie sind?«, fragte er plötzlich.

»Achtundzwanzig? Mehr oder weniger?«

»Dreiunddreißig.«

»Das gibt man Ihnen nicht. Und ich, wie alt bin ich?«

Sie antwortete, im Gedanken, dass er vielleicht älter sei:

»Fünfundzwanzig.«

Er lachte vor Vergnügen.

»Stimmt genau.«

Sie war stolz, es herausgefunden zu haben.

»Ich mag Frauen, die älter sind als ich«, sagte er. »Damit sie es mir beibringen können.«

»Oh«, antwortete sie etwas schockiert, »ich glaube, Sie kennen sich schon gut aus.«

»Bringen Sie mir Liebesdinge bei!«

»Sie wissen besser Bescheid als ich.«

»Aber die Verheirateten, die kennen Dinge …«

»Sicher«, sagte sie, als wolle sie sich rühmen, »Tausende.«

»Na?«

»Nein«, sagte sie sanft.

»Mir muss eine Frau gefallen. Ich gefalle dir, du gefällst mir. Also. Die jungen Männer heute denken nicht mehr an die Liebe. Die sind mit achtzehn, zwanzig noch immer Jungfrauen. Ach, armes Frankreich!«

»Haben Sie noch nie richtig geliebt?«

»Noch nie.«

Er entschuldigte sich.

»Ich hätte Ihnen alle diese Sachen nicht sagen sollen.«

»Doch.«

Er küsste sie mit einer wundersamen Zärtlichkeit. Diesmal erwiderte sie die Küsse so glühend, hielten sie sich so lange in den Armen, dass der Moment kam, da sie sich hingab.

»Ach, mein Engel!«, rief sie.

»Sie wählen aber einen komischen Moment, um mich Engel zu nennen!«

So also, dachte Marthe, so geschehen die Dinge also. Aber sie war glücklich, dass sie geschehen waren.

Nach und nach erstand alles wieder um sie herum, die Erde, das Meer. Die Felsen erhielten ihre vor einer Weile verschwundenen Konturen zurück.

Das Wasser war näher gekommen, und die stärker gewordenen Wellen leckten ihnen die Füße.

»Sie sind genau die Frau, die ich schon immer treffen wollte.«

II

Sie wusste noch immer nicht, wie er hieß.

»Wie heißen Sie?«

»Marceau.«

»Marcel?«

»Nein, Marceau.«

»Ach, diesen Namen habe ich noch nie gehört.«

»Hier hört man ihn. Und Sie?«

»Marthe.«

»Wenn das mal kein Name von den Bergen ist«, sagte der Fischer.

Sie waren auf dem Heimweg, der über die Hügel zu den Dörfern im Landesinnern führte.

»Hier«, sagte sie, »atme ich beim Vorbeigehen immer gerne den Eukalyptus-Duft ein.«

Sie betrachtete über den Gitterzaun die Allee aus großen Bäumen mit rosarot schimmernder Rinde und grauen Blättern, an deren Ende ein kleines Haus mit Türmchen stand, ohne bestimmten Stil, alt und verspielt, mit dem Namen *Les Bonnettes*. Sie staunte und fand es angenehm, dass es in diesem Land nichts Neues, nichts Protziges gab. Ja, alles sah gebraucht, verblichen aus.

»Mir gefällt es hier«, sagte sie.

Er nahm ihre Hand und drückte sie. Sie zog sie nicht zurück, sie war beschützt: Es würde ihr nichts Böses geschehen.

Die Straße führte wieder abwärts in die Ebene. Westwärts, über den Weinbergen und der bläulichen Weite, in die da und dort die hohe Silhouette einer Pinie ragte, war der Himmel von einem solch sanftgoldenen Ocker, dass Marthe beinahe die Tränen kamen. Vor ihr in der Ferne erhob sich ein felsiger Berg, von dem Marceau ihr den Namen sagte.

»Ganz oben ist eine Festung, man kann sie von hier aus sehen.«

Nicht weit von ihnen zog sich terrassenartig dieses Dorf aus rosa oder gelblichen Backsteinen über die Flanke eines kahlen Hügels, das Marthe am ersten Tag ihrer Ankunft in La Farloude sofort aufgefallen war, weil es sie an ein anderes erinnerte, eins im Tal bei ihr zu Hause. Neugierig hatte sie den Hotelier nach dem Namen gefragt. »Das ist La Tour, die Ruine stammt noch aus der Zeit der Sarazenen«, hatte er geantwortet. »Wir haben es besucht«, sagten andere Hotelgäste, »von oben hat man eine schöne Aussicht, aber es ist sehr schmutzig! Die Gasse, die hinaufführt, ist voll mit Abfall, Papieren und Konservenbüchsen…«

Insgeheim hatte Marthe das Dorf in ihr Herz geschlossen, und jetzt wusste sie, dass es das des Fischers war.

»Kann man von hier aus sehen, wo Sie wohnen?«

»Ja, unten, auf der linken Seite, genau gegenüber dem Bahnhof.«

Marthe schaute hin. Sie war enttäuscht, dass er nicht am Hang des Hügels wohnte. Durch Palmenblätter hindurch waren die kleinen hellen Häuser des neuen Viertels zu sehen, Rechtecke mit flachen Dächern.

»Wir haben es komfortabel«, erklärte Marceau, »fünf Zimmer, ich habe eins für mich allein, und ich besitze zwei Radios.«

Melancholisch fügte er hinzu:

»Aber keins von beiden läuft.«

Die junge Frau blieb vor einem kleinen Vorgarten stehen, über und über von Blumen mit hohen Schäften zugewachsen, die golden und zinnoberrot glänzten, in den Himmel aufragende Riesenphallusse.

»Wie heißen die?«

»Ich weiß es nicht, aber da fällt mir ein, dass mir meine Mutter aufgetragen hat, ihre Blumen zu gießen. Sie ist genau wie Sie, meine Mutter, sie liebt die Blumen.«

Sie waren in La Farloude angekommen. An der Straßenkreuzung verabschiedeten sie sich. Er stieg auf sein Rad und fuhr weiter Richtung La Tour.

Sie sahen sich noch am selben Abend wieder. Diesmal hatten sie sich in der Nähe des Blumenhäuschens verabredet, da sie sich fürchtete, den Weg in der Dunkelheit allein zurückzulegen. »Wo Sie wollen und wie Sie wollen«, hatte er gesagt, »Sie bestimmen.«

Sie war als Erste da und wartete, sah jedoch schon bald ein Fahrradlicht geschwind emporklettern. Sie wusste, noch bevor sie ihn sah, dass es Marceau war, obwohl der auf sie gerichtete Schein sie ein wenig erschreckte. Eine Weile gingen sie wortlos nebeneinanderher. Vor der Strandbar bellte ein Hund, und sie spürte, dass sie beobachtet wurden.

Dann bogen sie, als hätte es keinen anderen Ort gegeben, als müssten sie immer wieder dorthin zurückkehren, in den Weg zur Pointe-du-Vaisseau ein. Doch die mondlose Nacht hüllte den klippenreichen Küstenweg in Dunkelheit.

»Wenn Sie merken, dass ich zu rutschen anfange«, sagte er, »lassen Sie meine Hand los: Ich will Sie nicht mit hinabreißen.«

Sie erreichten das äußerste Ende des Felsvorsprungs. Und da gaben sie sich, auf einem Boden, der nicht aus Erde und nicht aus Sand, sondern aus rohem Felsen war, in einer stummen, gerührten Verzweiflung, in der Überzeugung, dass sie einander nicht liebten, dass alles nur ein Spiel sei, der Liebe hin.

Plötzlich drehte sie sich erschrocken um. Sie meinte hinter ihnen einen Mann zu sehen, der sie belauerte.

»Das ist nur der Stamm einer Kiefer«, sagte Marceau.

Er schien vollkommen gelassen im Finstern, während sie sich trotz der Sanftheit ringsum ein wenig verloren, wie am Rande der Welt, vorkam.

»Haben Sie denn gar keine Angst?«, fragte sie. »Wir wissen überhaupt nichts voneinander, und es gibt so viele Sachen …?«

»Ich bin vielleicht etwas komisch«, gab er zu, »aber ich habe keine Krankheiten.«

Sie lächelte im Dunkeln, was er nicht sehen konnte.

»Oh, meine Liebste!«, jubelte er.

Er war schroff, direkt, streichelte sie kaum, doch die Umarmung dieses männlichen Körpers war für Marthe die beste aller Zärtlichkeiten. Sie dachte, dass er bald genug bekommen würde. Er bekam nicht genug. Noch nie hatte sie ein solches Übermaß, gepaart mit solcher Einfachheit gesehen.

»Sie sind eine Frau, die für die Liebe gemacht ist«, flüsterte er. »Heute Morgen, als ich Sie geküsst habe, habe ich gleich gesehen, wie heiß Sie sind.«

Marthe konnte nicht aufhören, sich zu wundern. Noch nie hatte ein Mann so mit ihr gesprochen. In ihrer Naivität kam sie gar nicht auf den Gedanken, er schmeichle ihr, und war gerührt über die eigenartigen Sorgen, die ihn umtrieben:

»Bin ich auch stark genug für Sie?«

Sie erinnerte sich. Als junges Mädchen hatte sie einmal geglaubt, mit dem Ozean zu schlafen. Er warf sich auf sie, packte sie, überrollte sie. Es war eine stürmische, atemberaubende Umarmung. Und jetzt hatte sie anstelle des kühnen Aufpralls der Wellen diesen Mann des Meeres an sich. Er liebte sie mit großer Kraft und großem Feingefühl, war mehr darauf bedacht, sie glücklich zu machen, als auf sein eigenes Vergnügen.

»Du bist nicht egoistisch«, sagte sie.

»Einer Frau wie Ihnen bin ich noch nie begegnet«, sagte er. »Ich habe viele gekannt, viele Frauen, aber Ihnen werde ich am meisten hinterhertrauern.«

Seine Worte, so forsch und ungewohnt sie waren, verletzten sie nicht.

»Ihr Mann, der ist wohl sehr stark.«

»Ja«, sagte sie, nicht ohne Stolz.

»Ich verstehe, bei einer Frau wie Ihnen! Ich bin nicht mehr so stark wie mit fünfzehn. Oh, damals war ich gut im Frauen-Anmachen! Und jetzt habe ich wieder nur von mir geredet und Sie, Sie sagen mir nichts über sich.«

Er ahnte, dass sie träumte in ihrem Körper, vielleicht weit weg von ihm war.

»Woran denken Sie?«

»Es gefällt mir, was Sie sagen.«

Wenn er seine Freude ausdrückte, lachte sein ganzer Körper. Sie fühlte, wie er von den wilden Haarlocken bis zu den Sohlen seiner mageren Füße bebte.

Plötzlich schien er in tiefes Nachdenken versunken. Er fragte:

»Haben Sie keine Kinder?«

»Nein.«

»Ich frage mich, ob es nicht ist, weil Sie eins wollen.«

»Aber nein!«, sagte sie perplex.

Doch er schien nicht ganz überzeugt.

III

Er hatte gesagt:

»Guten Tag, Madame.«

In der kleinen Sandbucht sahen sie einander staunend an.

»Gestern Abend hat mich meine Mutter mit den Worten begrüßt: ›Dein Bruder hat mir erzählt, dass du mit einer schönen Frau am Meer warst.‹«

»Das gefällt ihr bestimmt nicht: eine verheiratete Frau …«

»Ja, sie hat mich ausgeschimpft: ›Du bist ein Egoist, du bringst Ehen auseinander!‹«

Marthe lachte und dachte: Gar nichts bringst du auseinander.

»Ach, meine Mutter, sie macht sich eben Sorgen um mich! ›Pass auf, Marceau, irgendwann wird dir noch was passieren! Hör zu, Marceau, ich habe dir nur einen gemacht … Ich kann dir keinen zweiten aus Holz geben!‹«

Wieder lachte die junge Frau, lachte, weil dieser junge Mann, dem sie sich am Abend zuvor so schnell hingegeben hatte, sie mit »Madame« ansprach.

»Und mein Vater ist sauer, ich habe keinen Fang nach Hause gebracht. ›Den ganzen Tag am Meer! Und fängst nichts, Faulenzer!‹«

»Aber Sie haben doch frei«, sagte Marthe.

»Nein«, gestand er, »ich habe Sie angelogen. Ich habe nicht frei. Ich bin arbeitslos.«

»Ach!«

Es war ihr gleichgültig. Sie fragte aber doch, eher aus Höflichkeit als aus Neugier:

»Was arbeiten Sie denn?«

Rasch antwortete er:

»Als Elektroschweißer.«

»Ich bin Modistin.«

»Dann machen Sie Hüte?«

»Ja, ich mag es, mir Hüte auszudenken, den Filz aufzuziehen, eine Blume aufzustecken oder ein Band umzubinden. Nur finden die Damen in meiner Stadt sie leider zu schlicht: Sie haben eine Vorliebe für das Komplizierte. Je uneleganter sie sind, desto mehr Schnickschnack brauchen sie! Darum mache ich immer ein Extra-Modell, das hässlich ist. Es ist das teuerste. Es geht jedes Mal als erstes weg.«

»Dann haben Sie einen Laden?«

»Ja, ich habe einen Laden.«

»Oh«, sagte er bewundernd, »diese Hüte würde ich ja gern mal sehen!«

»Das dürfte schwierig sein, ich trage nie welche von mir.«

Wieder zog er sie an sich, an seine Brust, die glatt und braun war. Er drückte sie in seine kräftigen Arme und hatte bei all seinem Ungestüm nie eine grobe oder ungelenke Geste, tat ihr nie auch nur ein bisschen weh. Sie biss ihn in den Hals, ins Ohr; er wurde ganz schwach dabei.

»An Sie werde ich mich lange erinnern«, sagte er. »Mein Engel, mein schöner blonder Engel!«

Dann erforschte er ernst und konzentriert ihre Zähne, betastete sie.

»Du hast gute Zähne.«

»Du untersuchst mich ja wie ein Rosshändler!«, beschwerte sie sich.

Doch seine ausgefallenen Manieren machten ihr nichts aus. Sie vergaß darüber, ihn zu beißen.

»Weißt du eigentlich, dass du gut gebaut bist?«

»Ja, das weiß ich, ich bin gut geraten. Die Leute hänseln meinen Vater oft. Sie sagen: ›Ist dein Sohn immer noch so gut beisammen wie letztes Jahr?‹ Dann antwortet er ihnen: ›Ist mir noch gar nicht aufgefallen, muss mal nachsehen.‹ Aber ich finde mich zu mager. ›Das ist nicht schlimm‹, sagt meine Mutter, ›du bist eben schlank!‹«

Marceau sprach manche Wortenden so lustig aus, dass Marthe ihm seine Eitelkeit verzieh.

»Waren Sie heute Morgen am Meer?«

»Nein, ich habe geschlafen.« Dass sie die ganze Zeit an ihn, an seine Worte gedacht hatte, sagte sie nicht.

»Träumen Sie?«

»Ja, ich träume gern.«

»Von der Liebe?«

»Ja.«

»Erzählen Sie mir Ihre Träume?«

»Sie werden Ihnen vielleicht nicht gefallen.«

»Wenn es Liebe ist, von dem Sie träumen … Und wenn Sie so träumen, wie Sie lieben! Aber Sie haben doch wohl nicht den ganzen Vormittag geschlafen?«

»Ich habe auch ein bisschen an Sie gedacht.«

»Ha! Und was denken Sie von mir?«

»Nur Gutes.«

»Meinen Sie auch, was Sie sagen?«

»Ja.«

Über die Augen des jungen Mannes glitt ein freudiges, verschmitztes Funkeln.

»Ihre Augen sind nicht schwarz und auch nicht braun, sie sind golden.«

»Das weiß ich, dass sie goldig sind. Aber nur am Meer, in der übrigen Zeit sind sie schwarz, ganz schwarz.«

»Ach, das wissen Sie ...«

»Was haben Sie sonst noch gemacht?«

»Ich habe gelesen.« Das stimmte nicht.

»Ich lese auch gern!«, rief er aus. »Liebesromane! Manche Sätze bleiben mir im Gedächtnis, die sage ich dann zu den Frauen, wenn ich ihnen den Hof mache. Jetzt gerade lese ich einen Fortsetzungsroman in der Zeitung, ich kann sie Ihnen ausleihen. Er heißt: *Das Ruinenkind.* Das ist vielleicht etwas! Es zieht sich Seite um Seite hin, bis die beiden einander endlich sagen, dass sie sich lieben. Aber ich habe es geahnt! Wenn ich zu Hause lese, dann darf keiner was von mir wollen.«

Eine Jugendliche mit kurzer Topffrisur im moosgrünen Badeanzug warf verstohlen einen fröhlichen, verschwörerischen Blick Richtung Marthe und Marceau. Er bemerkte es und schaute sie unverhohlen an. Sie hatte einen gesunden, gebräunten Körper.

»Die da hat bestimmt keine Asche im Kopf. Ich meine, die weiß, wie der Hase läuft in Sachen Liebe«, sagte er. »Wie alt sie wohl sein mag?«

»Vierzehn, sechzehn ... Ich finde die Französinnen hübsch.«

Er schien geschmeichelt.

»Und ich«, sagte er, »ich habe mir sagen lassen, dass die Schweizerinnen schön sind.«

Er starrte immer noch die Jugendliche an.

»Ich würde ja zu gerne wissen, was im Kopf der Mädchen vor sich geht. Manchmal schnappe ich mir eine, einfach um zu sehen. Oh, ich tue ihnen nichts. Aber was für eine Angst sie immer gleich haben! Sie schreien sofort nach ihrer Mama.«

»Man muss sie verstehen«, sagte Marthe.

Für den Abend gingen sie zum Bonnettes-Strand. Doch das nächtliche Meer ganz ohne Licht kam Marthe wie eine weite, tote Erde vor.

Sie hatten sich in eine Felsnische zurückgezogen. Auf beiden Seiten ihres Sandlagers erhob sich eine Felswand; über ihren Köpfen die Milchstraße am schwarzen Himmel. Sie hatten ein Bett mit Steinbaldachin und Sternenvorhängen, eine Federdecke aus Wellen. Doch die Wellen gelangten heute Abend nicht bis zu ihnen, auch nicht ihre Gischt. Das wieder besänftigte Meer war kaum zu hören.

Sie waren nackt.

»Wie gut eine Frau doch gemacht ist!«, begeisterte sich Marceau.

Sie genoss diese bewundernde Zärtlichkeit, den Zauber seiner Gesten, seiner Worte; sie gab sich freudig, lustvoll hin. Doch sie merkte, dass sie Marceau in der Nacht weniger liebte, weil sie dann den Ausdruck seiner Augen nicht sah. Einzig seine weißen Zähne glänzten im Halbdunkel, die Zähne eines Wilden, der sich seiner Beute erfreut, und für Momente spürte sie Hass.

Nach der Liebe schlief er ein. Sie blieb an ihn geschmiegt, die Arme um ihn gelegt. Dann setzte sie sich auf und packte einen Knöchel von Marceau. Einen solch dünnen Knöchel, dass sie ihn mit dem Daumen und dem längsten Finger umfangen konnte. Sie hatte den Eindruck, ein Kind in der Hand zu haben, ein kleines tiefdunkles, tiefschwarzes Kind des Südens. Er wachte auf und schien besorgt, weil er geschlafen hatte.

»Wie lang habe ich geschlafen?«

»Nicht lange.«

Er sah beschämt aus und verharrte nachdenklich. Spürte er diese Traurigkeit ebenfalls, die Marthe beim Anblick des nächtlichen Meeres überkommen hatte? Vergeblich suchte sie nach irgendeinem Licht, irgendeinem Schimmern. Vor ihnen nichts als ein finsterer Abgrund; Himmel und Wasser hatten keine Grenze, die Erde am Ufer hatte keine Schwerkraft mehr. Um den Schwindel zu vertreiben, klammerten sich Marthe und Marceau aneinander, derselben Unruhe ausgeliefert.

»Hast du manchmal Angst in der Nacht?«, fragte sie.

Er schüttelte seine Widderstirn.

»Wovor denn?«

»Mir scheint, dass Seelen umgehen«, sagte sie.

Aber sie hätte es vielleicht besser getroffen, wenn sie das Gegenteil gesagt hätte, wenn sie gesagt hätte, dass sie an diesem Ort, am äußersten Rand der Erde, ohne Verbindung zur bekannten Welt, den tiefsten Grund der Einsamkeit berührte. Und der Fischer war in ihren Augen noch nicht groß genug, um diese Welt zu ersetzen.

»Ich glaube nicht an Seelen«, sagte er. »Nach dem Tod ist es aus und vorbei.«

»Aber nein, ich bin sicher, die Seelen leben weiter!«

Sie wollte ihm von einem Traum erzählen, den sie einmal gehabt hatte, ließ es aber bleiben.

»Ich weiß, wer mich mal fressen wird!«, rief er aus.

Sie war auf ein unpassendes, unanständiges Wort gefasst, aber er grinste übermütig:

»Die Würmer!«

Sie zuckte mit den Schultern und fühlte die schwere Masse ihrer Haare zwischen ihre weit auseinanderliegenden Brüste fallen.

»Woran denkst du?«, fragte er grob.

Sie lächelte.

»Oh, dieses Lächeln!«

Er hatte sich vor sie hingekniet und betrachtete sie mit großem Ernst; ihre wilden Augen hatten sich an die Dunkelheit gewöhnt und sahen wieder.

»Ich möchte bei dir schlafen. Wann schlafen wir zusammen?«

Eher aus Zurückhaltung als aus Grausamkeit antwortete sie:

»Ich schlafe gern allein.«

Als sie um Mitternacht wieder an der unbeleuchteten, stummen kleinen Bar vorbeigingen, sprang der Hund des Besitzers grimmig auf. Marthe bekam Angst.

»Stellen Sie sich hinter mich«, sagte der Fischer, »und auf keinen Fall rennen!«

Marceau versuchte, den Hund mit seiner Stimme zu beruhigen, aber es war nichts zu machen. Mit ihrem schwarzen Fell war die bellende Kugel noch finsterer als die Nacht.

»Aber er kennt Sie doch«, sagte Marthe.

»Ja, aber es ist dunkel.«

Sie glaubte, der Hund würde sich auf sie stürzen und sie zerfleischen. Marceau stellte sich zwischen ihn und die junge Frau und ließ sie vorausgehen. Bald waren sie bei der Treppe. Der Hund knurrte noch, aber sie waren außer Reichweite.

Im Hotelzimmer fand Marthe tief in ihrer Strandtasche einen kleinen braunen Kamm: Marceaus Kamm. Sie hatte bemerkt, dass er, sehr auf seine Locken und sein Äußeres bedacht, sich oft damit durch die Haare fuhr. Sie nahm diesen Gegenstand, einen der abstoßendsten, den es gab, wenn man nicht wusste, wem er gehörte, in die Hand. Er verströmte einen seltsamen, zugleich animalischen und raffinierten Geruch, leicht herb und süßlich. Sie wunderte sich: Nein, vor diesem Kamm ekelte sie sich nicht, sein Geruch war ihr angenehm, vertraut, kein bisschen feindselig.

Das ist das Zeichen, dass mir dieser Mann nicht fremd ist. Verwirrt fragte sie sich: Fange ich etwa an, ihn zu lieben? Nein, das ist nicht möglich! Doch sie ahnte, dass es für ihn möglich wäre, dass er sie lieben könnte, und ein freudiger Schauder durchfuhr sie.

IV

Es war der dritte Tag.

»Ich muss die ersten Male Sachen zu dir gesagt haben, die dich verletzt haben.«

Nein, Marthe war nicht verletzt. Sie sagte:

»Ich habe dir Fotos mitgebracht.«

»Von dir?«

»Ja, von mir in meiner Heimat.«

Er schaute. Eins, auf dem Marthe in einem Garten Obst pflückte, gefiel ihm auf Anhieb am besten.

»Wie schön du mit zwanzig gewesen sein musst!«

»Im Herbst half ich bei der Ernte. Das war bei meinen Eltern.«

Sein Gesicht erhellte sich, er war auf vertrautem Terrain:

»Mein Vater hatte auch Land, in Hyères, aber dann hat er alles verkauft, um sich in La Tour niederzulassen, und ist zum Marinearsenal gegangen. Inzwischen ist er in Rente. Ich war neun, als wir hierhergezogen sind.«

»Ich war zu jener Zeit einmal in Hyères. Vielleicht bin ich dir als kleinem Bengel begegnet.«

»Oh, ich war eher auf den Feldern anzutreffen, mit meinem Vater, hinter dem Pferd. Und das da!«

Er riss Marthe das Foto beinahe aus der Hand.

»Ist das dein Mann?«

»Ja.«

»Er sieht gut aus! Er gleicht dem Schauspieler Charles Vanel. Und du, wie schön du bist in dem Pelz! Ist das beim Skifahren?«

Sie lachte. Sie war im Pelzmantel, und auf beiden Seiten ihres Gesichts gab es Schneeberge.

»Dein Mann, was ist er von Beruf?«

»Er ist Notar.«

Marceau pfiff bewundernd.

»Der muss ziemlich studiert haben!«

»Gar nicht so sehr. Da, wo ich herkomme, reichte es bis vor einigen Jahren, dass man ein wenig auf dem Collège gewesen war, um Notar zu werden. Aber er hat Freude an der Arbeit. Daneben kümmert er sich noch um einen Holzhandel.«

Marceau hatte ebenfalls Fotografien aus seinem abgegriffenen Kunstlederportemonnaie hervorgeholt. Er zeigte sie Marthe kurz, nahm sie ihr aber gleich wieder weg. Auf der ersten ein bescheiden gekleidetes junges Mädchen auf einer Straße. Dann dasselbe Mädchen am Strand, mit gelockten Haaren, zwischen Marceau und einem anderen Jungen vor einem Bunker.

»Das war eine Pariserin, im vorvorletzten Sommer.«

Er zeigte Marthe noch ein anderes Mädchen, das im weißen Kleid in einem Garten saß:

»Die da ist aus Épinal, letztes Jahr. Ich habe sie in La Farloude auf dem Ball kennengelernt, aber ich konnte ihre Manieren nicht leiden. ›Pass auf!‹, sagte sie die ganze Zeit. ›Ich will nicht mit einem kleinen Marceau nach Hause zurückkehren!‹«

»Kein Wunder, dass sie Angst hatte«, sagte Marthe.

»Ach, ich war nicht ihr Erster! Aber es nervte mich, wie sie sich anstellte. Ich wollte sie nicht! Da hat sie angefangen, mich zu wollen. Am Strand setzte sie sich ganz nah zu mir. Ich beachtete sie überhaupt nicht. Sie schickte mir Briefe. Noch diesen Sommer hat sie mir geschrieben, sie habe Lust, die Ferien in La Farloude zu verbringen. Ich habe nicht geantwortet. Meine Mutter hat gesagt: ›Dieses Mädchen ist regelrecht verrückt nach dir!‹«

Dann ein Foto mit kaum weniger abgestoßenen Kanten, kaum weniger düster, das Marthe die Sprache verschlug. Eine junge Frau ragte mit ihrem sehr weißen Oberkörper nackt aus dem Meer. Die Brüste wie zwei Tauben, den Rücken an einen Felsen gelehnt. Die Wellen rollten auf sie zu, überzogen ihren Bauch mit einem Spitzenschleier aus Gischt. Hatte sie Beine oder einen schuppenbedeckten Schwanz?

»Oh!«

Über sie sagte Marceau nichts.

»Was ist aus ihr geworden?«

»Sie hat geheiratet«, antwortete er ausweichend.

»Du hast vielleicht Frauen gekannt!«

»Ich könnte sie nicht zählen. Aber mit dir ist es nicht das Gleiche.«

»Wie nannten sie dich, die anderen?«

»Sie sagten *Petit-Brun* zu mir.«

Als Marthe später einen Lebensmittelladen in La Farloude betrat, bemerkte sie, dass es der Name einer Biskuitmarke war.

»Wusstest du, Marceau, dass in den Meeren Chinas ein riesiger Fisch vorkommt, der die Brüste und die Form einer Frau hat und beinahe ein Gesicht? Eine eigenartige Walfischart. Ich habe ihn in einer Zeitung gesehen. Man vermutet, dass sich die Seeleute einst von ihm täuschen ließen, von daher die Legende über die Meerjungfrauen.«

»Kann schon sein. Aber es ist lustig, du bist überhaupt nicht eifersüchtig. Die anderen werden sauer.«

Er zeigte ihr noch mehr Bilder. Das etwas verschwommene eines jungen Mannes, der eine Straße entlanggeht. Leichter Dunst umgibt ihn. Lange, dunkle und abgenutzte Jacke von der Eleganz eines Capes; souveräne, ruhige Kopfhaltung, vornehmer Gang. Es war ein verhaltener, durch den Nebel abgemilderter Elan in ihm, durch den Frieden in dem schönen Gesicht, das reiner, unverbrauchter war als das von heute.

»Bist du das?«

»Da war ich achtzehn, ich habe in Toulon im Metallbau gearbeitet. Wir haben im Hafen einen großen Kran aufgebaut. Solide Arbeit! Aber einmal, da hat einer der Masten, auf dem ich war, zu schwanken angefangen, und ich fand mich auf dem Boden wieder. Ich war so langsam hinuntergerutscht, dass ich mir nicht wehgetan habe. Mein Chef, der hat vielleicht einen Schrecken bekommen! Er hat mit völlig veränderter Stimme gesprochen, hat mich in sein Auto gepackt und mich zum Aperitif eingeladen. Diesen Frühling, als wir einen Ausleger transportierten, hatte ich nicht so viel Glück: Der Kumpel vor mir lässt ihn los, ich fange ihn auf, und so habe ich mir meinen Bandscheibenvorfall geholt. Danach konnte ich nicht mehr arbeiten. Mein Bruder, der in Afrika, der schrieb mir die ganze Zeit solche Briefe: ›Pass auf dich auf, Marceau, du darfst dich nicht anstrengen, du darfst nicht einmal mit dem Rad fahren!‹ Ich kam dann jeden Tag zu Fuß ans Meer, legte mich in die

Sonne, kein Mensch war am Strand. Aber das kann nicht so weitergehen, dieses Leben.«

Er sah verzweifelt aus.

»Und du, du bist eine Frau, die ganz viel Liebe braucht!«

Sie sagte nichts.

»Ich habe noch einmal wegen dem Schiff gefragt. Der Besitzer, der will es mir nicht ausleihen.«

»Aber es gibt doch noch andere.«

»Die anderen würde ich dir nicht raten!«

»Und warum nicht?«

»Die wären schon einverstanden, dich mit rauszunehmen, aber wenn du dann auf dem offenen Meer bist…«

»Was dann?«

»Sie würden es ausnutzen.«

Marthe sperrte die Augen auf.

»Doch, doch, es ist so, wie ich sage.«

»Aber wenn du doch mitkommst.«

»Das wollen die nicht, dass ich mitkomme.«

Was für ein eigenartiges Land, dachte sie und erwähnte den Bootsausflug nicht mehr. Schon so verflogen die Tage mit Marceau viel zu schnell.

Dann zog er Kinderpassbilder aus dem Portemonnaie.

»Das bin ich.«

Sie betrachtete dieses Gesicht gierig, die wilden, energischen Augen, die grausame Unschuld dieses Lächelns mit den auseinanderstehenden Zähnen.

»Meine Brüder Antoine, Charles, Raphaël.«

Sie war unangenehm überrascht von einem viel zu mageren Gesicht mit spitzer Nase und breiten, abstehenden Ohren.

»Wer ist das?«

»Raphaël. Ich habe ihn dir am Sonntag gezeigt. Er hat als Kind Typhus gehabt. Es ist ihm was davon zurückgeblieben.«

»Ah, ich verstehe«, sagte Marthe, »darum habe ich ihm von weitem nur fünfzehn Jahre gegeben.«

»Er ist mager wie einer aus Buchenwald.«

Er sprach den Namen so komisch aus, dass sie erst nach einer Weile verstand, was er meinte.

»Ich hatte auch Typhus! Ich habe auf dem Meer verdorbene Miesmuscheln gegessen. Oh, was für ein Fieber! Der Arzt hat mir zwei Schnitte in den Schenkel gemacht, das hat mich gerettet. Aber danach sind meine Haare ganz glatt gewachsen. Erst später sind sie wieder lockig geworden. Ja, ist komisch.«

Marthe ließ ihre Hand durch Tausende winziger, vom Meer polierter Kieselsteine gleiten.

»Sandkörnchen«, sagte Marceau.

»Hast du die anderen auch mit Körnchen beworfen?«

»Ach, ich streite es nicht ab, ich mache das oft. Und wenn du mir nicht geantwortet hättest, dann hätte ich es am nächsten Tag und alle Tage danach wieder probiert.«

»Waren es Körnchen wie die da?«

»Ja. Aber für dich habe ich nur weiße ausgesucht.«

»Stimmt das?«

»Ja, das stimmt.«

Das ist seltsam, überlegte sie, für mich sucht er nur weiße aus, und ich bin sein schöner Engel. Und daheim hat mich mein Mann seine weiße Taube genannt. Wenn er wüsste!

Und sie erinnerte sich, dass ihr Mann noch hinzugefügt

hatte: »Es sind die Kinder der Schlange, die die Kinder der Taube lieben.«

»Ist er eifersüchtig, dein Mann?«

»Nicht besonders.«

»Manche verheirateten Männer«, sagte er nachdenklich, »sind so was von blind. Da war einmal ein Kollege. Seine Frau… Sie streifte im Bus zurück nach Toulon jeden Abend meinen Arm. Auf dem Ball weigerte ich mich, sie aufzufordern. Und ihr Mann wollte nicht verstehen! Er sagte: ›Warum forderst du sie nicht auf?‹ Ich: ›Du weißt doch, wie ich bin. Dir will ich das nicht antun!‹ Aber er ließ nicht locker, bis ich schließlich mit ihr tanzte. Und wie sie sich wand, sich an mich drückte, auweia! Als ich sie zu ihrem Mann zurückbrachte, sagte ich laut zu ihm: ›Deine Frau ist sehr anständig!‹ Und habe nie wieder mit ihr getanzt.«

»Letztes Jahr«, sagte Marthe, »hat mich mein Mann allein mit einem anderen Mann in einem Chalet in den Bergen zurückgelassen.«

»Wollte er, dass du es für Geld tust?«

»Aber nein!«, rief sie verblüfft über einen solchen Verdacht. »Nein, er wusste, dass er mir nicht gefiel, und darum war er nicht besorgt.«

»Hier gibt es einige, die Zuhälterei betreiben oder die sich reiche Frauen suchen.«

»Mit mir wirst du kein Glück haben.«

»Dich würde ich sicher nicht dafür benutzen, keine Sorge!«

»Aber du würdest es tun?«

»Ach, man soll niemals nie sagen.«

»Du würdest es nicht tun!«, sagte sie mit Bestimmtheit.

In Marceaus Augen blitzte es zufrieden auf. Er umfing sie und rieb seine Stirn an ihrer Schulter, dann betrachtete er sie von oben bis unten:

»Ich liebe dich viel mehr als die anderen!«

Sie nickte mit dem Kopf, er nickte mit dem Kopf, ihre Nasen berührten sich. Sie lachte. Er belauerte sie mit einem sichtlichen Glück. Er bewunderte alle ihre Worte, ihre Ausrufe, ihre Gesichtsausdrücke. Er sagte sie nach, imitierte sie. Sie war erstaunt, dass jemand von ihr bezaubert war. Etwas Sonderbares, Unbekanntes: Bisher hatte man immer nur von ihr verlangt: Dienerin zu sein, Bewunderin, Krankenschwester, den Körper eines Mannes oder sein Herz zu streicheln. Nie war jemand auf die Idee gekommen, dass sie das alles ebenfalls brauchen könnte. Und jetzt interessierte sich ein Mann für sie, dachte an sie: »Mein Vergnügen«, sagte er, »ist dein Vergnügen.«

»Ich sehe gerne, wenn du …«

»Wenn ich was?« Wieder hatte sie ein Wort aus seinem Dialekt nicht verstanden.

»Ach, du siehst gerne, wenn ich zwinkere.«

»Ja.«

Und er fragte:

»Stört es dich, wenn ich so tue, als wäre ich dein kleines Baby?«

Und als Marthe Angst bekam, er wolle sie beißen:

»Hast du nicht mehr Vertrauen in mich? Fehlte noch, dass du mit einer halben Brust nach Hause zurückkehrst!«

Marceau war sanft, gefügig, stolz, sauber wie eine Katze, aber nein, sie hatte seine Krallen nicht zu fürchten: Er hätte ihr keinen Kratzer zugefügt. Er schüttelte sich, strich sich die Haare glatt, kämmte sich. Sie nicht, sie ließ die Haare zerzaust, den Körper mit getrockneten Algen übersät. Er war empört, entfernte sorgfältig die Zweiglein, die auf ihrer Haut klebten.

»Aber so lass sie mir doch, ich mag sie«, sagte sie, »lass mir die Algen, wenn ich schon einmal welche habe!«

Sie ärgerte sich beinahe:

»Du hast ja einen Putzzwang!«

Er antwortete verschmitzt:

»Das ist eben, weil ich deine Haut mag.«

Doch sie hörte kaum zu und drückte eine solche Menge von Algenzweiglein und Sandkörnchen in ihre Haare, in die Falten ihres Körpers und ihres Kleides zurück, dass die Zimmermädchen im Hotel, als sie den Boden fegten, leise kicherten.

»Ah, man sieht, dass Sie das Meer genießen!«, sagte der Hotelier.

V

»Nächste Woche gehe ich vielleicht für drei Tage beim Bau einer Mauer aushelfen. Wirst du auf mich warten?«

»Ja, ich werde auf dich warten, glaubst du nicht?«

»Nein, ich bin mir nicht sicher.«

Marthe amüsierte sich über seinen Argwohn, etwas, das sie nicht gewohnt war, sie, von der man in ihrer kleinen Geburtsstadt sagte: »Madame Glanet? Die ist doch rein wie Quellwasser.« Sie fühlte sich seltsam geschmeichelt und senkte die Augen, damit sich die Wahrheit nicht allzu deutlich darin zeigte.

»Wir haben einander gesucht wie mit einem Leuchtturm.«

Was meinte er denn damit? Marthe fragte sich, ob es ein Satz aus einem seiner Fortsetzungsromane war. Sie war so weit weg von ihrem gewohnten Alltag, war für Marceau eine so andere Person, eine so andere als bei sich zu Hause, und doch, sie wusste es, war die von hier die echtere Marthe.

»Was hast du heute Morgen gemacht?«

»Ich bin im Garten geblieben, habe Postkarten geschrieben, habe gelesen. Bei Tisch gab es meine Lieblingsspeise: Moules à la crème, und zum Dessert hat uns der Hotelier eine Rede über Maurras aufgetischt, den er bewundert, und geseufzt: Dass im heutigen Frankreich noch immer Schriftsteller von solchem Rang im Gefängnis sitzen! Und du?«

»Am Vormittag bin ich mit dem Motorrad nach La Farloude gekommen. Ich hatte gehofft, dich zu sehen, ich bin zweimal am Hotel vorbeigefahren.«

»Du hast ein Motorrad?«

»Nein, es gehört einem Kumpel, aber er leiht es mir manchmal.«

»Der Hotelier hat uns auch von der Gewohnheit der Leute hier erzählt, alles, was sie besonders gut finden, mit dem Wort *muscat* zu bezeichnen«, fuhr Marthe fort, etwas irritiert von Marceaus Bedürfnis, sie jede Minute zu sehen. »Zum Beispiel kann ein Blumenkohl *muscat* sein, oder auch ein Mädchen.«

»Das stimmt doch gar nicht!«, protestierte Marceau.

Dann überlegte er und hob einen Finger:

»Meine Mutter hat zwar einmal einen Pfirsich so genannt.«

»Das ist lustig. Bei uns gibt es eine Rebensorte, die so heißt, die Muskatellertraube, sie ist sehr würzig.«

»Es gibt auch eine Melone, ich weiß nicht mehr, wie sie heißt, eine Melone, bei der zwei Kerne schwarz sind, die anderen hell wie das Fruchtfleisch. Mein Vater wollte es nicht glauben. Aber einmal, als er im Garten war, hat er es selber gesehen und gesagt: ›Dann stimmt das also mit den zwei schwarzen Kernen.‹«

Er horchte plötzlich auf, Leute gingen vorbei.

»Hast du das gehört?«, schimpfte er. »Dieser Marseiller Akzent, wie stark der ist, wie hässlich der ist!«

Marthe lachte:

»Aber das ist doch der eure!«

»Nein«, sagte er ernst, »hier spricht man den Akzent von Toulon.«

»Und ich, findest du, ich habe einen Akzent?«

»Ja, Marthe, ich höre dich singen, das ist sanft. Ich mag es nicht, wie die Frauen im Midi reden, das ist vulgär. Und wie die Pariser reden, auch nicht. Du sprichst nicht so spitz wie die Pariser. Bei ihnen hat man das Gefühl, die spießen einen auf mit ihren Wörtern.«

»Du, du bist eine Frau, die es braucht, geliebt zu werden.«

»Alle Frauen brauchen es, geliebt zu werden!«

»Ja, aber du noch mehr als die anderen. Das habe ich sofort in deinen Augen gesehen.«

»In meinen Augen?«, fragte Marthe beunruhigt.

»Man sieht es besser, wenn sie grau oder blau sind, besser als in den schwarzen.«

Er ist der Erste, dachte Marthe, der das verstanden hat. Er ist der Erste, der ihr nicht wehtut, der sie nie brüskiert. Und er war selbst dann unschuldig, wenn er fragte:

»Findest du mich sehr verdorben oder gar nicht verdorben?«

»Gar nicht verdorben.« Marthe lächelte, »ich mag es, wie du bist.«

Eine wahnsinnige Freude durchflutete sie, aber es war mehr als Freude, es war ein Taumel, eine unbeschreibliche Glückseligkeit. Sie betrachtete die langen Äste der Pinie über sich, die ihren Felsen wie ein Himmelbett überragten. Marthe nahm diese Äste als Zeugen, die einen Schein von Ewigkeit vermittelten, während das Wasser sich unaufhörlich wandelte, der Sand und die Steine sich immer wieder neu zusammensetzten. Sie sagte ihnen, den Ästen, dass sie noch nie ein solch großes, friedliches Glück erfahren hatte. Viele, viele Jahre hatte sie auf diesen Frieden gewartet. Sie schloss ihre Lider, aber Marceau ließ sie nicht einschlafen. Um zu einer Verschnaufpause zu kommen, nahm sie seine Hände.

»Du hast lange Finger.«

»Du willst doch nicht etwa sagen, ich sei ein Dieb?«

»Aber nein, Dummkopf, lass mich deine Linien lesen.«

»Nein, ich will nicht, dass du mir aus der Hand liest!« Er zog sie erschrocken zurück.

»Aber warum denn nicht?«

»Das ist Humbug!«

»Zeig sie mir trotzdem.«

»Du kannst schauen«, gab er schließlich ärgerlich nach, »aber sag mir nichts, sag kein Wort!«

Marceaus Linien waren einfach und klar, ein Leben ohne jede Aufregung. Und da war diese eigenartig zarte, sanfte Handfläche.

»Das ist komisch«, sagte sie, »das Zeichen der Schüchternheit.«

»Aber ich bin überhaupt nicht schüchtern!«

»Oder der familiären Abhängigkeit.«

Er unterbrach sie forsch:

»Bist du etwa eine Frau, die Unglück bringt?«

»Aber nein!«

Marthe konnte ihn nicht dieser Angst überlassen.

»Soll ich dir etwas sagen?«

»Sag.«

»Es ist das erste Mal, dass ich meinen Mann betrüge.«

»Ist er nett, dein Mann?«

»Ja.«

»Warum betrügst du ihn dann?«

Sie wusste nicht, was sie antworten sollte, doch sie hörte ihn voller Zartgefühl sagen:

»Mit mir kannst du an deinen Mann denken.«

Er fing wieder an, sie zu küssen. Sie biss ihn in den Lippenrand.

»Ha!«, sagte er. »Das da, das hat mir schon mal eine gemacht. Eine Deutsche.«

»Du hast dich mit deutschen Frauen eingelassen!«

»Ein einziges Mal. Und nur, um an Papiere zu kommen.«

»Papiere? Bist du in der Résistance gewesen?«

Aber er presste seine schmalen Lippen zusammen, runzelte die Brauen über den tiefen Augenhöhlen und fixierte einen Punkt in der Ferne.

»Diese Narbe da, rechts von deinem Mund, war das auch eine Frau?«

»Nein, das war, als ich mit meinem Vater auf den Feldern gearbeitet habe. Ich bin auf einen Eimer gefallen und habe mir die Lippe aufgerissen.«

»Zu Beginn des Krieges warst du erst fünfzehn!«

»Ja.«

»Hast du im Krieg gehungert?«

»Nie. Was das Essen angeht, wusste ich mir immer zu helfen. Ich habe mehr als einmal auf dem Fahrrad ein Schaf nach Hause gebracht, das ich getötet hatte. Nicht einfach, so was kilometerweit durch die Nacht zu schleppen. Die Deutschen hatten an der Croisette Lagerschuppen voller Vorräte stehen.

Wir waren es, die sie ihnen bauen mussten. Also haben wir auf dem Dach den einen oder anderen Ziegel nicht richtig festgemacht, und später kamen wir zurück, nahmen sie weg, schlüpften hinein und bedienten uns.«

»Du bist listig.«

»Muss man sein.«

Marthe lauschte.

»Aber es gab auch welche, die es ausnutzten, die sich bereichert haben. Die Frauen gingen zu den Gartenbesitzern, um Gemüse zu kaufen. ›Gemüse wollt ihr? Na, dann bückt euch mal und packt bei der Ernte mit an!‹ Sie arbeiteten stundenlang. ›Und nun?‹ – ›Und nun hier!‹ Der Besitzer gab ihnen eine Handvoll zum Schwarzmarktpreis und behielt den Rest für sich. Die Ärmsten! Ich habe während der Bombenangriffe in Toulon auf den Gerüsten gearbeitet. Ich wollte immer oben bleiben, um es mir anzusehen. Aber wenn zu viel herunterkam, verzog ich mich in den Luftschutzkeller zu den anderen. Und der Tag, als die Flotte versenkt wurde …«

»Das muss dir Kummer gemacht haben.«

»Wenn ich daran denke, dass Toulon mit den Vorräten, die wir hatten, noch lange hätte durchhalten können!«

»Warst du in der Résistance?«

»Ich war nicht in der Résistance eingeschrieben, aber ich habe mitgemacht. Ich bin Lastwagen gefahren, um die Leute vom Maquis dort draußen in den Wäldern zu versorgen. Aber abends im Bistro trank ich zusammen mit den Deutschen. Meine Kumpels aus La Tour kritisierten mich, aber es hat uns genützt. Da war einer, Hans hieß er, mit dem ich mich gut verstand. Wenn die Fridolins einen Hinterhalt vorbereiteten, hat er uns gewarnt. Und so habe ich nach der Befreiung gesagt: ›Hans, der ist *mein* Gefangener!‹ Und ich habe ihn heimgehen lassen, zu seiner Familie. Der war ganz schön froh, ich sag's dir!«

Marceaus Augen erhellten sich, aber verdüsterten sich sofort wieder.

»Zweiundvierzig, als sie die Jungen für die Zwangsarbeit in Deutschland geholt haben, war ich zu klein, aber mein älterer Bruder, der musste gehen. Doch im Zug von Marseille, der sie hinbringen sollte, da konnte er flüchten. Die SS sind zu meiner Mutter gekommen, die ihn versteckte. Sie hat zu ihnen gesagt: ›Na, das wundert mich nicht! Mein Sohn ist bestimmt zu einer Frau gerannt, leidenschaftlich, wie er ist.‹ Aber irgendwann haben sie ihn wieder geholt. Sie haben zu ihm gesagt: ›Du Koch, du uns gute Cuisine française machen.‹ Das hat er ihnen gemacht, eine gute Cuisine française! Aber nicht nur ihnen, auch den anderen, die Hunger hatten. Dann wurde Antoine in eine Fabrik nach Deutschland verschleppt. Da hat er sich gesagt: ›Nein, ich kann keine Granaten herstellen, um meine Brüder zu töten.‹ Er hat die Arbeit sabotiert. Und so haben sie ihn ins Lager gesteckt.«

Marthe lauschte und lauschte.

»Sie haben ihn ins Lager von Buchenwald gesteckt.«

»Das ist eines der schlimmsten«, sagte sie. Und sie wurde von einem Lachanfall gepackt, den sie, sosehr sie es auch versuchte, nicht unterdrücken konnte.

Sie ging schwimmen, er tauchte ins Wasser, um zu fischen. Er kam bald zurück und sagte:

»Ich habe keine Fische gesehen. Sogar hinter der Taucherbrille denke ich immer nur an dich.«

Tatsächlich hatte er nichts an der Spitze seines Dreizacks. Aber sie bemerkte etwas Rotes, das aus seiner Leinenhose herausschaute, von einem knalligen Rot wie dem spitzen Geschlecht der schwarzen Stiere, die aussehen, als würden sie bluten. Ein Meerstern.

»Lehn ihn gut an den Felsen, damit er trocknet.«

Der Stern, der erst nach mehreren Stunden tot sein würde, bewegte sich noch immer, wand sich, drehte seine Tentakel, und Marthe schaute ihm betrübt zu. Dann legte Marceau ihr eine Muschel in die Hand.

»Iss sie.«

»Dieses lebendige Viech?«

Ihm zuliebe schluckte sie das klebrige, unförmige kleine Etwas hinunter, das in ihrem Magen vielleicht weiterleben würde.

»In La Tour«, erzählte Marceau, »hatte mal eine schwangere Frau Lust auf Seeigel. Und was für eine Lust! Man muss ihnen geben, was sie verlangen. Es war mitten im Winter. Ich bin ins Meer gestiegen, reingetaucht und habe ihr einen ganzen Sack voll gebracht. Ah, die hat sich ganz schön gefreut! Und ihr Mann, der ist mir noch heute dankbar. Es war kalt, ich sag's dir, noch kälter als an dem Tag, als ich dich zum ersten Mal gesehen habe.«

Verträumt hatte Marthe nach dem Tauchermesser des Fischers gegriffen:

»Zeig mir, wie man es machen muss, wenn man jemanden mit dem Messer umbringen will.«

»Du willst mich töten?«

»Aber nein!« Armer Marceau, was machte er sich für Illusionen? So sehr liebte sie ihn nicht, dass sie Lust hatte, ihn zu töten. »Um mich im Notfall verteidigen zu können.«

»Es wäre besser, Jiu-Jitsu zu lernen.«

Er sprach das schwierige Wort zögernd, mit einer Grimasse aus. Wieder brach Marthe in Gelächter aus.

»Du bist aber fröhlich heute.«

»Ich bin glücklich, Marceau.«

Es war später Nachmittag, am Ufer begann sich das Licht zu verschleiern, aber das Meer hatte sämtliche Strahlen des Tages in sich bewahrt; es funkelte leise, bebend, und weit draußen fuhr dumpf tuckernd ein Boot vorbei.

»Das Schiff zu den Inseln, es ist halb sieben.«

»Am liebsten würde ich für immer hier bleiben«, seufzte Marthe.

»Ach«, sagte Marceau, »das ist, was ich am meisten mag auf der Welt. Mehr als alles andere liebe ich das Meer, die Liebe, die Jagd und die Einsamkeit.«

»Die Einsamkeit auch?«

»Ja, die Einsamkeit. Ich langweile mich nie: Ich bin ganze Tage allein am Meer geblieben.«

»Siehst du, wir sind uns ähnlich.«

»Und wenn aus dem allem die große Liebe wird«, sagte er, »dann werde ich ganz schön unglücklich sein.«

»Das glaube ich nicht«, antwortete sie.

Und doch sah Marthe sie kommen, die Liebe. Marceau dachte nach, still, gerührt, als hätte er Mühe, zu begreifen, was ihm geschah. Dann rief er plötzlich:

»Es ist gut, jemanden zu haben, an den man denken kann!«

Er drückte sie wieder an sich:

»Ich bin grob!«

»Nein.«

»Doch, ich spüre es, ich werde grob.«

Abends auf dem Nachhauseweg sahen sie von der Höhe des Riffs aus ein verschlungenes Pärchen. Der Kopf der Frau ruhte auf den Knien des Mannes, ihr schöner Körper lag auf dem Felsen ausgestreckt. Der Mann umfasste mit den Armen ihre Schultern, beugte sein Gesicht über ihres, und ihre Lippen berührten sich. So reglos waren sie, als wollten sie sich nie mehr voneinander lösen.

VI

Er hatte sie noch einmal gebeten, am Abend zum Fest zu kommen.

»Ich tanze nicht«, hatte sie gesagt.

»Das macht nichts, wir werden etwas herumgehen.«

Aber sie lehnte ab, weil sie schon einer Frau aus dem Hotel versprochen hatte, mit ihr und ihrem kleinen Jungen hinzugehen. Die Frau, die aus Toulouse kam und in Paris wohnte, war an Marthes Tisch platziert worden. Der Hotelier mochte es, die Leute zusammenzusetzen, überzeugt, oft zu Unrecht, er tue ihnen damit einen Gefallen und schaffe Verbindungen zwischen ihnen. Außerdem erleichterte es den Service. Marthe hatte nichts gegen diese Frau, im Gegenteil. Sie war vor allem verblüfft über die Geduld und Liebenswürdigkeit ihres Ehemannes, der voller Aufmerksamkeit für seine Gattin war. Einmal beklagte sie sich, dass sie ihre Handtasche im Autobus vergessen hatte. Der Mann ließ nichts unversucht, sie zu finden, seine Frau zu beruhigen und zu trösten. Kein einziges Wort des Vorwurfs. Aber die Tasche kam nicht mehr zum Vorschein. Dann musste er, von der Arbeit gerufen, nach Paris zurück.

Was für ein guter Ehemann. Marthe dachte an ihren eigenen, der oft drauflospolterte.

»Sie werden einen Logenplatz haben für das Feuerwerk«,

sagte der Hotelier. »Es findet auf der Wiese gleich unterhalb der Terrasse statt.«

Das Dorffest dauerte nun schon sechs Tage. Es hatte einen Tag vor dem Quatorze Juillet begonnen und würde erst an diesem Abend mit der Fanfare und dem Lichtspektakel seinen Abschluss finden.

Nach dem Feuerwerk war Marthe auf einem der hohen Barhocker sitzen geblieben, die draußen aufgereiht waren. Im Licht der geraniengeschmückten Terrasse schaute sie der Menge zu, die dem Platz zuströmte. Unter den letzten Schaulustigen erkannte sie, etwas abseits, den Fischer auf seinem alten Fahrrad. Er warf ihr ein schwärmerisches Lächeln zu, das sie erröten ließ. Sie blieb noch einen Augenblick auf ihrem Sockel, auf dem sie sich auf einmal wie eine Statue vorkam, oder wie eine melancholische, der Menge ausgestellte Königin. Dann ließ sie sich zu Boden gleiten und ging.

Sie hatte sich an jenem Abend mit ihrem Schmuck und einem großen, glänzenden Schal herausgeputzt, der ihr Gesicht umhüllte und ihre Schultern vor der Kühle der Nacht schützte. Ab und zu drückte sie ihn auf ihr Herz, wenn es ihr allzu stark zu klopfen schien, und senkte die Augen vor den allzu lebhaften Blicken der Passanten. Sie wissen es, dachte sie.

In Begleitung von Madame Rode ging sie auf den Platz zu, auf dem getanzt wurde, flanierte an den Ständen vorbei und spendierte dem kleinen Jungen ein Eis beim italienischen Konditor des Dorfes, der ein besonders köstliches machte. Plötzlich sah sie sich im Spiegel des Ladens: schön, die Lippen vom Biss ins Erdbeereis noch aufgeschwollen und rosarot glänzend, große Augen und die Haare unter dem nachtblauen, mit goldenen Punkten gespickten Schal sehr blond. Sie spürte hinter ihrem Rücken das bewundernde Staunen des Lehrlings. Ob er es weiß?

Dann kehrte sie, noch immer in Begleitung der Frau und des Kindes, zu den Tanzenden zurück, die das pulsierende Herz des Festes waren. Den Kopf vom Jahrmarktsorchester leicht benommen, setzte sie sich auf eine der langen schmalen Bänke, die einen Ring um den Ball bildeten. Sie suchte mit den Augen Marceau. Wo war er? Bald erblickte sie ihn auf der den Musikern gegenüberliegenden Seite, wo sich die Tänzer zusammenfanden, die warteten, beobachteten, erwählten, bevor sie sich ins Getümmel stürzten. Er kauerte mit lauernden Augen im Kosakensitz auf den Steinplatten, die Arme über den Knien verschränkt. Andere junge Männer verharrten in derselben Haltung, doch sie stellte mit Verblüffung fest, wie unterschiedlich sie waren. Sie hatte geglaubt, Marceau unter seinesgleichen zu sehen, zu ihnen gehörig. Aber er hob sich durch seine ungestüme Erscheinung von ihnen ab, durch die Anspannung seines ganzen Wesens, das eine zurückgehaltene, intensive Wut erfüllte, die Marthe aufwühlte. Nur etwas missfiel ihr. Er und seine Gefährten hatten Kaugummi im Mund. Diese auffällige, absurde Kauerei verletzte sie wie ein Affront. Aber sie konnte nicht anders, als darüber hinwegzusehen, so ursprünglich und rein war die Kraft, die von Marceau ausging. Er war finsterer als alle anderen, bäuerlicher, auch geheimnisvoller. Er glich niemandem.

Er schien sie nicht zu sehen, vermied es, zu ihr zu blicken, aber mit Sicherheit wusste er, dass sie da war. Worauf wartete

er, immer noch in der Hocke, bereit, jeden Moment aufzu-
springen? Plötzlich verschwand er. Er kehrte bald mit einem
jungen Mädchen zurück und fing an zu tanzen. Das Mädchen
war weder hässlich noch schön und wirkte ernst. Marceau
schaute es nicht an.

»Das ist der Midi-Walzer«, erklärte Madame Rode, »der
wird mit winzigen Schrittchen getanzt.«

Marthe sah dem Tanz zu, der so präzise und so schnell war,
dass eher Ausdauer als Wendigkeit gefordert war. Marceau
tanzte, den Körper stockgerade, den Kopf leicht nach vorne
gebeugt, mit einer beinahe unmenschlichen Strenge, und Marthe folgte ihm verwirrt mit den Augen. Er ging an ihr vorbei: Er
sah sie nicht. Er drehte sich immerzu, dann blieb er, ohne den
leisesten Übergang, abrupt stehen. Er trug ein helles Hemd,
das sich auf dem Rücken über dem Ledergürtel und den
schmalen Hüften wie bei den Gauklern bauschte, während es
bei den meisten jungen Männern der Sommermode entsprechend frei flatterte.

Marthe spürte siedend heiße, dann wieder eiskalte Wellen
über ihren Körper strömen. Trotz Marceaus anscheinender
Gleichgültigkeit ahnte sie, dass er sie sah und sie für ihn der
Mittelpunkt des Festes war.

Als der Walzer, der ewig gedauert, immer wieder von vorne
angefangen hatte, zu Ende war, standen sie einander zufällig
gegenüber. Sie hatte sich erhoben, um ihrer neuen Freundin zu
folgen, die nach einem freien Tisch auf einer Caféterrasse Ausschau hielt. Sie blieb vor Marceau stehen, und sie grüßten sich:

»Wird Ihnen nicht schwindelig dabei?«

»Nein, mir ist kein bisschen schwindelig.«

Mit leichter Verlegenheit ging sie weiter zu Madame Rode, die Getränke bestellt hatte.

Die Tanzenden pausierten für einen Moment. Marceau stand immer noch am selben Platz, von einer Gruppe junger Männer umringt. Sie plauderten miteinander, und hin und wieder warf Marceau einen Blick in ihre Richtung, aber sehr diskret. Marthe sprach ungewohnt redselig, fühlte sich erröten und erblassen. Ihre Gefährtin, mit Kurzsichtigkeit und einer natürlichen Liebenswürdigkeit ausgestattet, schien nichts mitzubekommen, war mehr mit ihrem Sohn beschäftigt als mit den Geschichten, die Marthe ihr erzählte.

Ich liebe Marceau, dachte sie, und ich spüre es, er wird mich auch lieben, er liebt mich bereits. Die Musik hatte wieder eingesetzt. Sie beschlossen, nach Hause zu gehen. Als sie aufbrachen, sah sie ihn noch einmal, allein, in die Betrachtung der Gewinne der großen Tombola vertieft. Überlegt er sich ein Geschenk? Ein Geschenk für sie?

Auf der Straße, wo noch ein paar Leute zusammenstanden, wurden sie vom Fahrrad des Fischers überholt. Noch einmal durchfuhr sie ein freudiger und schmerzlicher Schreck. Dann ging sie hinauf zum Schlafen.

Doch Marthe tat die ganze Nacht kein Auge zu. In Wahrheit wollte sie nicht schlafen. Sie war zu verzaubert, zu verwundert. Sie war unendlich glücklich und wollte nicht, dass diese Freude im Schlaf verloren ging.

Der Morgen dämmerte, grau zuerst, begleitet vom lauten Gesang der Vögel. Vom Bett aus sah sie den bewaldeten Hügel, von dem Rufe des Erwachens und der Freude aufstiegen. Die

Bäume durchtränkten sich nach und nach mit Licht. Die Sonne auf all dem Grün kam Marthe an diesem prächtigen Morgen vor wie das Licht des Ersten Tages.

Sie räkelte sich so lange in diesem Glück, dass die Serviererinnen des Hotels, besorgt, weil sie nicht heruntergekommen war, ihr das Frühstück aufs Zimmer brachten.

VII

Auch an diesem Morgen ging sie wieder ans Meer, die Taille entblößt, die Haare im Wind. Sie rannte beinahe über den Weg, fühlte sich sonderbar leicht, die Hüfte von einer sanften, warmen Flamme umhüllt. Die Männer drehten sich bewundernd nach ihr um.

»Ich habe dir genau zugesehen gestern auf dem Ball«, sagte sie zu Marceau.

»Und was hast du von mir gedacht?«

»Du hast mir gefallen, ich mochte es, wie sich dein Hemd auf dem Rücken blähte.«

»Früher habe ich es vorne auseinandergeschoben, sodass der Oberkörper nackt blieb. Und mein Vater konnte nichts sagen, ich hatte das Hemd ja an. Und ich habe gesehen, dass du einen schönen Fingerring hast.«

»Ja, und meine Ohrringe, hast du die auch gesehen?«

»Nein.«

Sie war ein wenig enttäuscht. Sie erkundigte sich:

»Haben deine Freunde keine Bemerkungen gemacht?«

»Nein, sie haben nichts gesagt. Übrigens weiß niemand, dass du meine Geliebte bist.«

»Aber sie haben es doch sehen können ...«

»Was sollen sie schon gesehen haben! Ich habe mit niemandem über dich gesprochen.«

»Ist das wahr?«

»Ja, das ist wahr. Und niemand würde es wagen, etwas zu sagen. Sie wissen alle, dass mir schnell die Hand ausrutscht. Ich bin unbeherrscht. Sie nennen mich den verrückten Hitzkopf.«

»So verrückt bist du gar nicht.«

»Nein, bin ich nicht.«

Die junge Frau beugte sich über ihre Strandtasche und tauchte den Arm hinein. Sie nahm einen Gegenstand heraus, den sie in ihren Händen versteckte.

»Was ist das?«, fragte Marceau.

Marthe hatte einmal eine alte nordische Legende gelesen, die ihr sehr gefiel. Es war die Geschichte von einer Kette, die im Meer gefunden wurde und die sich die Verliebten seit uralten Zeiten weiterreichen. Das Liebespaar war dabei stets dasselbe, erstand in anderen Körpern und anderen Ländern immer wieder neu. Und genau in dem Augenblick, wenn der eine der beiden dem anderen die Kette schenkte, wurden sie sich ihrer Liebe gewahr.

Nun besaß sie eine recht hübsche, ziselierte Kette aus vergoldetem Metall, aber die paar Tage am Meer – sie hatte sie zum Schwimmen um den Hals behalten – hatten gereicht, dass sie getrübt und stellenweise mit ein wenig Grünspan überzogen war. Marthe hatte am Morgen versucht, sie mit Wasser und Seife zu waschen, sie abzureiben, bis sie wieder hell wäre, doch sie hat ihren Glanz nicht wiedergefunden.

»Ich schenke dir diese Kette als Andenken an mich«, sagte sie.

Er drehte sie verwirrt zwischen den Fingern und antwortete schließlich:

»Aber so was kann ich nicht anziehen. Du willst doch nicht etwa, dass ich sie um den Hals trage?«

Sie sah, dass er sie nicht wollte, und nahm sie etwas traurig wieder an sich. Es fiel ihr nicht ein, dass sie ihn stattdessen bitten könnte, die Kette ihr umzulegen.

»Würde dir ein Schal mehr Freude bereiten?«

»Ja«, sagte er, und seine Augen strahlten. »Was du willst«, fügte er höflich hinzu.

»Wie schnell du diesen Walzer getanzt hast! Ich könnte das niemals, und ich habe gesehen, dass du den Kopf immer leicht nach vorne beugst.«

»Du bist eine Frau, die alles sieht.«

»Wenn ich jemanden liebe, schaue ich ihn an.«

»Stimmt, wenn ich mich prügle, gehe ich auch immer mit dem Kopf voran auf ihn los.«

Er deutete die Bewegung an.

»Prügelst du dich oft?«

»Kommt vor. Wenn man mir nicht glauben will. Neulich in der Bar, da war einer, der mit meinem Bruder Raphaël auf eine Weise gesprochen hat, die mir gar nicht gefällt. Ein Kumpel hat es mir erzählt. Ich komm rein, da hat er nichts mehr gesagt.«

»Wirst du deine Frau später einmal schlagen?«

»Aber nein, also das niemals! Eine Frau schlägt man nicht! Ich will nicht sagen, dass ich noch nie eine geohrfeigt habe. Da war mal eine von La Goulède, ich habe sie auf dem Ball kennengelernt, sie gefiel mir, aber sie wollte nicht. ›So, du nennst mich also einen Dummkopf!‹, sagte ich, und *peng*, da hatte sie eine. Sie hat mich einen Monat lang hingehalten.

Danach war ich fast ein Jahr mit ihr zusammen. Gleichzeitig hatte ich aber noch eine aus Croisettes. Die aus La Goulède arbeitete viel in den Gärten, erntete den ganzen Tag Gemüse, Bohnen, das ist anstrengend, am Abend sagte sie dann zu mir: ›Ach, Marceau, du laugst mich aus, du bringst mich noch um ...!‹ Aber sie kam trotzdem. Das war eine, die die Liebe mochte.«

Marthe schwieg. Sie spürte Entsetzen, aber auch Mitleid.

»Ach, aber ich kenne schon welche, die sie schlagen. Einer vor allem, der hat in La Tour gewohnt. Und dabei hatte er eine brave Frau, die ihre Kinder immer gut in Ordnung hielt, ganz nach Etikette. Eine richtige Familienmutter! Wenn sie wenigstens keine Mutter gewesen wäre«, rief er entrüstet. »Eines Abends komme ich auf der Straße an ihrem Haus vorbei, sie wohnten uns gegenüber, ich höre Schreie und ping, fliegt ein Messer einen Meter an mir vorbei und bleibt in einem Baumstamm stecken. ›Ah, so geht das aber nicht!‹, sagte ich. Ich nehme das Messer, wickle es in ein Taschentuch, ohne es zu berühren. Als der andere das sieht: ›He! Du gehst aber nicht damit ins Rathaus und zeigst mich an!‹ – ›Na und ob ich gehe, du glaubst wohl, ich will mich von dir umbringen lassen! Wenn du deine Frau verdrischst, ist das deine Sache, aber wenn du mich umbringst, geht mich das sehr wohl was an!‹ Und ich bin gegangen. Dann, eine Woche später, verpasste der Kerl seiner Frau eine tiefe Wunde in den Bauch. Aber seit sie aus La Tour weggezogen sind und in Sanary wohnen, hat er sich beruhigt. Vor drei Monaten habe ich sie gesehen, die Frau hat zu mir gesagt: ›Es ist alles in Ordnung, Marceau, wir sind jetzt glücklich zusammen.‹«

Die Worte drangen nur noch durch das laute Rauschen des vom Mistral aufgewühlten Meeres zu ihr.

»Und deiner, schlägt er dich?«

»Es ist einmal vorgekommen«, antwortete sie.

»Ach, du bist auch geschlagen worden!«, rief Marceau ganz ausgelassen. Er hatte Mühe, es zu glauben. »Du hast ihn betrogen!«

»Nein, ich habe etwas anderes getan, etwas recht Schlimmes. Ich habe Sachen weitergesagt, die ich hätte für mich behalten sollen.«

Marthe schämte sich ein wenig, es zu gestehen. Sie spürte leichte Wehmut, denn sie liebte ihren Mann noch immer. Aber Marceaus Heiterkeit steckte sie an.

»Weißt du, was der Wirt von der Bar zu mir gesagt hat? ›Gratuliere, Marceau, du hast das beste Stück vom Strand ergattert. Wie schon letztes Jahr.‹ Aber die vom letzten Jahr wollte ich nicht mehr, das war die aus Épinal. Ich nehme auch nie eine aus La Tour. Wegen dem Geschwätz. Nicht wegen mir, sondern wegen den Mädchen, damit es ihnen keinen Ärger bringt. Und jetzt habe ich schon wieder nur von mir geredet.«

»Sprich weiter«, sagte Marthe. »Ich möchte gerne wissen…, Marceau, in welchem Alter hast du damit angefangen?«

»Oh, ich erinnere mich nicht mehr, es ist zu lange her. Aber etwas weiß ich noch: Als ich vierzehn war, sprach mich eines Tages eine auf der Straße an. Sie nannte mich Flaumküken. Ich schlage ihr vor, mit mir spazieren zu gehen. Wir spazieren. Ich sage: ›Kommen Sie mit mir hinter die Böschung?‹ – ›Oh! Für wen hältst du dich denn?‹ – ›Für den, der ich bin.‹ – ›Ein

Flaumküken bist du!‹ – ›Das wäre nicht das erste Mal, ich habe schon viele flachgelegt!‹ – ›Trotzdem: mit mir nicht, du bist nicht alt genug, deine Eltern würden sich ärgern.‹ – ›Meine Eltern? Die spornen mich dazu an.‹ – ›Noch einmal, Kleiner, nicht mit mir!‹ Ich erwidere: ›Man soll niemals nie sagen!‹‹«

»Ist das dein Leitspruch?«

Aber Marceau redete weiter in dieser etwas aggressiven und für Marthe so neuen, so schnellen Sprache, dass sie den Sinn nicht immer erfasste.

»Schließlich gibt sie nach. Ich bringe sie zur Böschung dort hinten. Später habe ich erfahren, was sie war: eine Hure! Du kannst mir glauben, Marthe, als ich ihren Beruf wusste, wollte ich sie nie mehr sehen! Aber sie kam oft nach La Tour. Sie fragte die Nachbarn: ›Wo ist der kleine Marceau? Sagt ihm, er soll zu uns nach Toulon kommen, da kann er machen, was ihm gefällt …‹«

»Hast du etwas gegen Huren?«

»Oh, nicht dass ich etwas gegen sie hätte! Ich gehe einfach nie zu ihnen. Ich bin ein einziges Mal in ein Bordell gegangen, ein Kumpel hat mich mitgeschleppt. Es ist etwas Komisches passiert: Mein Kumpel hat eine Krankheit aufgelesen, aber ich nicht. Dabei hatten wir dieselbe.«

»Das kann vorkommen«, sagt Marthe.

»Ja, wenn man starkes Blut hat. Aber die Männer, die zu den Huren gehen, die wollen, dass man ihnen die ganze Arbeit abnimmt, oder sie sind sehr jung und wollen es lernen. Und du, wann hast du zum ersten Mal an die Liebe gedacht?«

»Das ist eigenartig«, sagte sie, »lange bevor ich irgendetwas davon verstanden habe, lange bevor man mir gesagt hat, es sei etwas Schlechtes! Ich war vielleicht vier, fünf Jahre alt, ich stellte mir am Abend vor dem Einschlafen einen riesigen nackten Mann und eine riesige nackte Frau vor, wie Riesenstatuen, die nebeneinander auf einem Steinsockel saßen. Und während langer Zeit machte es mir Spaß, daran zu denken.«

»Ha, das erstaunt mich nicht, dass du frühreif warst!«

Es war der erste wirklich heiße Tag. Marthe war froh über die frische Brise, die sie ganz oben auf dem Gipfel im Klang der Zikaden belebte. Das Hackbeil der Zikaden... Sie wartete allein im Schatten des Felsens auf die Stunde, um schwimmen gehen zu können. Marceau war wieder fischen gegangen, kehrte aber mit leeren Händen zurück.

»Du musst mich durcheinandergebracht haben, ich sehe keine Fische mehr. Ich sehe nur noch dich vor der Taucherbrille, immer nur dich.«

Marthe raffte sich ebenfalls auf. Das Wasser war durchsichtig und der Sandgrund blond. Blond waren die kleinen Algen und die winzigen getigerten Fische, die nicht davonschwammen, sondern ihr um die Beine strichen. Plötzlich tauchte Marceau mit einem neuen purpurroten Stern neben ihr auf. An seinem Dreizack wand sich ein goldgrüner Fisch.

»Ein Kaiserfisch.«

Doch diesmal hielt er den Seestern mit den Fingerspitzen und legte ihn Marthe vor die Füße.

»Fass ihn nicht an! Neulich, als ich meiner Mutter erzählte, dass ich einen Seestern für dich gefangen habe, schrie sie auf: ›Wo hast du ihn hingetan? Etwa in deine Badehose, an den Bauch?‹ – ›Ja.‹ – ›Ach, hättest du mir das doch gleich gesagt!

Jetzt verstehe ich, warum du diese roten Flecken auf der Haut hast, das ist eine Allergie!‹ Sie hat sich solche Sorgen gemacht, meine Mutter! Hat nicht mehr geschlafen. ›Marceau, du weißt, ich kann dir keinen zweiten aus Holz machen!‹«

»Wie, hat sie geglaubt …?«

»Na ja, ich habe mich auch gefragt. Und meine Mutter hat mich gesehen, als ich mich gewaschen habe.«

»Wäschst du dich oft?«

»Jeden Abend, ich trage die Wassereimer in den Hof, ich ziehe mich nackt aus, und wenn die Nachbarinnen mich sehen, auch egal.«

»Umso besser, meinst du wohl.«

Wieder wunderte sich Marthe: Warum erzählt man bei uns, dass die Leute im Süden schmutzig sind und unordentlich?

»Du bist sehr hygienebewusst.«

»Ja, ich wasche mich gerne mit Süßwasser, im Winter wie im Sommer.«

»Mit oder ohne Seife?«, erkundigte sich Marthe.

»Nie mit Seife, nur mit Seifenflocken.«

»Aber im Meer …«

»Das Meerwasser wäscht nicht, es zieht an der Haut, ist klebrig.«

»Ich mag das Meerwasser«, sagte sie, »ich wasche mich nicht danach.«

Und sie schwamm den Wellen entgegen, die ihr an die Brust schlugen. Sie öffnete weit ihre schönen Arme und nahm das Meer in sich auf, atmete es ein. Sie kostete seinen Salzgeschmack auf den Lippen. Doch ihr Kopf blieb stets draußen, aus Furcht, von einer Woge überrollt zu werden. Sie schwamm aufrecht darauf zu, kräftig mit den Unterschenkeln schlagend, das Kinn über die Gischt gereckt. Sie ließ sich nur selten von einer Welle überraschen. Marthe war auf der Hut. Bei all ihrer Kühnheit tauchte sie nie unters Wasser. Allein der Gedanke an diesen Abstieg in die Finsternis ängstigte sie: Ich hätte den Eindruck zu ersticken, zu sterben! Nein, ich kann nicht! Marceau insistierte nicht.

Am Abend, als niemand mehr übers Ufer ging, als sie sich allein glaubten, gaben sie sich der Liebe hin.

Was aber war dieser Liebesakt? Eine Verzauberung eher als ein Genießen. Sie waren so gut aufeinander eingestimmt, dass sie nichts als Glück und Frieden empfanden. Ihre Augen waren genauso miteinander verbunden wie ihre Körper und wurden nicht satt davon. Marceau begann, Marthe zu lieben, sein Blick änderte sich von Tag zu Tag. Es war nicht mehr der Blick des jungen Wilden, des Dorfcasanovas, er hatte seine naiven Tricks abgelegt.

»Was denkst du?«

»Ich mag dich wirklich sehr, Marceau.«

Er schwieg einen Augenblick, dann rief er:

»Es scheint mir einfach nicht möglich, dass es dich so schnell überkommen hat! Mich auch, aber es scheint mir unwirklich, und doch ist es wahr.«

Sein Blick trübte sich, verschleierte sich. Marthe schaute ihm tief in die Augen. Er drehte sich weg, setzte sich auf und starrte aufs Meer.

»Verstehst du«, sagte er, »ich habe mir fest vorgenommen: vierzehn Tage, mehr nicht!«

Sie griff mit einer raschen Handbewegung nach dem blauen

Papier seiner Gauloises-Packung, die er auf den Boden geworfen hatte. Neugierig fragte er:

»Warum nimmst du das?«

»Als Andenken an dich.«

Er küsste sie gerührt.

»Ich«, sagte er, »ich würde dir so gern ein Geschenk machen, aber ich kann nicht.«

Als sie ihre Füße vom Sand säuberte, bevor sie aufbrachen, näherte er sich ihr von hinten und packte sie an den Schultern:

»Es kommt mir vor«, sagte er, »ich liebe dich noch mehr, als wenn du ein junges Mädchen wärst!«

Welch obskures Bedauern quälte ihn in seiner aufkeimenden Liebe?

VIII

Am fünften Tag gestand sie ihm, damit er sie besser verstehen konnte, nicht um sich in ein günstiges Licht zu stellen:

»Vor dir habe ich nur einen einzigen Mann gekannt: meinen Ehemann.«

»Das glaube ich dir nicht, eine Frau wie du!«

»Ich schwöre es dir!«

»Schwör nicht. Nur die Araber schwören: ›Ich dich schwören, meine Ware ist gut!‹«

»Wie viele Liebhaber gibst du mir denn?«

»Acht, zehn…«

»Da kennst du mich schlecht«, sagte sie, »ich habe Angst vor den Männern.«

»Und vor mir, hast du da auch Angst gehabt?«

»Nein.«

»Warum nicht?«

»Ich weiß es nicht.«

Er schien es zu glauben oder tat wenigstens so. Doch er blieb auf der Hut, rechnete alles nach, merkte sich jedes Wort und wiederholte ihre Sätze. Dann plötzlich:

»Deine Vergangenheit ist mir egal! Ich weiß, woher du kommst und was du bist.«

Einen Moment später:

»Schon komisch, dass du keine Liebhaber gehabt hast.«

»Vielleicht bin ich zu gerne allein. Mit achtzehn habe ich einen einfachen Mann aus den Bergen geliebt. Er war schwarzhaarig und unverfälscht, wie du. Er war sensibel wie du, aber nicht sehr intelligent. Und ein richtiger Trunkenbold.«

»Ah, ein Trunkenbold!«

Marceaus Augen wurden zu belustigten Schlitzen.

»Wir trafen uns abends, es war Sommer, aber die Gegend dort oben ist so steil, die Wiesen fallen so scharf ab, dass man nicht weiß, wo man sich hinlegen soll. Wir setzten uns auf die Wege, ließen die Beine in den Abgrund baumeln, und wenn ich zu rutschen anfing, hielt er mich an der Taille zurück.«

»Er hielt dich bestimmt noch ganz anderswo!«

»Nein, er hat es nicht gewagt.«

»Aber sind die denn aus Holz, die Männer in deinem Land?«

»Ich war für ihn eine feine Dame aus der Stadt, ich war so etwas wie die Tochter eines Seigneurs. Er hat mir übrigens schon sehr bald nicht mehr gefallen: Er ging überall herum und prahlte mit meiner Liebe. Auf einem Kirchweihfest unten im Tal hat er, weil die anderen es ihm nicht glauben wollten, drei Liter Fendant gewettet, dass ich mit ihm tanzen würde ...«

Sie schaute Marceau von der Seite an.

»Ach, er hat herumgeprahlt.«

Er dachte ein paar Minuten nach, zögerte.

»Was meinst du mit sensibel?«

»Dass man ein Gespür für das Leben hat, für die Dinge, dass man sie fühlt.«

Er schien beruhigt, doch er fragte sich, was sie wohl in den ersten Tagen von ihm gedacht hatte:

»Vielleicht hast du mich falsch eingeschätzt.«

»Hör zu, Marceau, ich sehe in deinen Augen genau, was du bist. Hättest du nur *schöne* Augen und nicht auch *gute* Augen, hätte ich nichts von dir wissen wollen.«

»Das sind Sachen, die vorkommen … Sag mir, was du in meinen Augen siehst.«

»Ich sehe, dass du gut bist, aufrichtig und auch verschmitzt.«

»Sieht man das?«

Er freute sich.

»Aber«, sagte er, »meine Direktheit … Die Frauen mögen das nicht. Mein Charakter schadet mir bei ihnen: Ich sage geradeheraus, was ich denke.«

»Ich«, sagte Marthe, »ich mag deine Direktheit.«

Aber er hatte noch eine andere Sorge:

»Gestern hast du mich gefragt, ob ich mich mit oder ohne Seife wasche. Weil ich rieche?«

»Nein«, lachte Marthe, »ich weiß, dass du sauber bist.«

»Ja, unsere Mutter hat uns beigebracht, nur nach unserem Körper zu riechen. Ich wasche mir auch oft die Haare. Danach kommt Olivenöl aufs Haar, keine Pomade. Und ich rasiere mich jeden Tag, manchmal sogar zweimal, so schnell wird das blau. Ich nehme nie Parfüm, nur nach dem Rasieren Lavendelwasser. Aber«, fügte er noch hinzu, aus Angst, Marthe erneut verletzt zu haben, die sich parfümierte, »ich mag es, wenn die Leute gut riechen.«

Er fuhr sich mit dem Kamm durch die Locken.

»Die beginnen schon wieder lang zu werden.«

»Wie eitel du bist! Lass sie dir nicht zu kurz schneiden, das ist nicht schön.«

»Was hast du gestern Abend gemacht?«

»Ich bin ins Bett gegangen.«

»Ich habe Karten gespielt und gewonnen.«

»Lustig.«

»Ja, ist lustig, das habe ich mir auch gesagt.«

»Und deine Mutter, macht sie sich immer noch Sorgen wegen uns?«

»Oh, nein, sie fand dich schön auf dem Foto, das du mir gegeben hast. Deine langen Haare … Du gefällst ihr.«

Marthe freute sich. Sie spürte eine große Zärtlichkeit für diese Frau. Sie hätte sie gerne kennengelernt, wagte es aber nicht zu sagen. Sie sah ein, dass es besser war, unsichtbar zu bleiben, anständiger für diese Frau, sich nur vom Hörensagen zu kennen.

»Ist sie mager? Gestern habe ich am Strand eine alte Frau gesehen und habe mich gefragt, ob sie das war.«

»Nein, meine Mutter kommt nie ans Meer. Ob sie mager ist? Nein, eher dick. Sie hat es mit den Beinen, Rheuma. Es gibt Zeiten, da kann sie kaum mehr gehen. Ach, eine Mutter in diesem Zustand zu sehen! Sie hat dieses Übel um die fünfzig aufgelesen, in den Wechseljahren. Zuerst wollte sie mir nichts davon sagen.«

Marthe dachte an ihre eigene, zu schnell gealterte Mutter, die sich ebenfalls über diese traurigen Beschwerden beklagte.

»Sie hat gelitten, als ich zur Welt kam!«, rief Marceau. »Man musste mich mit der Zange rausholen, ich habe auf der Stirn einen Abdruck davon zurückbehalten.«

»Au! Hat man sie nicht betäubt?«

»Nein, sie hat mir gesagt: ›So etwas wünsche ich meiner schlimmsten Feindin nicht.‹«

»Konnte sie dich stillen?«

»Na und ob sie mich stillen konnte! Bis ich zwei war. Aber meinen Bruder Antoine hat sie noch viel länger gestillt. Er hatte die Wiege direkt neben dem Elternbett, und wenn er nachts Hunger hatte, kletterte er hinüber zu ihrer Brust und trank, ohne sie zu stören, sogar ohne sie zu wecken. Ach, das muss hübsch gewesen sein!«

»So lange!«, wunderte sich Marthe. »Darum seid ihr so robust und habt so viel Geschmack an den Frauen.«

Er lachte:

»Sie sagt immer, ich sei mit einer Glückshaube auf die Welt gekommen. Dann frage ich sie: ›Finden Sie wirklich, ich hätte viel Glück?‹ – ›Na und ob du Glück hast!‹ Heute Nacht hat sie mich schreien gehört.«

»Du hast geschrien?«

»Ja, ich habe geschrien: ›Sie gehört mir! Niemand kann sie mir streitig machen! Sie gehört mir, habe ich gesagt!‹ Am Morgen hat mich meine Mutter gefragt: ›Mit wem hast du dich denn angelegt?‹«

»Und ich«, sagte Marthe, »weißt du, dass ich auch einen Traum hatte heute Nacht? Ich habe geträumt, dass mein Körper von oben bis unten zerkratzt war. Ich hatte eine Furche wie eine Baumrinde, wenn der Blitz eingeschlagen hat.«

»So was …«, sagte Marceau.

Heute würden sie den ganzen Tag zusammenbleiben. Marthe hatte den Hotelier am Abend zuvor gebeten, ihr etwas Proviant vorzubereiten, ein Fresspaket, wie er sagte. »Mit dem größten Vergnügen, Madame, ich kann Ihnen sogar zwei machen!« – »Eins genügt«, hatte sie knapp geantwortet.

Sie war ein bisschen enttäuscht, als sie ihren Korb öffnete. Es gab nur Brot, ein paar Scheiben Wurst, etwas Obst und harte Eier, deren Gelb grau war.

»Der ruiniert sich aber nicht gerade, dein Hotelier.«

»Dabei kocht er sehr gut, ganz allein, auf einem großen Holzherd. Und seine Gerichte sind köstlich und reichhaltig. Er hat übrigens versprochen, mir für heute Abend ein Stück jungen Truthahn vom Mittag zurückzulegen.«

Der Fischer breitete sein Essen aus. Zwei ganze Brote, eine Dose Gänsestopfleber, Rotwein und herrliche Pfirsiche von einem beinahe violetten Rosa. Er hatte gesehen, dass Marthe sie schön fand, und wollte sie ihr unbedingt schenken, nahm für sich die aus dem Hotel, die weniger reif und kleiner waren. Er schälte sie, während die junge Frau sie aß, wie sie waren.

»Aber du musst sie schälen!«

»Nein, ich mag die Haut auch.«

»Ich nicht: Man weiß nie, wer sie alles angefasst hat.«

»Du bist aber heikel«, sagte Marthe.

Marceau wollte ihr auch von seinem Rotwein zu probieren geben, den er nah beim Ufer sorgfältig in den feuchten Sand eingegraben hatte. Doch sie fand ihn so fürchterlich, dass sie sich recht schnell bedankte. Wie sauer, dachte sie, da dreht sich einem ja der Magen um. Doch sie sagte nichts.

»Ich kaufe den Wein nie bei den Händlern, die verkaufen einem jeden Fusel«, erklärte er, »sondern direkt beim Weinbauern, da ist er viel besser.«

»Mein Vater ist Weinhändler«, sagte sie.

»Na gut, ich entschuldige mich!«

»Kein Problem! Er besitzt übrigens auch eigene Reben.«

Wie ihr Gefährte wollte sie direkt aus der Flasche trinken, wusste aber nicht recht, wie sie es anstellen sollte. »So geht es«, half ihr Marceau. Sie schaffte es nicht, ihn zu imitieren, und drehte sich weg, um in kleinen Schlucken, mit nur leicht geöffneten Lippen zu trinken. Sie wandte sich auch zum Essen ab.

»Aber warum versteckst du dich denn, es sieht ja aus, als würdest du dich schämen!«

Er selbst schlang sein Brot hinunter, das ganze Brot am Stück. Sie rührte ihres nicht an. Auf sein Drängen hin bestrich sie aber doch ein Stückchen mit etwas Stopfleber und nahm drei Bissen.

»Franzosen: Brotfresser«, sagte sie.

»Als ich in Béziers war, aß ich drei Kilo am Tag. Ich war Lehrling bei einem Onkel, weil mein Vater wollte, dass ich Bäcker werde. Eigentlich ist das mein Beruf. Ich habe das zwei Jahre lang gemacht. Aber die ganze Zeit drin sein, ich konnte nicht mehr. Nachts arbeitet man, und am Tag hatte ich keine Lust zu schlafen. Es ist einfach stärker als ich. Mit siebzehn wollte ich lieber auf die Baustelle. Mein Vater wurde wütend: ›Du willst also dein ganzes Leben lang Handlanger bleiben!‹«

»Du hast aber trotzdem das Richtige getan«, sagte Marthe. »Es ist immer schöner, draußen zu arbeiten als drinnen.«

Plötzlich schaute Marceau auf ihre Proviantreste und sprang wütend auf, schaute um sich, als wäre er von einer feindlichen Armee umzingelt.

»Teufel noch mal!«, schimpfte er.

134

»Aber was hast du denn?«

»Diese ganzen Ameisen! Siehst du denn nicht? Sie machen sich über das Essen her!«

Marthe, die diese Aufregung nicht verstand, blieb ruhig.

»Noch vor sechs Jahren hat man hier keine einzige von denen gesehen! Inzwischen haben sie die ganze Küste überfallen! Das ist die kleine Argentinische Ameise.«

»Wie? Vorher hattet ihr keine Ameisen?«

»Nur ein paar, solche wie die da.«

Er zeigte auf eine größere Ameise, verloren zwischen den anderen, die vom Proviant angezogen in Prozessionen über den Sand liefen.

»Die haben wir den Amerikanern zu verdanken.«

»Was sagst du da?«

»Sie haben sie im Krieg bei der Landung in der Normandie auf ihren Schiffen hergebracht.«

Magst du die Amerikaner nicht? Ich mag sie auch nicht, aber ich kenne sie nicht.

Sie brachten die Essensreste in einer Mulde des großen Felsens in Sicherheit, und Marceau schlug vor, umzuziehen, um dem wandernden Schatten zu folgen. In der Ferne fuhren in einer Linie hintereinander die Kreuzer aus dem Hafen von Toulon vorbei.

»Sechs, acht, zehn!«, zählte die Pariser Familie, die in der benachbarten Bucht badete. Ein kleines Mädchen wagte sich bis zu ihnen vor und buddelte im Sand.

»Da kommen noch zwei Zerstörer!«, stellte der Vater fest.

»Seemanöver …«, sagte Marceau düster.

»Hast du nie Lust gehabt, zur Marine zu gehen?«

»Nein, nie.«

»Warum nicht?«

»Die Marine oder der Militärdienst …«

»Wo hast du deinen Dienst abgeleistet?«

»Nirgendwo.«

»Wie das?«

»Alle, die im Jahr der Befreiung zwanzig wurden, waren freigestellt.«

Ungläubig schaute Marthe den Schiffen zu, die auf ihrer Linken eins nach dem anderen hinter der Halbinsel verschwanden.

»Das fühlt sich nach Krieg an«, sagte sie.

»Oh, der hat schon begonnen!«, sagte eine kleine, helle Stimme.

Das Mädchen. Es war vielleicht sechs, mit farblosen, auf der Kopfspitze zum Pferdeschwanz gebundenen Haaren und wissenden Augen. Sein schmächtiger Körper musste unter der Goldaschenhaut Muskeln aus Stahl verbergen. Den Lappen, der ihm als Badeanzug diente, trug es mit Eleganz.

»Ja, in Korea, in Indochina … Ich hoffe, sie ziehen uns nicht ein, sonst …!«

Marceau ballte die Fäuste und drückte sie in die Kieselsteine. Sein zerzauster Kopf schnellte nach vorne, bereit, den Unsichtbaren zu schlagen. Doch dann griff er zu Brille und Flossen und ging ins Meer.

Die Familie hatte sich entfernt. Marthe blieb nachdenklich zurück, während sie in den Schlaf hinüberglitt. Sie genoss den Moment der Einsamkeit, die sie für ihren inneren Frieden brauchte und die ihr manchmal zu fehlen begann, ohne dass sie es wirklich bedauerte. Aber warum sollte ich woanders hingehen? Ich fühle mich wohl hier in La Farloude. Sie beschloss, den gesamten Ferienmonat hierzubleiben. Dann sah sie Marceau aus der Tiefe auftauchen und mit seinem großen Glasauge auf sie zukommen.

»Ein kleiner Tintenfisch!«, rief er Marthe zu.

Er löste die gequälte, klebrige Masse vorsichtig von dem Eisen.

»Schau!«

Während er die Fangarme festhielt, die sich in alle Richtungen wanden, zeigte er ihr einen gebogenen schwarzen Schnabel in der Mitte des Tiers. Einen Papageienschnabel.

»Wenn er dich damit am Arm erwischt, reißt er dir einen schönen Bissen Fleisch raus.«

»Und wenn ich schwimme?«, fragte Marthe entsetzt.

»Nein, nur wenn du ihm wehtust.«

Er hatte sie schon früher gewarnt: Im Wasser nie den Fuß auf Algen oder Moos setzen, weil sich darin Seeigel mit Stacheln verstecken können, die genauso giftig sind wie die von manchen Fischen, und sich vor den Felsen in Acht nehmen! »Aber das Meerwasser heilt alle Wunden«, sagte er gerne.

»Tintenfisch, kann man das essen?«

»Hach, und ob man das essen kann, kurz in der Pfanne geschwenkt, schmeckt das prima.«

Er fing noch einen kleinen Drachenkopf und Seeanemonen.

»Diesmal wird mein Vater aber zufrieden sein.«

Die Hitze machte ihnen zu schaffen. Sie war schläfrig, hatte große Lust, sich neben Marceau auszustrecken und in seinen

Armen zu schlafen. Er jedoch konnte nicht schlafen. Seine Küsse waren eine wahre Marter für Marthe.

»Bleiben wir still!«, flehte sie.

Er versuchte zu gehorchen, aber schon bald rührte er sich wieder, legte die Hand auf ihren Hals, strich ihr über die Haare. Erschöpft ließ sie ihn gewähren. Wenn sie merkte, dass er traurig war, hielt sie es nicht aus. Also fing sie ihn ebenfalls zu streicheln an, beglückt, so viel Dankbarkeit in ihm zu sehen.

Marceau war ein quirliges, waches Wesen, genau wie dieses Geschlecht, das nie Ruhe gab, sich ständig aufrichtete, seinen Kopf aus dem zu engen Slip streckte, sich als eigenwillig und hartnäckig erwies. Marceau behandelte es ganz zwanglos, ohne Prüderie, aber auch ohne Derbheit, als wäre es ein junges Tierchen oder ein Kind. Er sprach mit ihm, schimpfte es aus.

»Wenn ich auf einem Ball kein Mädchen ergattern kann, sage ich zu ihm, ›Brüderchen, heute gehst du leer aus!‹«

Marthe lachte. Aber ihm war bereits nicht mehr zum Lachen zumute:

»Weißt du, was ich gestern Abend gedacht habe? Ich könnte diesen Winter zu dir in die Schweiz hochkommen.«

»Oh, das freut mich, dass du das gedacht hast.« Doch sie fragte sich: Meine Güte, wo soll ich nur mit diesem Liebhaber hin?

»Ja, im Winter, wenn es Schnee gibt.«

Zu seinem Bedauern war er aber gar nicht sicher, dass er kommen konnte, er hatte kein Geld. Und bald rief er betrübt aus:

»Da haben wir's, ich liebe eine Urlaubsaffäre.«

»Sag mal, Marceau, an welchem Tag bist du geboren?«

»Am 26. März vor fünfundzwanzig Jahren.«

»Im Monat der Katzen, im Monat der Verrückten! Komm im März zu mir. Dann gibt es auf den Bergen noch Schnee und es ist bereits Frühling.«

»Ja, im März werde ich in die Schweiz hochkommen. Auf das Geld muss ich sowieso so lange warten. Gibt es dann wirklich Schnee?«

»Ja.«

Er bedeckte sie mit Küssen, redete drauflos:

»Das wird schwer, zu warten. Ich werde weinen, ich werde ganz schön Heimweh nach dir haben, wenn du gegangen bist.«

Sie versuchte es mit einem Scherz:

»Was für ein Glück für dich, dass du die Frauen so sehr liebst, so wirst du dich rasch trösten.«

Doch er antwortete:

»Diesmal ist es nicht dasselbe!«, während er ihr noch zwei oder drei Tage zuvor gestanden hatte: »Oh, ich behaupte nicht, dass ich mich nicht trösten werde. Ich kenne mich. Aber zwei Monate lang habe ich immer Kummer. Und dann bin ich unausstehlich bei der Arbeit. Da kommt man mir besser nicht zu nahe.«

Ein leises Geräusch von rollendem Kiesel. Marthe hob den Kopf, Marceau sprang mit einem Satz auf. Sie hörte ihn schreien:

»Kleiner Hosenscheißer, mach, dass du fortkommst!«

Ein Junge kletterte in Windeseile den Felsen über ihnen hoch, an den sich ein paar Kiefern klammerten. Marceau rief ihm hinterher:

»Was bringst du die Steine ins Rollen! Weißt du, wie gefährlich das ist?«

Aber der verängstigte Knirps war bereits bei den anderen, die auf dem Zollweg weiter oben auf ihn warteten.

Abends auf dem Rückweg, beim Brunnen an der großen Treppe zum Strand, an dem die Badegäste tranken, würde ein Junge aus einer Gruppe halbnackter Kinder hervortreten und leise sagen: »Sei nicht böse, Marceau! Das war Louis, der will es immer aus der Nähe sehen, und dann sind halt Steine runtergerollt.«

Marthe saß auf dem Sand und drehte etwas verschämt das Gesicht weg. Doch dann entspannte sie sich, wurde heiter, und sagte etwas herausfordernd:

»Was soll's, sie machen sich eben schlau!«

»Oh, ich sage nicht, ich hätte nie geschaut«, erwiderte Marceau, der ihr einen überraschten, beinahe schockierten Blick zuwarf. »Ich habe auch geschaut in ihrem Alter, aber ich mag das nicht, weil danach ... Danach prügelten wir uns immer stundenlang. Und das, das war wirklich ermüdend.«

Marthe hatte genug von den Zärtlichkeiten. Sie warf sich ins Meer und schwamm lange, belebt von der Frische des Wassers.

IX

Am sechsten Tag brachte er ihr seine sämtlichen Dokumente mit: Identitätskarte, Arbeiterausweis, Busabonnement und so weiter.

»Damit du mich besser kennenlernst.«

Marthe war gerührt.

»Und ich schenke dir ein Foto von mir. Ich habe es doppelt.«

Es war mit einer Klammer an ein altes Busabonnement geheftet, auf dem in Rundschrift sein Name eingetragen war.

»Ein Filmstar«, sagte er, offensichtlich zufrieden.

Ein anderes wäre ihr lieber gewesen; sie hatte Mühe, ihn wiederzuerkennen. War das wirklich Marceau?

»Im Winter bin ich nicht so mager wie im Sommer.«

»War es der Fotograf, der dir die Brauen separiert hat?«

Er überlegte:

»Ich weiß es nicht mehr … Nein, ich glaube, es war meine Cousine aus Béziers. Sie wollte sie mir zupfen. Sie sagte wie du: Brauen von Eifersüchtigen.«

Beinahe feindselig betrachtete Marthe dieses volle, breite Gesicht, den Stiernacken und das dicke, streng gekämmte Haar, die glänzenden, allzu adretten schwarzen Locken. Sie mochte es lieber, wenn sie ihm unordentlich in die Augen fielen! Sein großer, gerader Mund mit schmalen, an der Innenseite leicht geschwollenen Lippen, verkniff ein unmerkliches Lächeln. Und dieser Blick tief in den dunklen Augenhöhlen, ein wacher, fester, wild entschlossener Blick. Herausfordernd, als hätte er es mit einem Feind zu tun. Feind oder Lust, das kann manchmal verwechselt werden. Frisch rasiert, einen Hauch schwarzer Asche an der Stelle des Schnurrbarts. Dünne Nase, dünne Ohren. Ein Sonntagsgesicht. Das Hemd war weniger sonntäglich, es schien von einem gräulichen Weiß und zerknittert, ein Alltags-, ein Arbeitshemd.

»Und ich habe dir eine Karte von deinem Land mitgebracht. Du musst mir die Städte und Dörfer zeigen, wo du gewesen bist, wo du herkommst, und wo dein Vater und deine Mutter herkommen.«

»Meine Mutter kommt von den Hyerischen Inseln, ganz in der Nähe. Mein Vater von weiter oben, vom Landesinnern.«

Sein Finger suchte auf der Karte.

»Aus Camps«, sagte er.

Aber er zögerte:

»Wo ist Sisteron?«

Er konnte Sisteron nicht finden.

»Sicher ist, dass ich ein reinrassiger Franzose bin«, sagte er. »Ich habe kein italienisches Blut, wie du am ersten Tag geglaubt hast.«

»Ja, ich habe gefragt, weil man mir gesagt hat, es gebe an der Côte d'Azur viele Italiener.«

»Das stimmt, aber ich mag sie nicht. Die Italiener? Vorne rum schmeicheln sie dir, und hintenrum schießen sie auf dich. Manchmal hält man mich auch für einen Spanier. Wenn mich ein Mädchen auf dem Ball fragt, ob ich Spanier bin, dann sage ich immer Ja.«

»Warum? Hat ein Spanier mehr Chancen, das Mädchen zu bekommen?«

»Nein«, sagte er pikiert, »aber man sagt, sie seien die besten Tänzer.«

Er beugte sich wieder über die auf dem Sand ausgebreitete Landkarte:

»Einmal war ich in Draguignan, das ist die Hauptstadt des Var.«

»Ist das nicht Toulon?«

»Nein, ist komisch, aber es stimmt. Hier ist La Roquebrussanne. Da gehe ich oft hin. Ich habe da eine Tante und einen Onkel.«

»Ach, dieser Name!«, sagte Marthe. »Das klingt nach Fels und Gebüsch. Ist das Dorf auf einem Felsen?«

»Ja.«

»Und gibt es da viele Sträucher?«

»Ja, nichts als Sträucher. Aber die Namen, die bedeuten nichts!«

»Doch, sie bedeuten etwas, man weiß nur nicht, was.«

»Mit meinem Onkel gehe ich auf die Jagd. Jagt dein Mann auch?«

»Aber sicher! Ich stamme aus einem Land von Jägern.«

Sie dachte an die immer selben Geschichten, die ihr Mann ständig erzählte und die sie sich anhören musste.

»Aber junge Gämsen, die schmecken gut«, fügte sie rasch hinzu, »und Auerhähne auch. Was schießt ihr?«

»Hasen, Feldhasen, Haselhühner … Wenn er weiß, dass ich komme, verkündet mein Onkel, er hat eine Schwester meiner Mutter geheiratet: ›Heute jagt der Neffe!‹ Dann wollen alle seine Kollegen mitkommen, sie wollen sich den Spaß nicht entgehen lassen: Ich schieße gut. Einmal bin ich auf einen Bau voller Hasen gestoßen. Ich habe es unter meinen Sohlen richtig beben gespürt! Sie kamen einer nach dem andern raus: *peng, peng!* Ich habe drei oder vier abgeschossen. Hach, alle diese Tiere, die im Haus hingen ... Ich mache meine besten Treffer, wenn es sich bewegt, wenn es fliegt. Bei den reglosen Tieren treffe ich nicht so gut. Das ist, weil ich schnell bin.«

»Ich könnte keine Tiere töten«, sagte Marthe.

»Oh, man denkt sich nichts dabei. Wusstest du, dass man Frettchen in den Bau lässt, um die Hasen rauszulocken? Die Hasen haben entsetzliche Angst vor den Frettchen, weil sie ihnen das Blut aussaugen.«

»Habt ihr Frettchen?«

»Es gibt da und dort einen Jäger, der sie züchtet. Der eine hat ein Weibchen, der andere ein Männchen. Das Frettchen hat ein sehr elastisches Rückgrat, man kann es biegen, wie man will, und in eine kleine Schachtel stecken. Aber es riecht scheußlich. Man kann auch mit Lockvögeln jagen.«

»Mit Lockvögeln?«

»Ja, man nimmt einen Käfig mit einem Vogel drin, es gehen Drosseln, Kreuzschnäbel, Buchfinken oder Kanarienvögel, und stellt ihn vor einen Baum, bei dem die obersten Äste dürr sind. Der Vogel im Käfig zwitschert und zieht die anderen an. Der Jäger lauert in einem Versteck und zielt, wenn sie sich auf den Baumwipfel setzen. Aber ich mag das nicht, weil man zu lange auf der Lauer liegen muss.«

»Hast du ein gutes Gewehr?«

»Ich besitze vier Flinten. Und noch Pistolen. Im Krieg war

ich immer bewaffnet. Einmal wurde ich selber zur Zielscheibe, da war ich das gejagte Tier. Mein Kumpel Charles aus Croisettes ist mich holen gekommen, um mit ihm zusammen die Schienen zu bewachen. Befehl der Deutschen. Zuerst habe ich mich geweigert. Aber er flehte mich an: ›Meine Frau muss unters Messer, dazu noch alle anderen Sorgen, ich muss da hingehen, komm mit, Marceau!‹ Schließlich gab ich nach. Als ich ging, versperrte mir mein Vater den Weg und tastete alle meine Taschen ab.«

Marceau klopfte sich mit den Händen auf die Brust, das Herz und die Seiten.

»›Ich will nicht, dass du deine Revolver mitnimmst‹, hat mein Vater gesagt. Doch als wir bei den Bahngleisen sind, da ballern die Fridolins auf uns! Sie halten uns für Partisanen. So haben die uns behandelt! Um uns herum hagelt es Kugeln. Charles fällt. Er sagt: ›Die haben mich mit einem Wasserbeutel beworfen.‹«

»Mit einem Wasserbeutel?«

»Ja, er machte immer noch Scherze. Es war das Blut aus seiner getroffenen Arterie am Oberschenkel, das nur so herausspritzte. Mich hat's nur am Knöchel erwischt. Ich lege ihn hin und renne davon, um Hilfe zu holen, aber kann niemanden finden. Ich höre einen Zug kommen. Schnell mache ich kehrt: Habe ich ihn auf den Schienen liegenlassen oder daneben? Nein, der Kumpel liegt rechts von den Gleisen. Ich habe ihn dreihundert Meter auf den Armen getragen, während die Deutschen die ganze Zeit auf uns schossen! Endlich bin ich zu einem Rettungsposten gekommen. Der Arzt hat uns gut versorgt, aber Charles ist am nächsten Tag gestorben.«

»Grummelt dein Vater immer noch in letzter Zeit?«

»Ja, weil ich es nicht eilig habe, Arbeit zu finden. Aus der Mauer, die gebaut werden sollte, ist nichts geworden. Er sagt: ›Eine Schande ist das!‹ Aber ich muss mich in Toulon umsehen, man hat mir von einer Gelegenheit erzählt. Mein Vater, der behandelt uns immer noch wie Kinder. Letztes Jahr hat er mich sogar geschlagen. Mit vierundzwanzig! Aber als er dieses Jahr wieder damit anfangen wollte, habe ich ihn an den Armen gepackt. So.«

»Und deine Mutter?«

»Ich verstehe mich gut mit meiner Mutter. Als die jung war, war sie eine wahre Göttin! Aber brav, so brav … Mein Vater, obwohl er ein schrecklicher Schürzenjäger ist, hat sie bis zur Hochzeit nicht anzurühren gewagt. ›Wie unterwürfig du damals warst!‹, sagt sie oft zu ihm. Als er am Tag vor der Hochzeit hinter ihr die Treppe hochging, hat er sich nur erlaubt, sie um die Taille zu fassen. Aber du liebe Zeit, wie sauer sie geworden ist!«

»Wie haben sie sich kennengelernt?«

»In den Gärten.«

»In den Gärten?«

»Ja, beide arbeiteten in den Gärten von Hyères. Ihre Felder lagen nebeneinander. Oh, meine Mutter ist viel gebildeter als wir. Sie ist von den Nonnen erzogen worden. Die kann dir vielleicht einen Brief schreiben! Wenn ich einen schreiben muss, dann frage ich immer sie, tadellose Rechtschreibung. In der Schule habe ich nichts gelernt. Das Einzige, was mich interessierte, war die Geschichte von Napoleon, das ja! Aber der Rest … Erst später, mit vierzehn, habe ich die Bücher hervorgeholt, die wir in der Schule durchgenommen hatten – ich habe sie alle noch –, und habe die Aufgaben alle gelöst. Ich will schließlich nicht als Dummkopf enden. Und ich unterhalte mich gern mit Älteren. Von den Alten kann man viel lernen. Sie kennen das Leben besser als wir, in jeder Hinsicht.«

Marthe sah aus, als träume sie, aber sie lauschte, sie lauschte und lauschte.

»Bei meiner Mutter waren sie neun Schwestern, eine schöner als die andere, bei meinem Vater acht Buben.«

Marthe, bewundernd:

»So große Familien! Und du, wie viele Kinder möchtest du einmal haben?«

»Ich? Eins reicht mir. Und sowieso, bei dem, was ein Arbeiter heute verdient, kann man gar nicht ans Heiraten denken. Und du, möchtest du Kinder haben?«

»Ja, aber ...«

Sie schüttelte den Kopf.

»Ist es dein Mann, der nicht will?«

»Oh, nein, er ...«

Sie machte eine ausweichende Geste, hatte keine Lust, darüber zu sprechen.

»Ich habe in den letzten Tagen viel über dich nachgedacht, Marthe. Liebst du deinen Mann?«

»Es ist nicht allen Frauen gegeben, ihren Mann zu lieben.«

»Was würde er mit dir machen, wenn er wüsste, dass du ihn betrügst?«

»Macht dir das Sorgen? Man sieht, dass du mit eifersüchtigen Männern zu tun gehabt hast.«

»Nein, aber ich will nicht, dass dir etwas zustößt. Ja, ich

kenne eifersüchtige Männer. In La Tour ist einer, der hat eine Frau, eine Deutsche, er hat sie von dort mitgebracht, er sagt, sie hat gut zu ihm geschaut, als er ein Gefangener war, na ja, sie sind verheiratet, und sie haben viele Kinder, mindestens sieben oder acht. Sie ist brav, schaut keinen an, kümmert sich um die Kleinen. Er aber ist eifersüchtig, so eifersüchtig, es macht ihn ganz krank. Mitten bei der Arbeit will er immer nachschauen gehen. Einmal, als er mit meinem Vater zusammen war, ist er so durchgedreht, dass mein Vater ihn beruhigen wollte: ›Na, na, na, du weißt doch, dass ich nicht ohne Frauen auskommen kann, aber deine, nie im Leben könnte ich sie berühren, eine Familienmutter! Eine Mutter, das ist doch heilig!‹ Aber der andere ließ sich nicht beruhigen. Marthe, stimmt das, dass dein Mann nicht eifersüchtig ist?«

»Es kann schon vorkommen«, sagte sie mit leichtem Stolz, »denn einmal hat er zu mir gesagt: ›Ich könnte das nicht ertragen, ich würde ihn umbringen, deinen Liebhaber!‹«

Marceau lächelte spöttisch:

»Glaubst du das?«

Aber er fügte hinzu:

»Falls er jemals etwas davon erfährt, sag ihm, dass er es mit mir zu tun bekommt. Ich will nicht, dass er dir was antut.«

X

Am Abend kehrten sie an den Fuß der Felsen zurück.

»Jede andere Frau«, sagte er, »hätte ich nach fünf Tagen verlassen.«

Sie, überrascht:

»So schnell?«

»Ja, wenn ich gespürt habe, dass es ernst werden könnte, habe ich sie immer verlassen. Mit dir ist es anders, ich kann nicht.«

Er schien bedrückt.

»Du sagst Sachen zu mir, die sagt hier niemand. Sag mir die Gedanken, die dir über mich kommen. Sag sie mir! Da drin muss so einiges vor sich gehen.«

Er tippte auf ihre Stirn. Ihn so ausgeliefert zu sehen, machte Marthe ganz hilflos.

»Aber so sag doch was!«, flehte er.

Es fiel ihr nichts ein.

»Sag was! Das ist nicht anständig von dir, so stumm zu bleiben!«

Doch sie war ratlos, gleichgültig beinahe. Er tat ihr leid.

»Ich liebe dich, das weißt du doch!«, brachte sie zu ihrer Verteidigung hervor.

Er gab nach, gestand, dass er sie zu Unrecht gequält hatte.

Mit wieder natürlicher Zärtlichkeit fuhr sie fort:

»Ich will dir sagen, an welchem Tag mir bewusst wurde, dass ich dich wirklich liebe: am Dienstagabend, auf dem Fest. Mir war plötzlich ganz heiß und kalt geworden. Und du?«

»Bei mir war es erst vor zwei Tagen, am Mittwoch, aber da war es noch nicht so. Noch nicht so wie jetzt. Ach, jetzt!«

Er schien verzweifelt.

»Ich wäre nicht aufs Fest gegangen, Marthe, wenn du nicht gewesen wärst. Ich wusste, dass ich dich dort sehen würde.«

Sie zweifelte.

»Doch, vorher bin ich immer bis zum letzten Tanz geblieben, ich habe keinen einzigen ausgelassen! Während an diesem Abend, da bin ich gegangen, sobald ich gesehen habe, dass du heimgehst.«

»Das stimmt«, gab Marthe zu.

Marceaus Kummer übertrug sich auf sie.

Er betrachtete sie, und er zählte leise auf:

»Dieses schöne Gesicht, dieses Lächeln … Und diese Augen ganz ohne Lüge … Bei dir fühle ich mich wohl, viel wohler als bei allen anderen …«

Sie hörte zu, staunte, ließ sich einwiegen von dieser Laudatio der Liebe, vom Gesang des Meeres, das sie nicht sah, das sie kaum hörte, aber das sie tief einatmete.

»Es hat dir nicht gefallen, die ersten Tage, als ich die anderen Frauen angesehen habe.«

»Ach, das hast du bemerkt!«

»Mit einem Auge habe ich sie angeschaut und mit dem anderen dich.«

»Marceau, du bist mir einer …«

»Aber jetzt«, fügte er hinzu, »jetzt beunruhigt es dich nicht mehr, und das beunruhigt mich!«

Diesmal versuchte Marthe nicht, ihn zu beschwichtigen.

»Ein Kumpel von La Tour hat zu mir gesagt: ›Die da magst du aber wirklich!‹ Damit sie damit aufhören, habe ich geantwortet: ›Aber sicher mag ich sie, ich habe sie alle gern!‹ Es stimmt, dass ich dich liebgewonnen habe. Mehr als die anderen. Wenn du einmal weg bist, werde ich allein sein, aber so richtig allein, so wie noch nie.«

Wieder war sie vollkommen nackt. Und was spürte sie am liebsten auf ihrer Haut? Die Sanftheit des Windes oder den Schwalbenflügel von Marceaus Locken? Und was war mit diesen Füßen, die, mit ihren verhakt, im Sand schürften? Und mit dieser so schwarzen Nacht um sie herum?

»Wann bleiben wir einmal die ganze Nacht zusammen?«, fragte er.

»Du weißt doch, dass es im Hotel nicht möglich ist.«

»Oh, das meine ich nicht! Aber hier schlafen, mit zwei Decken.«

Die Vorstellung, draußen zu schlafen, kam Marthe verführerisch vor. Als sie am Morgen zuvor den Torbogen passiert hatten und zur Pointe-du-Vaisseau hinaufgestiegen waren, hatte sie vor einem Zelt, das beinahe auf dem Weg stand, ein junges Mädchen mit sehr kurzen Haaren in einem für sie viel zu großen Pyjama gesehen. Ihr Freund machte sich an einer Alkohollampe zu schaffen. Das Mädchen hatte geniert den Kopf gesenkt, und Marceau sagte später: »Hast du gesehen, sie trägt keinen Ring.«

Doch da zuckte Marthe zusammen. Sie waren nicht allein am Strand, man hörte das gedämpfte Geräusch von Schritten auf den Kieselsteinen, und es bewegte sich etwas in der Dunkelheit. Beide waren aufgefahren, lauerten. Eine Männergestalt ging an ihnen vorbei, eine eigenartige Erscheinung: Sie trug einen riesigen Ballen auf dem Rücken und beugte sich unter dem Gewicht. Ein zweiter Mann, genauso beladen, folgte.

»Was ist das denn?«

Marceaus Augen versuchten, den nächtlichen Schleier zu durchdringen. Die Schatten verschwanden zwischen den Felsen, die zu einem kleinen Strand hinabführten. Folgte man dem steinigen Ufer und watete dann durch eine seichte Stelle, gelangte man nochmals zu einem anderen Strand mit sehr feinem, rötlichem Sand, im Schatten eines im Krieg bombardierten Hotels. Marthe war noch nie dort gewesen.

»Schmuggler?«

»Kann sein.«

»Sie haben schwere Lasten getragen. Wird hier viel geschmuggelt?«

»Ja, kommt vor.«

Marceau sagte nichts mehr. Er überließ sich seinen Gedanken, und seine Gedanken entfernten ihn von seiner Gefährtin. Aber er kehrte bald zurück.

»Liebste Marthe!«

Auf dem Nachhauseweg, nachdem sie den schwarzen Hund, der sie wieder mit derselben Rage empfangen hatte, hinter sich hatten, überkam beide eine seltsame und köstliche Müdigkeit.

»Heute Abend wäre ich nicht mehr in der Lage, einen Tango-wettbewerb zu gewinnen.«

Sie antwortete:

»Wir werden beide gut schlafen.«

»Ach ja? Ich werde schlafen? Gestern, sobald ich den Schlaf kommen spürte, zack, drehe ich mich auf eine Seite, zack, drehe ich mich auf die andere. Um nachzudenken.«

»Worüber dachtest du nach?«

»Ich hindere mich am Schlafen, um an dich zu denken. Ich denke vor allem daran, dass ich zu dir in die Schweiz kommen werde.«

In ihrem Zimmer war Marthe so müde, dass sie nicht mehr die Kraft hatte, sich zu waschen und ihr Kleid und die Espadrilles auszuziehen. Angezogen schlief sie auf dem nicht aufgeschlagenen Bett ein.

In dieser Nacht träumte sie zum ersten Mal von Marceau.

Sie liegt in einem unbekannten Hotelzimmer. Plötzlich taucht er vor ihr auf, aus demselben Bett heraus, als wäre er darin versteckt gewesen. Er küsst sie, reibt seine kratzige Wange an ihrem Gesicht. Sie ist entzückt über so viel List. Dann ist er auf einmal weg. Sie ruft nach ihm, glaubt, dass er sich im Zimmer versteckt hat. Aber es ist vorbei, er ist nicht mehr da.

XI

Schon am nächsten Tag hatte sich Marceau wieder gefasst. Er bettelte nicht mehr, und Marthe entspannte sich. Wieder war alles ein einziges Glück, ein erstaunliches, unsagbares Glück.

»Was hast du heute Morgen gemacht? Was machst du, wenn du allein bist?«

»Am liebsten träume ich, ich langweile mich nie.«

»Genau wie ich, ich träume auch gern.«

Sie sagte ihm nicht, dass sie die ganze Zeit an ihn gedacht hatte, dass sie ihn einmal einen ganzen Tag nicht sehen möchte, um besser an ihn denken zu können. Und sie erzählte ihm auch nicht, dass ihr heute etwas zugestoßen war, nichts Großes, aber etwas Eigenartiges. Sie war mit Madame Rode zum ersten Mal an den größten Strand gegangen, von dem sie die Schreie der Badenden hören und dessen langen, hellen Küstensaum sie von der kleinen Felsenbucht aus sehen konnte. Da sie den Weg dorthin nicht kannten, verirrten sie sich auf ein Landgut mit ausgetretenen, ausgehöhlten, von Agaven und Ginster gesäumten Wegen. Marthe hatte den kleinen Jungen, der sich weigerte zu gehen, auf den Arm genommen. Am Meer überwältigte sie die endlose honigfarbige, beinahe rosarote Sandweite, auf der die mächtigen Wellen ihre Schaumbüschel ablegten. Der bewaldete Hügel reichte bis hinunter zum Strand, und zwei Kiefern öffneten sich über ihr wie riesige Sonnenschirme. Unter einem Feigenbaum sprudelte eine Quelle aus einer Tuffstein-wand.

Vor Freude bebend, hatte sie in dieser großen, kompakten Wassermasse gebadet, die eher grün als blau war und in der die Klippen metallisch glänzten. Dann kehrte sie neben die strickende Madame Rode zurück, um sich zu trocknen. Und da, als sie für das Kind eine Burg baute, sah sie plötzlich ihre nackte Hand, ohne Ring.

Was habe ich getan! Ich habe meinen Ehering verloren! Habe ich ihn im Meer verloren oder im Sand?

Sie war erregt, erschrocken, und sah darin ein Zeichen des Schicksals. Aber es verschaffte ihr keine Genugtuung: Das war es nicht, was sie wollte.

»Ach, da ist er ja!«

Der Goldring, den sie aus Versehen, mechanisch, vom Finger gestreift hatte, lag auf dem Strandtuch.

»Warst du heute Morgen in Toulon?«

»Ja, aber es ist im Moment schwer, Arbeit zu finden. Ich muss weitersuchen.«

Sie sagte nichts.

»Hast du dich gefragt, was ich in Toulon gemacht habe? Ob ich vielleicht eine Frau getroffen habe?«

Nein, das hatte sie nicht gedacht. Marceau hatte Marthes Tasche gepackt und stöberte ohne Hemmungen darin herum.

»Du genierst dich aber kein bisschen!«, schrie sie.

Er wühlte weiter, öffnete das Portemonnaie, befühlte ihren Terminkalender. Sie ärgerte sich, riss ihm das Buch aus der Hand. Er amüsierte sich.

»So zornig kannst du werden?«

Er schüttelte sich vor Lachen, schnappte ein kleines Taschentuch und suchte gierig die vier Ecken nach Initialen ab.

»Was für feine Sachen du hast! Und dieses Heft, ist das aus Leder?«

»Nein.«

Sie beruhigte sich. Diese wilde Neugier schmeichelte ihr im Grunde mehr, als dass sie sie ärgerte. Und überhaupt, was hatte sie denn schon vor ihm zu verstecken? Sie lachte, als sie sah, wie er ihr Notizheft durchblätterte und ein paar mit Bleistift geschriebene Wörter zu entziffern suchte.

»Ist das dein Tagebuch? Du hast vielleicht eine Doktorschrift! Ich kann es nicht lesen.«

Sie beugte sich vor und las ihm halblaut vor:

»Gut und schlau
Kühn und bedacht
Stark und sanft
Beherzt und zart«

»Was ist das? Das hört sich an wie diese winzigen Sachen von Prévert.«

»Das habe ich geschrieben, als ich an dich dachte. Freust du dich? Aber sag mal, du hast wirklich Prévert gelesen?«

»Ja, als ich im Krankenhaus war, um den Bruch zu operieren, ich kann sogar ein Gedicht auswendig:

Ein Pfarrer, nicht sehr gut im Schuss
Übergab sich in den Fluss

Zogen an ihm vorbei
Büchsen, welke Blumen, Holz,
Korken, Kondom und anderer Plunder
Wie, sagt er sich, das alles
kam aus mir heraus?
Was für ein Wunder.«

Er hatte es in einem Zug aufgesagt, mit offensichtlich schel-
mischem Spaß. Dann fing er noch einmal von vorne an.

»Sag mal, Marceau, für die Pfarrer hast du wohl nicht viel
übrig?«

»Oh, nein, das kannst du laut sagen!«

»Bis du in der katholischen Religion aufgewachsen, so wie
ich?«

»Ja.«

»Und hast du deine Erstkommunion empfangen?«

»Mein Bruder ja, ich nicht.«

»Warum nicht?«

»Wegen dem Pfarrer, es ist seine Schuld. In den Katechismus bin ich schon gegangen.«

»Der Katechismus hat dich wohl nicht besonders interessiert?«

»Ich habe immer kurz vor der Stunde rasch ins Buch geschaut, dann konnte ich es. ›Siehst du, Marceau, du hast ein
gutes Gedächtnis‹, hat der Pfarrer gesagt. Aber einen Moment
später hatte ich alles wieder vergessen.«

»Ich«, seufzte Marthe, »ich schaffte es nicht, den Katechismus zu lernen. Ich verstand nicht, was die Sätze bedeuteten.
Alle diese abstrakten Wörter! Es war wirklich mühsam, ein

Albtraum. Der Pfarrer glaubte, ich sei ein zurückgebliebenes Kind.«

»Ich schon, verstanden habe ich es.«

»Aber warum bist du dann nicht zur Erstkommunion gegangen?«

»Weil der Pfarrer mich aus der Kirche geworfen hat.«

»Aus der Kirche geworfen?«

»Ja, weil ich einen Ring trug, einen schönen Ring.«

»Wie, du hattest einen Ring?«

Marceau zögerte:

»Ich hatte ihn gekauft. Er gefiel mir. Als der Pfarrer den Ring sah, bekam er einen Wutanfall: ›Marceau, ich verbiete dir, diesen Ring zu tragen!‹ Ich antwortete ihm: ›Herr Pfarrer, die katholische Kirche ist keine Diktatur. Ich werde den Ring weiter tragen.‹ – ›Wenn du nicht gehorchst, schicke ich dich weg!‹ Da habe ich gesagt: ›Ist schon gut, Herr Pfarrer, aber Sie werden es bereuen!‹ Und ich ging aus der Kirche. Und dann, Marthe, es ist wirklich wahr: Kurze Zeit später stirbt die Schwester des Pfarrers. Danach sagt er eines Tages zu mir: ›Hör zu, Marceau, du musst wieder in den Katechismus kommen.‹ Ich bin zurückgekehrt, aber wieder konnte er den Anblick des Rings nicht ertragen, und er hat mich ein zweites Mal hinausgeworfen. Bevor ich ging, sagte ich zu ihm: ›Herr Pfarrer, vergessen Sie nicht: In einem Monat werden Sie auch abkratzen!‹«

»Abkratzen …«, wiederholte Marthe entsetzt.

»Ja, so reden wir hier. Das meint sterben! Einen Monat später starb der Pfarrer. Da sagten die Leute aus La Tour: Der kleine Marceau hat die Gabe. Aber ich glaube nicht an diese Dinge.«

Marthe war nachdenklich geworden.

»Weißt du eigentlich, dass du der Kirche ein großes Kompliment gemacht hast, als du sagtest, sie sei keine Diktatur?«

Marceau antwortete nicht. Dieser Ring hatte Marthes Neugier geweckt. Ein Junge, der sich einen Ring kauft, ist ungewöhnlich.

»Wie war er denn, dieser Ring?«

»Er war schön, ein sehr schöner Ring.«

Vielleicht hat er ihn gestohlen, dachte sie.

»Und der neue Pfarrer hat dich nicht wieder aufgenommen?«

»Doch, er hat mit meiner Mutter gesprochen. Sie hat ihm geantwortet: ›Sagen Sie das meinem Sohn selbst! Ich kann meinen Söhnen nichts mehr befehlen!‹«

Marthe lachte. Er nahm ihre Hände, damit dieses Lachen aufhörte. Es war ihm nicht geheuer, wenn sie lachte.

»Du hast hübsche Fingernägel… Hast du sie rosarot lackiert?«

»Nein, gar nicht. In der Schule haben sie mich oft gefragt, ob ich sie weiß lackiert habe.«

»Wie schön eine Frau doch ist!«

Sie betrachtete seine Handflächen.

»Du kannst schauen«, gab er nach, »aber mach keine Voraussagen.«

Woher nur diese Ängste? Warum fürchtet er sich, seine Zukunft zu kennen, noch dazu, wenn er nicht einmal an Vorhersagen glaubt? Marthe sagte trotzdem:

»Du hast eine schöne Herzlinie. Man sieht, dass du in der Liebe Glück hast.«

»Das nennst du Glück!«, schrie er verzweifelt auf. »Ich liebe eine Frau für vierzehn Tage!«

»Ich habe beschlossen, den ganzen Monat zu bleiben. Es ist also wahr«, sagte sie, »es ist wahr, dass du mich liebst!«

»Ob ich dich liebe? Das werde ich dir bald beweisen: wenn ich zu dir in die Schweiz komme.«

In seiner Begeisterung rekelte und wand er sich, verbog sich wie eine Eidechse.

»Du bist eine Frau, die verstehen will! Du verstehst mich besser als die von hier! Niemand versteht mich so gut wie du. Die anderen Frauen, ob ich ihnen gefalle oder nicht, die versuchen gar nicht erst, mich zu verstehen.«

Er schloss sie in seine Arme, drückte sie an sich.

»Ich schlafe so gern mit dir! Und ich schlafe noch lieber mit dir, weil ich dich liebe. Ich sollte dir das nicht sagen, aber es ist wahr. Und du bist die Erste, die Einzige, zu der ich *mein Engel* gesagt habe. Dabei habe ich dich am Anfang gar nicht wirklich geliebt, ich wollte dich: Die da, die muss ich unbedingt flachlegen … Aber ich habe den Unterschied gespürt und zum ersten Mal weiße Kieselsteine gewählt. Vielleicht«, fügte er hinzu, »damit ich Zeit hatte, zwischen ihnen einen Abstand zu lassen.«

Es hatte ihn selbst erwischt, den Jäger, den Oktopusfänger! Ich möchte nicht, dass er leidet, dachte Marthe. Aber sie war zu glücklich, so geliebt zu werden.

XII

An jenem Sonntag, dem zweiten, den sie zusammen verbrachten, stimmte von Anfang an etwas nicht. Was lag in der Luft oder war mit Marthes Nerven los? In ihr regte sich eine Art Ungeduld, eine dumpfe Revolte.

Eine strahlend weiße Yacht war in den kleinen Hafen eingefahren.

»Weißt du, was das ist?«, fragte sie.

»Irgendein Bonze halt.«

Er schien ebenfalls gereizt.

»Ich habe die ganze Zeit auf dich gewartet. Ich bin zum anderen Strand gegangen, dachte, ich könne dich vielleicht dort finden, und habe Seeigel gefangen. Dann bin ich wieder hierhergekommen.«

Eine junge Frau mit rotem Pony bis tief in die Stirn spielte Ball und warf aufdringliche Blicke zu Marceau hinüber. Der wurde immer finsterer und wortkarger.

»Los, wir gehen, wir setzen uns an unseren Felsen.«

»Mit welchem Ton du mich herumkommandierst!«, sagte sie. »Du wirst ja wie ein Ehemann …«

»Ha! Jetzt gibst du es also zu: Er ist lieblos, dein Mann!«

Sie zuckte die Schultern:

»Das sind sie alle, früher oder später, alle Männer.«

»Ich bleibe nicht hier«, fuhr er fort, ohne auf sie zu hören.

»Und dabei hat vorhin einer zu mir gesagt, heute gebe es nichts zu holen am Strand. Oh, là, là, wenn eine Frau mich anschaut, ich sage nicht, ein Mädchen, sondern eine Frau, dann weiß ich, was das bedeutet.«

Leider war ihre kleine Sandarena besetzt. Leute, die Marceau kannte, ein Garagist mit seiner Familie. Enttäuscht setzte er sich mit Marthe etwas abseits, doch er küsste sie nicht, er blieb auf Distanz und versenkte sich in die Lektüre eines Liebesromans, den ihm ein Kumpel, der Tabakhändler, überlassen hatte. Er las mit ernster und sehr interessierter Miene. Marthe beobachtete ihn, während sie sich auf die Lippen biss, um nicht zu lächeln, und entzifferte heimlich den Titel:

Ein Schrei in der Nacht
Die perverse Freundin

»Ist es gut?«

»Ja, es ist gut.«

Sie holte ebenfalls ein Buch hervor. Es war ein broschierter Band, kleiner, aber dreimal so dick wie der von Marceau. Er wollte ihn sehen, packte ihn mit seinen braunen Händen. Und als er unter dem Namen des Autors *de l'Académie française* las, meinte er:

»Keine dumme Nuss!«

Er studierte das Vorwort mit einer Gewissenhaftigkeit, die Marthe rührte. Schreckte ihn die Lektüre ab? Sie fragte ihn nicht. Die kleine Tochter des Garagisten hatte sich der jungen Frau genähert und betrachtete sie bewundernd. Jetzt finden mich sogar die Kinder schön! Das Mädchen hatte große, begeisterte schwarze Augen und kastanienbraune Haare, die sich um seine pummeligen Schultern legten.

»So ein kleines Mädchen wie dich würde ich auch gern haben. Ein kleines Mädchen vom Meer.«

Marceau verbarg eine Melone zwischen den feuchten Algen. Er sprach mit dem Garagisten, und Marthe hörte, wie der scherzte:

»Na, du hast wohl sämtliche Terrassen hier gepachtet! Gehören eigentlich alle Felsen dir?«

»Ja, sie gehören alle mir.«

Als er zu Marthe zurückkam, öffnete er sein Essgeschirr und reichte es ihr. Sie probierte. Es war Hasenpfeffer, von solch kräftigem Geschmack, solch intensiven, geheimnisvollen Aromen, dass sie zu ihm sagte:

»Ich hatte geglaubt, ich würde einen guten Pfeffer hinbekommen, einen Sahnepfeffer, aber noch nie im Leben habe ich so einen feinen wie den hier gegessen! Du musst es deiner Mutter sagen! Hat sie Kräuter dazugegeben?«

»Was sie im Garten so findet.«

»Lorbeer?«

»Ja.«

»Und Thymian, Rosmarin?«

»Ja.«

»Und Majoran?«

»Das alles schmeckst du heraus!«

»Ja, und ich glaube, auch Wacholder.«

»Und jetzt komm.«

Er streckte ihr die Hand hin und zog sie auf einen Felsen. Er ging voran. Sie hielt den Kopf gesenkt, wollte die steil abfallende, kiesige Klippe nicht sehen, über die Marceau sie schleppte, als wäre nichts dabei. Sie kletterte, ihr wollener Badeanzug kratzte sie sanft am Bauch, und unter ihren nackten Füßen kullerten Kieselsteine davon. Endlich kamen sie auf den Zollweg, von dem aus man die ganze Küste überblicken konnte.

»Schau«, sagte er außer Atem.

Vor ihnen ging in einiger Entfernung langsam ein etwa vierzigjähriger Mann, der von oben bis unten in schwarzem Leinen steckte.

»Ein Aufseher des Rothschild-Anwesens?«, flüsterte Marthe erschrocken.

Marceau schüttelte den Kopf:

»Ein Voyeur.«

Sie überholten den Mann, der nichts zu sehen und zu hören schien. Seine ganze Aufmerksamkeit war auf den Hang gerichtet, wo die Zistrosenbüschel die Liebespaare nur schlecht verbargen. Hier, wo das Gelände nicht mehr so schroff war, hatten sich leichte, hohle Stufen gebildet, die wie Nester zwischen Himmel und Wasser hingen. Und in jedem von ihnen träumten, liebten oder stritten sich ein Mann – oft war es ein Matrose – und eine Frau.

Ja, zwei von ihnen hatten gerade eine stürmische Auseinandersetzung gehabt. Die Frau war aufgestanden, doch der Matrose saß noch immer stumm und benommen da. Marceau schob mit dem Fuß einen Stacheldraht beiseite, ließ Marthe durch den Zaun schlüpfen, die diesmal ohne Kratzer davonkam, und sprang darüber.

»Die Ohrfeige, die er eingesteckt hat!«, rief er hinter ihr.

»Der Matrose hat eine Ohrfeige eingesteckt?«

Marthe hatte zu spät hingeschaut. Noch immer ängstlich, drehte sie den Kopf zum Mann in Schwarz, der in ein Schauspiel vertieft war, das nur er allein sehen konnte.

»Vielleicht fängt sie so an, die große Liebe«, fügte Marceau nachdenklich hinzu.

Sie betraten den Korkeichenhain und waren bald auf dem Gipfel des Hügels angelangt.

»Hier«, sagte sie, »werden wir es gut haben.«

Der Boden, auf dem kein einziger Grashalm wuchs, war mit trockenem Laub bedeckt, das unter ihren Schritten platzte. Dunkelgrüne Äste umschlossen Marthes Körper. Marceau betrachtete sie sonderbar, und mit plötzlich tiefer Stimme:

»Einmal nachts habe ich dich im Traum gesehen, vor vielen, vielleicht vier Jahren. Es war eine Frau genau wie du, blond, mit langen Haaren, einem Gesicht so sanft wie deinem. Sie hat reglos dagestanden, mitten in einem großen Wald ...«

»In einem Wald wie diesem da?«

»Nein ..., in einem Dschungel.«

»Hast du mit ihr gesprochen?«

»Ich getraute mich nicht. Ich habe sie nur angesehen.«

Ergriffen von diesen Worten, versuchte Marthe, sich diesen tropischen Wald mit seinen nächtlichen Bäumen vorzustellen, mit seinen lampengroßen Blumen, in dem jederzeit ein Tiger aufspringen oder eine Schlange sich durch die Lianen schleichen konnte, und diese Frau – sie –, nur mit ihren langen Haaren bekleidet. Und Marceau, der sie betrachtete, so wie er sie jetzt betrachtete.

»Einen Tag, nachdem wir uns kennengelernt haben«, fuhr

er fort, »als wir am Morgen den Weg nach Vaisseau hinaufgingen, habe ich dich zweimal angesehen, einmal von vorne und einmal von der Seite. Und mir war, als würde ich dich bereits kennen. Und als du mir deine Träume erzählt hast, ist mir meiner in den Sinn gekommen. Vielleicht warst du das wirklich, Marthe.«

»Hat der Traum einen großen Eindruck auf dich gemacht?«

»Ja, aber er ist ganz schnell vorbeigezogen, wie ein Schleier.«

Nachdenklich setzte sie sich und fing an, die trockenen Blätter zwischen den Fingern zum Knistern zu bringen. Und er fing wieder von ihren Händen an:

»Ach, diese schönen Hände!«, sagte er und kniete sich vor sie hin. »Man sieht, dass ihre einzige Arbeit ist, eine Blume oder ein Band zu halten.«

»Da täuschst du dich!«, sagte sie missmutig. »Wenn du mich an meiner Werkbank sehen würdest, wenn ich den Filz aufziehe, oder an meinem Küchenherd, wenn ich ein Essen für zehn Leute koche …«

»Für so viele?«

»Ja, wenn wir die Familie und Freunde einladen.«

»Hast du kein Dienstmädchen?«

»Nein, aber nachmittags habe ich eine Putzfrau.«

»Es stimmt, in den ersten Tagen warst du bleicher als jetzt, und magerer.«

Sie war aufgeblüht, ihre Haut war goldbraun und rosa, sie hatte rundere Brüste und sanftere Hüften. Noch nie hatte sie so gesund ausgesehen.

»Erst heute hat der Besitzer der Bar de la Rascasse zu mir gesagt: ›Marceau, da hast du aber eine herrliche J3!‹«

166

»Was ist denn das, eine J3?«, fragte Marthe fassungslos.

»Das war im Krieg die beste Lebensmittelkarte, die haben die Jugendlichen bekommen.«

Was für eine komische Art zu sprechen, dachte Marthe, aber es missfiel ihr nicht, dass sie in den Augen der Männer begehrenswert geworden war.

Nachdem sie sich in dem Gewoge der harten Blätter, die das Rauschen des Meeres übertönten und ihre nackten Körper zerkratzten, ausgiebig geliebt hatten, wollte Marceau mehr über Marthes Vergangenheit wissen.

»Sag mir, wie es das erste Mal gewesen ist«, bat er mit leiser Stimme.

»Das erste Mal …«

Sie konnte nicht weitersprechen.

Eine unendliche Traurigkeit befiel sie, und sie versuchte, ihre Tränen zu verbergen. Aber er sah es sofort und riss ihr die Hände vom Gesicht.

»Nein, das will ich nicht! Das will ich nicht sehen!«, schrie er. »Das tut mir zu sehr weh!«

Er regte sich auf. Und plötzlich voller Wut:

»Über wen weinst du?«

»Über niemanden, über mich.«

»Das erste Mal«, Marceau rang nach Atem, »wurdest du da missbraucht?«

»Ja«, brachte sie mit Mühe hervor.

Er schwieg verwirrt, wagte nichts mehr zu fragen.

»Fang nicht wieder zu weinen an! Damit du es weißt, das will ich nicht!« Er hatte wieder seinen gebieterischen Ton. »Ich habe noch nie eine Frau zum Weinen gebracht.«

»Oh doch, natürlich hast du das!«, erwiderte Marthe zwischen zwei Schluchzern. »Die aus La Goulède: Sie hat dich geliebt.«

»Sie hat es gesagt, ja, aber ich habe es nicht gespürt. Während mit dir, da spüre ich es.«

Er dachte nach:

»Ich habe sie nicht geliebt, aber trotzdem habe ich einmal wegen ihr geweint. Als ich beschloss, mit ihr Schluss zu machen. Am letzten Abend, auf dem Rückweg. So sehr, dass ich anhalten und vom Rad steigen musste: Ich wollte nicht, dass es jemand sehen konnte. Die Einzige, die sich rühmen kann, dass sie mich weinen sah, ist meine Mutter. Als ich ihr die Briefe meines Bruders aus Afrika vorlas.«

»Aber dann hast du dieses Mädchen geliebt!«

»Oh, das würde ich nicht sagen. Im ersten Monat, als ich sie haben wollte, dachte ich viel an sie. Danach, als ich sie hatte, habe ich gesehen, dass sie war wie alle anderen.«

»Sie muss gelitten haben!«

Marceau zog eine Grimasse.

»Warum hast du sie verlassen?«

»Einmal hat sie ihre Tage nicht bekommen, sie hatte sie immer am Ende des Monats. Die Tage vergingen. Hatte ich vielleicht eine Angst! ›Mach dir keine Sorgen, Marceau‹, hat sie gesagt. ›Wenn ich sie nicht bekomme, trinke ich blaues Wasser.‹ Da siehst du, was für eine sie war.«

»Blaues Wasser?«

»Ja, das ist eine Mixtur. Wenn eine Frau davon trinkt, ist sie entweder das Kind los oder sie ist tot.«

Marthe schauderte. Dass sie hier, so nah bei den Städten,

noch Sitten haben wie in der tiefsten Provinz, wie in alten Zeiten! Sie erzählte, dass in ihrer Heimat manche nicht gerade brave Bauerntöchter zu diesem Zweck nach einer klebrigen Blume namens Weinraute suchten, ein Unkraut mit schrecklichen Kräften.

»Ich habe gehört, dass man, wenn man eine zu große Menge davon nimmt, Krebs bekommen kann. Aber woher soll man wissen, welche Menge die richtige ist?«

»Nach acht Tagen hat sie ihre Tage bekommen, sie waren nur verspätet. Aber für mich war Schluss, ich wollte nie wieder mit ihr gehen!«

»Es muss ihr wehgetan haben«, sagte Marthe noch einmal.

»Du«, murmelte er und küsste sie sanft, »du bist mir eine komische Frau, wirklich eine komische Frau.«

»Mir auch«, sagte Marthe, »mir ist auch einmal etwas Schlimmes passiert, mit dreizehn.«

»Hast du ein Kind bekommen?«

Sie schüttelte den Kopf.

»Nein, etwas anderes. Es war ein Mann, ein Geschäftspartner meines Vaters. Er war gute fünfzig Jahre alt und verheiratet. Ich spürte, wie es mich jedes Mal mit Verwirrung und Angst erfüllte, wenn er in meine Nähe kam, aber ich konnte es mir nicht erklären, und am Tag, als er mich berührte, war ich völlig hilflos. Erst dachte ich, er wolle mich küssen, aber sein Verlangen war so stark und so stark seine Angst, erwischt zu werden, dass er mir entsetzlich wehgetan hat.«

Sie sah zu Marceau. Er hatte die Augen geschlossen.

»Es war, als hätte ich einen Schlag erhalten, einen Schlag

auf den Kopf. Später habe ich nicht mehr daran gedacht. Und erst heute kommen mir die Tränen …«

»Vielleicht weil du tief in dir drin daran gedacht hast«, sagte Marceau. »Und der Mann, was ist aus ihm geworden?«

»Er ist immer noch da. Er ist Vater von acht Kindern, die er sehr streng erzieht.«

»Und dein Mann, wann hast du ihn kennengelernt?«

»Fünf Jahre später.«

»Liebt er dich, dein Mann?«

»Er sagt, dass er mich liebt. Aber ich auch, ich spüre es auch nicht.«

Sie horchte in ihr Herz hinein, um zu sehen, ob sich Reue regte. Nein, da war keine Reue.

»Und wenn er etwas merkt? Sei bloß vorsichtig, Marthe.«

»Er wird nichts merken, er ist so. Zwischen ihm und mir ist eine Mauer, die ihn hindert, mich zu sehen oder zu hören.«

»Was denkt er über die Liebe?«

»Oh, die Liebe, das ist keine große Sache für ihn, nicht wie für dich. Vieles ist ihm wichtiger: die Arbeit, die Einnahmen, der Ruf. Einzig die Politik begeistert ihn, eine sehr lokale Politik … Und mich langweilt das, mein Gott, wie mich das langweilt! Was er sonst noch mag, ist das Degustieren.«

»Degustieren?«

»Ja, Wein. Es gibt in meinem Land sehr gute Weine, sie sind sehr stark. Und so trinkt mein Mann oft.«

»Betrinkt er sich?«

»Nein, aber es nimmt ihn stark in Anspruch. Er bleibt abends lange mit seinen Freunden in den Kellern oder im Café: das höchste der Gefühle! Sie reden über Wein, sie sagen: Der da ist fruchtiger, dieser da hat keinen Körper. Sie sprechen besser über Wein als über Frauen.«

»Aber die machen doch auch Liebe!«

»Schon, aber es ist für sie nicht so wichtig wie für dich, sie reißen Witze darüber, grinsen. Die Frau zu Hause ist vor allem dafür gut, das Essen zu servieren, die Kinder zu erziehen. Ein Ehemann sagt gern: ›Meine Frau respektiere ich. Für das Vergnügen sind andere da.‹«

»Was für andere?«

»Kellnerinnen ...«

»Barfrauen?«

»Ja.«

»Huren auch?«

»Vielleicht auch Huren.«

»Dann betrügt er dich also?«

»Kennst du Ehemänner, die ihre Frauen nicht betrügen?«

»Ja, einen. Aber bei ihm ist es, weil seine Frau zu viel von ihm verlangt. Ich, wenn ich mal verheiratet bin, ich werde treu sein!«

Sie sah ihn ungläubig an.

»Ehemänner sind untreu, fast alle. Einer sagte mal zu mir, als er sich an mich heranmachte: ›Ich liebe meine Frau, aber mit seiner eigenen Frau zu schlafen ... Puh, mit einem Kochherd würde es genauso viel Spaß machen!‹«

Marceau hörte zu, schüttelte den Kopf.

»Ich habe Angst, dass dir was zustößt.«

»Nein, Marceau, du kannst beruhigt sein, mein Mann hält mich für unfähig, ihn zu betrügen.«

Er blieb besorgt.

»Dein Mann, ist er sehr gebildet?«

»Ja, er weiß einiges, aber das wahre Leben kennst du besser als er.«

»Aber sag mir, Marthe, hast du Spaß mit deinem Mann?«

»Ja, das habe ich.«

»Dann ist er es also …«

Sie drehte den Kopf weg.

»Wie oft besorgt er es dir? Einmal pro Woche, zweimal?«

»Das geht dich nichts an!«, schrie sie außer sich.

»Und du musst allein in deinem Zimmer weinen, wenn du einsam bist.«

»Ich will nicht von dir bemitleidet werden!«

»Ach, jetzt weinst du!«

Er schrie:

»Ich verbiete dir zu weinen!«

Er nahm ihren Kopf und drehte ihn gewaltsam zu sich.

»Du tust mir weh!«

»Ich weiß, dass ich dir wehtue, aber weine nicht, weine nicht!«

In seiner Verzweiflung bedrängte er sie.

»Du brichst mir noch den Hals!«, schimpfte sie. »Du kannst nicht trösten!«

»Ich weiß, dass ich nicht trösten kann!«

»Lass mich weinen!«

In die Blätter gekauert, überließ sie sich ganz ihrer Trostlosigkeit. Aber er konnte nicht anders, beugte sich ungeschickt über sie. Zunehmend ärgerlich sagte sie:

»Fass mich nicht an, ich habe mich eingekugelt wie ein Igel.«

»Bist du mir böse?«

»Ich bin der ganzen Welt böse.«

Sie fühlte sich von einem namenlosen Kummer ergriffen:

»Verstehst du denn nicht?«

»Nein, ich verstehe nicht.«

Er versteifte sich, hielt sich den Ellbogen über die Augen wie ein schmollendes Kind. Schmerzte es ihn wirklich so sehr? Marthe drückte ein paar Küsse auf seine harte Schulter. Er drehte ihr ein armseliges, völlig verstörtes Gesicht zu, einen halb unter den Wimpern verdeckten, feuchten Blick. Echte Tränen?

»Küss mich«, sagte sie.

»Nein, wenn ich dich doch abstoße und du es nur widerwillig tust.«

Doch sie fand die richtigen Worte:

»Ich brauche es, dass du mich küsst.«

Und jetzt lächelte Marthe:

»Du weißt, es gibt Männer … Wenn sie mit dem Herzen lieben, lieben sie nicht mit dem Körper. Wenn sie mit dem Körper lieben, lieben sie nicht mit dem Herzen. Männer sind eine komplizierte Angelegenheit.«

»Und mich, findest du mich auch kompliziert?«

»Nein.«

Als sie am Abend über den Strand zurückkehrten, toste die Brandung, und Marthe musste ihre Espadrilles ausziehen. Das Wasser war gestiegen. »Pass auf!«, sagte Marceau, bevor er auf den nächsten, vom Meer überspülten Felsen sprang. Es gelang ihm stets, genau zwischen zwei Wellen hindurchzukommen, während Marthe, die mit dem Rhythmus nicht so vertraut war, sich vollspritzen ließ. Aber die Fluten machten ihr nichts aus.

Tief in den geschützten Buchten war die Luft immer noch warm. Auf der Anhöhe des Felsvorsprungs mussten sie gegen den Wind ankämpfen. Im Hafen unter ihnen schlief ein Fischer mit Tattoos neben einem kleinen Feuer aus Strandgut.

XIII

Doch der Schatten dieses Tages lastete auch noch auf den nächsten.

»Dein Engel«, sagte Marthe zu Marceau, »kommt sich vor, als hätte man ihm die Flügel gestutzt.«

Er schüttelte betrübt den Kopf. Um sie abzulenken, führte er sie an den großen Strand, den sie so gerne mochte.

»Ich schäme mich«, seufzte sie.

»Nicht du, er sollte sich schämen!«, protestierte er.

Und einen Augenblick später:

»Ein Ehemann, der es dir einmal im Monat besorgt …«

»Das habe ich nicht gesagt!«, schrie sie und trat ihn mit dem Fuß.

»Ist gut, Marthe, ich verspreche es dir, ich werde nicht wieder damit anfangen.«

Er hielt Wort.

Marthe wollte nicht mehr ins Wasser.

»Ich bin erkältet«, sagte sie.

»Weißt du, wie man hier eine Erkältung kuriert? Man wirft sich eine warme Strickjacke über und tritt mehrere Kilometer heftig in die Pedale. Oder man trinkt drei Liter Roten.«

Sie hörte zu, ohne zu lachen, lutschte Pastillen gegen das Halsweh und saß im gebügelten Kleid kerzengerade zwischen zwei hoch aus dem Sand aufragenden Felsplatten wie im Chorgestühl einer Kathedrale, das sie vor den Augen der Badenden schützte.

»Betrinkst du dich manchmal, Marceau?«

»Es ist vorgekommen, einmal vor allem...«

Er schnellte im benachbarten Chorstuhl nach hinten zurück.

»Was hast du denn?«

»Ich verstecke mich vor dem, der da vorne vorbeifährt.«

Vor ihnen glitt ein kräftig lackiertes Kanu vorüber, in dem ein schwarzgelockter junger Mann mit breitem Lächeln ruderte.

»Das ist der, den ich wegen dem Schiff gefragt habe, in den ersten Tagen, als du aufs Meer hinauswolltest. Hast du gesehen? Er fährt das ganze Ufer ab auf der Suche nach Frauen. Und seit ich es ihm gegeben habe, ist er nicht mehr gut auf mich zu sprechen.«

»Wie hast du es ihm gegeben?«

»Er wollte mir das Schiff nicht leihen, er sagte: ›Glückwunsch, Marceau, du bekommst immer so schöne Frauen. Wie stellst du das an?‹ Ich sagte: ›Ich tue gar nichts, sie kommen von selber.‹«

»Du hast angegeben.«

»Ja, und dummerweise habe ich noch gesagt: ›Zu dir werden sie nicht kommen, bei deinem Kopf!‹«

Marthe versuchte, diesen Kopf noch einmal zu sehen, aber der Paddler war schon zu weit entfernt. Es gab keinen Nebel an diesem Morgen. Nur ein hauchfeiner blauer Dunst, vergleichbar mit dem Rauch dünner Zigaretten, zog sich über das ganze Ufer. Und die frischen Algenhäufchen, die von den Wellen an den Rand gespült wurden, verbreiteten einen starken Geruch. Sie hatte keine Lust zu sprechen. In der Weite fuhren zwei Fischerboote vorbei.

»Die schnappen uns sämtliche Fische weg!«

Marceau litt.

»Wenn ich fünfzigtausend Francs pro Monat hätte«, sagte er, »würde ich mir eine kleine Hütte am Meer bauen lassen, und dazu noch eine im Pierrefeu-Wald, und dort leben. Ich würde fischen, ich würde jagen. Mit einem Pin-up-Girl als Gesellschaft.«

Er vergisst mich, dachte Marthe, doch es stimmte sie nicht traurig.

»Magst du die Städte nicht?«

»Nein, in Toulon könnte ich nicht leben. Ich muss allerdings bald wieder arbeiten gehen. Letztes Jahr um diese Zeit habe ich im Metallbau gearbeitet. Da war ein Italiener unter uns. Wir machten uns einen Spaß daraus, ihm Angst einzujagen. Und wie der die Beine unter den Arm nahm! Im Krieg haben wir auch den Amerikanern Streiche gespielt. Es waren viele vom anderen Ufer dabei. Wenn wir sie in einem Pissoir überraschten, verdroschen wir sie und zogen sie bis aufs Hemd aus.«

»Und bei den Matrosen, gibt es da auch viele?«

»Ja, auf dem Schiff, aber an Land nicht mehr.«

Marthe lehnte ihren Kopf an den rauen Felsen. Sie döste, ohne sich ein Wort entgehen zu lassen.

Auf dem Rückweg über den steinigen Hügelweg, den Marceau immer so tollkühn mit seinem alten Rad hinunterstürzte, wurden sie von einem Fremden gemustert, der sich an einen Baum lehnte. Marceau starrte mit finsteren Augen zurück.

»Ein Deutscher«, sagte er leise.

»Sieht so aus«, sagte Marthe.

»Sieht so aus und hört sich so an«, präzisierte er, »hast du es gehört?«

»Nein.«

»Er hat einen Marsch aus der Besatzungszeit gepfiffen.«

»Und das da?«, fragte sie, als sie auf die Straße einbogen.

Da stand ein altmodischer Lastwagen mit der Aufschrift LES GUEULES CASSÉES.

»Ja«, sagte der Fischer, »das sind die, die mit zerfetztem Gesicht aus dem Ersten Weltkrieg heimgekehrt sind, die kommen auch hier baden.«

Endlich kam ein Tag, an dem Marthe und Marceau sich nicht sahen.

»Ich muss meinem Vater in Sainte-Madeleine helfen«, hatte er gesagt.

»In diesem kleinen Terrassendorf in der nächsten Bucht, das ganz aus Holzhäuschen besteht?«

Marthe hatte Madame Rode versprochen, mit ihr auf die Île de Porquerolles zu fahren. Sie genoss die Atempause, denn ihre täglichen Treffen hatten ihr mit der Zeit einen Eindruck von Abhängigkeit vermittelt, was ihr nicht leichtfiel. An Marceau zu denken, machte ihr nicht weniger Freude, als ihn zu sehen.

»Es heißt«, erzählte Madame Rode, »dass nach dem Sturz

des Kaiserreichs viele Offiziere Napoleons hierher ins Exil geschickt wurden. Auf beiden Seiten einer ganz gelben Straße kann man noch immer ihre Häuschen sehen.«

Möglicherweise stammt Marceau mütterlicherseits von einem von ihnen ab, dachte Marthe, oder von einem Schiffer oder sogar einem Mauren, und väterlicherseits von einem Hirten der Hochplateaus. Wie konnte man das wissen?

Am Abend kehrten sie erschöpft von ihrem Ausflug zurück. Aber Marthe sagte sich immer wieder: Ich bin keine Fremde mehr, jemand liebt mich hier, jemand von diesem Land, von diesem Meer, jemand von hier. Eine immense Kraft, die sich in ihr ausbreitete, beschützte sie. Es konnte ihr nichts geschehen: Es war Marceaus Land.

Am nächsten Tag wusch sie ein paar Kleider, las ein wenig, träumte viel. Marceau musste wie am Tag zuvor in Sainte-Madeleine arbeiten. Zu Mittag wurden ihr Aal, Katzenhai und Meeräsche serviert. »Lustig, diese Fischnamen!« Dann ging sie in den kleinen Garten und schlief schließlich im Schatten des Mandarinenbaums auf einem Liegestuhl ein. Schreie weckten sie. Die Luft roch nach Rauch. Sie sah, dass junge Leute auf den Dächern der Schuppen am Gartenrand standen und Wassereimer ausschütteten, die ihnen vom Hotelier und von seinen Dienstboten hingestreckt wurden. Doch der Fleißigste von allen war ein kleiner Pariser mit Brille; gewissenhaft verausgabte er sich unermüdlich, während die anderen es eher von der lustigen Seite nahmen.

Über den überfluteten Dächern ertönte die schrille Stimme einer alten Frau:

»Seht nur, was sie mir angetan haben, die Söffel, man ist nicht mehr Meister im eigenen Haus!«

»Was ist los?«, fragte Marthe.

»Bei der Alten nebenan hat es gebrannt. Und jetzt, wo das Feuer gelöscht ist, wettert sie.«

»Ihre Art, sich zu bedanken«, sagte der Hotelier und zuckte mit den Schultern, dass seine Augenbrauen und sein Katzenschnurrbart erzitterten.

»Ach, diese Schuppen!«, schimpfte seine Frau. »Es braucht rein gar nichts, und sie fangen Feuer wie Streichholzschachteln.«

Am späten Nachmittag ging Marthe an den Strand, wo sie Marceau treffen sollte. Doch sie hatte sich verspätet und wurde von ihm äußerst kühl empfangen. Da sie nicht vorhatte, ins Wasser zu gehen, hatte sie die Kleider vom Vortag anbehalten. Marceau prüfte sie mit strengem Blick. Ach, fragte sich Marthe beunruhigt, was für Makel er wohl an mir entdeckt?

»Warum hast du dieses Kleid angezogen? Ich habe es noch nie an dir gesehen! Und diese weißen Hirschledersandalen, und diese Halskette?«, fragte er schroff.

»Weil ich nicht schwimmen gehe. Was findest du denn so ungewöhnlich daran?«

Er antwortete nicht, sein Blick füllte sich mit Algen.

»Marceau, bist du verärgert, was hast du denn?«

»Ich habe mich gefragt, ob du mit einem anderen gegangen bist, ob du nicht mehr kommst!«, brachte er schließlich heraus.

Er war also eifersüchtig!

»Ja, ich war eifersüchtig.«

»So will ich geliebt werden«, sagte sie.

»Nutz es nicht aus!«, sagte er ernst. »Nutz diese Macht nicht aus, die du über mich hast! Ich habe mir gedacht: Wenn sie mir das angetan hat, na gut, dann sage ich nichts, aber bevor sie geht, gehe ich zu ihr und verlange eine Erklärung…«

»Aber Marceau«, sagte Marthe, die kaum das Lachen zurückhalten konnte, »ich habe die ganze Zeit an dich gedacht! Ich habe mir dein Land angesehen. In Hyères habe ich mir gesagt: Irgendwo zwischen diesen Lorbeerbäumen befindet sich vielleicht sein ehemaliges Haus, als kleiner Junge ist er über diese Wege gegangen. Und sogar auf der Île de Porquerolles meinte ich dich zu sehen.«

»Aber ich bin gestern nicht dort gewesen. Ich habe in Sainte-Madeleine gearbeitet, an den Festvorbereitungen mitgeholfen.«

»Gibt es denn hier die ganze Zeit überall nur Feste?«, wunderte sie sich.

»Das Arbeiten ist mir nicht schwergefallen, weil ich dabei an dich gedacht habe, Marthe, an all das, was du mir in den letzten Tagen gesagt hast. Und um sechs bin ich hierhergekommen und wollte dich sehen, und niemand war da. Ich habe mich so nach dir gesehnt.«

»Haben dich deine Kollegen wieder geneckt?«

»Nein, sie sagen nichts mehr. Sie haben wohl begriffen, dass mit mir nicht mehr zu spaßen ist. Heute habe ich gefischt, ich habe jede Menge Seeigel gefangen und habe dir das hier mitgebracht.«

Er nahm eine kleine, mit grünem Moos überwachsene Muschel aus der Tasche.

»Du kannst sie abbürsten, dann wird sie schön. Ich habe noch eine zweite, aber der Rand ist ein wenig abgebrochen.«

Sie behielt die bescheidenen Geschenke in der Hand.

»Nägel des Meeres …«, murmelte sie.

Er hatte zu seinem alten Tauchermesser gegriffen und öffnete die Seeigel damit.

Er brachte ihr bei, wie man sie aß. Die Schale in der Hand, löste sie ohne Angst, sich zu stechen, mithilfe einer kleinen Brotkrume die winzigen, orangefarbigen Fleischteilchen von der Innenwand, an der sie klebten.

»Igel des Meeres.«

Sie waren sehr angenehm im Geschmack, ein bisschen scharf. Sie erzählte ihm von dem Brand und der schlechten Laune der Hüttenbesitzerin.

»Die haben oft einen solchen Charakter, die Alten hier. Aber ich habe auch noch *caillettes*, von meiner Mutter«, sagte er und legte Marthe das Essgeschirr auf die Knie.

Sie aß ein merkwürdiges Fleischgemisch, wieder mit aromatischen Kräutern gewürzt.

»Ihr habt aber eine prominente Küche hier!«

Sie dachte an die tristen Mahlzeiten der Arbeiter in ihrem Land, während sie Marceau beobachtete, der kräftig zulangte.

»Du hast einen gesunden Appetit.«

»Meine Mutter hat zu mir gesagt: Du hast noch nie so gesund ausgesehen, wie seitdem du die Schweizerin hast. Es stimmt, seit ich dich habe, bin ich brav, so was von brav!«

Sie überlegte eine Weile, was er wohl mit brav meinen könnte. Vielleicht wollte das sagen, dass er sich nicht mehr auf den Bällen herumtrieb und die Nacht zum Schlafen nutzte.

»Heute Nacht, Marthe, habe ich von dir geträumt«, sagte er mit Angst in der Stimme. »Ich war in einer Bar, und die Barfrau, die mich immer hänselt, umschmeichelte mich. Da bist du hereingekommen und hast gesagt: Er gehört jetzt mir, keiner nimmt ihn mir weg! Ich bin mit dir hinausgegangen, und dann weiß ich nichts mehr.«

»Ah«, sagte Marthe.

»Willst du heute Abend mit mir ins Kino kommen, in La Tour? Da läuft diese Woche ein guter Film. Was für Filme magst du?«

Sie unterhielten sich über ihre Vorlieben.

Sie fragte:

»Hast du *Stalingrad* gesehen? Den finde ich sehr gut.«

Der Fischer strahlte.

»Wie? Du, du magst diesen Film?«

»Oh ja, die Russen sind sehr gute Filmemacher.«

»Du, du! So denkst du!«, rief er gerührt. »Jetzt kann ich es dir ja sagen: Ich bin Kommunist.«

»Und du hast mir nichts davon gesagt!«

»Ich wusste nicht, was du darüber denkst, und außerdem bist du keine Französin. Erinnerst du dich an diesen Ring, wegen dem der Pfarrer so ausgerastet ist. Ich hatte ihn meinem Vater weggenommen: Es waren Hammer und Sichel drauf.«

»Ah, ich verstehe. Aber ich bin keine Kommunistin. Was man alles darüber in den Zeitungen liest! Und was erzählt wird, entsetzliche Dinge …«

»Die Zeitungen lügen! Es ist nicht so, wie die Leute erzählen. Ich war dort, ich war in Russland.«

»Du warst in Russland?«

»Ja, und ich habe den großen Joseph gesehen, so wie ich jetzt dich sehe. Er hat mit uns gesprochen.«

»Aber wie bist du denn dorthin gelangt?«, fragte Marthe ungläubig.

»Mit dem Flugzeug, mit einer Gruppe französischer Arbeiter. Sie haben uns alles gezeigt, was wir sehen wollten.«

»Ja, alles, was sie den Ausländern zeigen wollen: die schönen Fabriken, die schönen Schulen und so weiter. Wer weiß, mit einigen ihrer Ideen könnte man sich vielleicht einverstanden erklären, wenn es nicht diese Prozesse gäbe, diese schaurigen Moskauer Schauprozesse!«

Marceaus Miene verfinsterte sich, er verteidigte sich nicht.

»Und den gegen Kardinal Mindszenty! Und du bist bereit, sie zu empfangen, diese Kommunisten?«

»Was ich möchte«, sagte er, »dass sie uns vom Kapitalismus befreien und sich nachher wieder aus dem Staub machen.«

»Und wie fandest du die Menschen dort?«

»Gut.«

»Und die Frauen?«

»Die Frauen … Ich fand nur die in der Ukraine schön.«

Aber schon war er wieder weniger redselig:

»Wir sollten nicht über diese Reise sprechen.«

»Wenn es Krieg gibt, was würdet ihr machen?«

»Wenn es Krieg gibt«, antwortete er, »müssen wir uns gegen die Armeechefs wenden.«

Und er fügte traurig hinzu:

»Ach, wir wissen Bescheid, wenn es einen Krieg gibt, sind wir die Ersten, die drankommen.«

»Die drankommen …« Sie spürte seinen ganzen Widerwillen.

»Wenn man mich nur nicht für Indochina holt. Dann gehe ich in die Schweiz.«

»Bist du schon lange Kommunist?«

»Mein Vater war es schon. Ich bin am Ende des Krieges beigetreten. Das ist das Einzige, was ich dir verheimlicht habe.«

Und er fügte hinzu:

»Jacques Duclos, den mag ich. Wenn er in der Abgeordnetenkammer spricht, dann hören alle zu. Und jetzt hör auf, mir Fragen zu stellen, Marthe, ich darf dir nicht antworten. Und verrate niemandem, was ich dir eben gesagt habe, mein schöner blonder Engel.«

»Du bist Kommunist und glaubst an Engel!«

»Ja, an Engel, wie du einer bist, an die echten. In den ersten Tagen habe ich es dir aus Spaß gesagt. Aber jetzt, es stimmt, bist du mein Schutzengel. In den ersten Tagen habe ich dir nicht alles geglaubt, was du mir erzählt hast, ich war mir nicht einmal sicher, ob du verheiratet bist.«

»Aber du hast doch die Fotos gesehen.«

»Es gibt Mädchen, die kommen nach Toulon, die zeigen dir Fotos her und sagen: Das ist mein Ehemann. In Wirklichkeit ist es ihr Chef. Und außerdem hast du an jenem Tag so schrecklich gelacht. Und bis zum achten Tag ... ich habe es dir nicht gesagt, aber ich hatte Angst vor Krankheiten.«

»Während ich«, sagte Marthe, »dir vom zweiten Tag an vertraut habe.«

XIV

Sie kehrten durch die über dem Meer schwebenden Wälder zurück. Marthe wurde es nicht schwindelig, sie beugte sich sogar vor, um tief unter sich diesen schwankenden Abgrund zu sehen, der weniger dunkel war als der Himmel.

»Schau!«, Marceau zeigte ihr mit dem Finger die Myriaden glitzernder Punkte. »Schau, wie das Wasser phosphoresziert!«

»Eine Spiegelung?«

»Nein, das ist ein Lichtschein, der von der Welle selbst erzeugt wird.«

Marthe sagte, ohne wirklich verstanden zu haben:

»Siehst du, wie schön es hier ist, in diesem Frieden. Wir können denken und sagen, was wir wollen, frisch von der Leber. Wir sind frei. Wären wir in Russland, wäre das …«

Sie legte einen Finger auf den Mund und bedeckte sich mit der anderen Hand die Stirn.

»Und selbst in der Nacht, Marceau, gibt es Ohren …«

Seine hatte er gerade gespitzt. Vom Sainte-Madeleine-Ufer, wo kleine Festlämpchen brannten, drangen die fernen Laute der Blaskapelle herüber.

»Das Parteifest. Hör zu. Das ist der Moment, wo die Fahne gehisst wird. Das eben waren die Tambouren und Pfeifen, und jetzt kommt der Sambre-et-Meuse-Marsch …«

»Wärst du gerne auf dem Fest?«

»Mein Fest ist da, wo du bist!«

Und Marthe spürte Marceaus harten Köper an sich.

»Schau mich an«, sagte er.

Er umschlang sie mit dem kräftigen und zugleich sanften Knotenseil seiner Muskeln.

»Bleiben wir stehen«, sagte sie.

»Ich habe mich nicht getraut, es vorzuschlagen.«

Sie stellte sich vor, von einem riesigen Vogel genommen zu werden. Die Kiefer, die sie über dem Abgrund festhielt, ächzte. Für einen Moment glaubte sie, sie würde davongetragen. Doch sie hatte keine Angst, und die Äste des Baumes bildeten für sie, genau wie die Griffe ihres Geliebten, ein sicheres, wohliges Netz.

Als sie, noch ganz benommen, im trockenen Gras ineinander verschlungen, wieder zu sich fanden, pochten Marthes Schläfen.

»Ist es wahr?«, fragte sie. »Träume ich nicht? Wir leben?«

Er antwortete nicht. Er nahm Marthes Kopf und drückte ihn auf seine nackte Brust.

»Bleib so«, flehte er, »es kommt mir vor, als würdest du mich beschützen, vor allem beschützen. Hör zu, ich habe viele Frauen gehabt«, seine Stimme war ernst, »aber du stehst an allererster Stelle. Dein ganzes Wesen, deine Art, wie du sprichst, einfach alles, du bist eine Frau, die tipptopp zu mir passt. Mit den anderen habe ich Spaß gehabt, stimmt schon. Aber mit dir habe ich Spaß, wenn ich auf dir bin, und ich habe Spaß, wenn ich neben dir bin.«

»Du wirst noch viele andere Frauen haben.«

»Oh, ich sage nicht Nein … In ein, zwei Monaten werde ich

von neuem glücklich sein. Vielleicht glücklicher als jetzt. Aber ich werde dich nicht vergessen können.«

Und er fügte hinzu:

»Du bist heiß, nicht eine der Heißesten, aber du bist heiß. Ich mag solche wie dich, die es schätzen. Denn es gibt leider viele, die sind glücklich, aber sie wollen es nicht zugeben, sie wollen nicht, dass man es ausspricht.«

Er schwieg. Im Wald war kein Laut mehr zu hören, und selbst das Meer schien abwesend.

Plötzlich schrie Marceau auf:

»Und wenn ich eine Frau heirate, und die mag das nicht!«

»Aber«, sagte Marthe, »die Frauen vom Mittelmeer mögen die Liebe doch.«

»Weißt du, was die Männer hier denken? Dass es mit den Frauen aus dem Norden besser klappt. Aus dem Norden Frankreichs«, präzisierte er.

Und im Norden glauben sie genau das Gegenteil, dachte sie, hütete sich aber, es zu sagen.

»Wenn ich heirate, dann muss es eine Frau sein, die so nett ist wie du, die ich sofort lieben kann, so wie dich.«

Um sie herum war die Nacht so schwarz geworden, dass sich einzig Marthes weißes Kleid ein wenig von der Dunkelheit abhob. Er murmelte:

»Es ist gut, dass ich gelernt habe, jemanden zu lieben.«

Am Abend des nächsten Tages zog es sie wieder an denselben Ort zurück. Doch kaum waren sie im Steineichenhain angekommen, in dem sie sich geliebt hatten, war Marceau auf der Lauer. Er suchte mit den Augen, in denen es funkelte, das

Dickicht ab. Es war das erste Mal, dass Marthe ihn wirklich beunruhigt sah.

»Was hast du?«

»Ich höre Bewegungen, ich höre Äste rascheln, Stimmen. Da muss jemand sein.«

Marthe hörte nichts. Marceau stand wieder auf:

»Bleiben wir nicht hier, es ist nicht sicher. Ich mag keine Voyeure.«

»Ich auch nicht.«

»Am Tag erkennt man die Leute, aber in der Nacht sind alle Katzen grau.«

Sie gingen den Weg zurück. Hinter dem Massif des Maures tauchte der Mond auf, der die ganze Ebene erhellte. Noch nie waren die Bäume Marthe so groß vorgekommen und die Hügel noch nie so real. Der Weg führte durch das hohe Gras am Rand der Garrigue, vor ihnen erstreckten sich Felder, in denen Grillen zirpten. Der Fischer kletterte auf eine Böschung und zog sie auf einen verbotenen Weg. Bald befanden sie sich in einem weiten Labyrinth voller Mastixsträucher.

»Wirst du da jemals wieder hinausfinden?«, fragte sie.

»Aber sicher finde ich wieder hinaus.«

Plötzlich hörte man ein Knistern von trockenen Blättern. Marthe schrie leise auf.

»Das ist nur ein Hase, ein kleiner Hase«, versicherte Marceau.

Endlich fanden sie einen geheimen, gut verborgenen Platz. Marceau zündete sein Feuerzeug an; ein beißender Benzingeruch durchzog die Luft, doch zu allen Seiten taten sich Lauben auf, und der Boden war weich und trocken. Sie breitete ihre Pelerine aus.

»Das ist wie bei uns«, sagte sie, »in der Nähe des Bauernhofs meines Onkels. Am Waldrand gab es ein Dickicht aus Büschen mit gebogenen Ästen. Meine Cousins und ich krochen auf allen vieren hinein, und jeder hatte sein eigenes Zimmer. Trockene, runde Blätter waren die Tapeten. Manchmal wurden die Zimmer auch zu Ställen, und wir waren Kühe, Ziegen oder Maultiere.«

»Ich glaube, du bekommst langsam Heimweh.«

»Nein, mit dir nicht.«

»Aber das hier wird man in deinen Bergen nicht sehen!«

Er zeigte auf einen großen Kaktus mit ovalen, stacheligen Gliedern.

»Doch, doch, aber sie sind selten. Sie wachsen auf einem Hügel über der Stadt, und niemand weiß, wie sie da hingekommen sind. Manche denken, dass die Zugvögel ihre Samen ausgestreut haben.«

»Oder ein Mädchen, das am Meer gewesen ist, wie du.«

»Wir haben auch Zikaden, sie machen dieselben Laute, aber sie sind kleiner und viel weniger zahlreich, und sie singen nur an sehr heißen Tagen, in den Wäldern am Fuß der Berge, wo Zwergeichen oder Kiefern wachsen. Ich wohne in einem neuen Haus an der Straße. Es gib keinen Garten, das ist traurig. Die Wohnungen sind alle gleich. Ich konnte mich nie an diese so weißen Zimmer gewöhnen. Und der Laden erst! Mein Mann sagt immer, es sei der schönste, mit der besten Lage, ich könne froh sein. Es stimmt, man könnte ein Pferd ins Schaufenster stellen, aber es gelangt keine Sonne herein … Die Kathedrale ist gleich gegenüber, und du weißt, was für einen Schatten das macht, wie breit und hoch so eine Kathedrale ist!

Aber die Damen kommen aus der Messe oder von der Beichte und werden neugierig auf meine Hüte. Es ist immer einer darunter mit den Blumen der Woche, manchmal mit Früchten. Das ist eine Kreation von mir: *Die Blume der Woche*.«

»Magst du deinen Beruf?«

»Ja, ich mag ihn.«

»Das ist eine gute Sache, wenn man mag, was man macht.«

»Marceau, ich habe darüber nachgedacht, was du mir gestern gesagt hast, über deine Reise nach Russland. Ich habe mir überlegt: Wenn er dorthin gefahren ist, dann muss er der Chef einer Gruppe oder einer Zelle sein.«

Sie suchte seinen Blick, er wich ihr nicht aus.

»Du hast mich für einen kommunistischen Bonzen gehalten!«, rief er. »Nein, Marthe, ich bin gar nichts.«

Aber er musste sich geschmeichelt fühlen, denn seine Augen strahlten.

»Das muss mir ja ein Geläute sein, wenn du in der Nähe einer Kirche wohnst!«

»Ja, das dröhnt bis tief in mich hinein, in mein Herz, in meinen Bauch. Ich mag die Glocken.«

In La Farloude konnte sich Marthe am Sonntagmorgen ein Lächeln nicht verkneifen. Die Glocken der kleinen Kirche hörte man kaum, sie waren so schüchtern, so diskret, als dächten sie, es sei sowieso vergebens, ganz und gar nutzlos, für solche Hallodris, für solche Schürzenjäger zu läuten.

»Und verdienst du was damit?«

»Ja, zu Beginn der Saisons. Aber es gibt Zeiten, da verkaufe ich keinen einzigen Hut. Ich langweile mich im Laden und friere ohne Sonne, trotz der Heizung. Für die Farben sei es besser so, sagen meine Kundinnen. ›Nicht für meine‹, gebe ich zurück. Ich war ganz blass geworden. Der Arzt hat zu meinem Mann gesagt: ›Schicken Sie Ihre Frau so schnell wie möglich ans Meer!‹ – ›Und warum nicht in die Berge? Das ist näher.‹ – ›Nein, ein richtiger Wechsel ist nötig. Ans Meer!‹«

»Die würde ich ja gern mal sehen, deine Berge.«

»Sie sind sehr hoch. Sie trennen uns von Italien. An Wintermorgen taucht die Sonne dort oben auf wie das Licht eines Leuchtturms.«

XV

Inzwischen trafen sie sich jeden Abend in ihrem behaglichen Kaninchenbau. Er befand sich abseits der Felsen, und das Meer war nicht mehr zu hören. Nachts glichen die Sträucher den Sträuchern jedes beliebigen Ortes, jedes beliebigen Waldes. Hier waren sie wirklich allein. Doch bevor Marceau seine Jacke im Gras ausbreitete, leuchtete er jedes Mal den Boden ab. Damit es keine bösen Überraschungen gab, wie er sagte.

Zunächst blieben sie stets still nebeneinander sitzen, als spürten sie eine eigenartige Scheu, einen Teil des Tages getrennt gewesen zu sein. Marthe musste an ein Gemälde denken, das ihr als kleines Mädchen gefallen hatte: Zwei Kinder, verloren in einer Waldlichtung. Schon damals verkörperte es für sie das Urbild des Paares. Jetzt hatten sie den Platz dieser irgendwo auf der Erde sich selbst überlassenen Kinder eingenommen, denn sie spürte, dass ihr Gefährte nicht stark genug war, sie vor allem zu schützen. Doch dieses Gefühl trübte ihr Glück in keiner Weise.

Eines Abends sagte er gleich beim Ankommen:

»Ich habe ein Geschenk für dich.«

Freudig wartete sie. Er nahm einen kleinen gläsernen Schmetterling aus seiner Tasche und brachte ihn im Mondlicht zum Leuchten. Wären die Flügel aus Edelsteinen und die

Brosche aus Platin gewesen, er hätte nicht stolzer aussehen können.

»Er gefällt mir sehr.«

»Ich habe ihn am Croisette-Fest herausgeschossen, vierzehn Tage, bevor ich dich kennenlernte. Ich musste diesen Schmetterling einfach haben, ich sah, wie seine Perlen im Licht der Lampen funkelten. Ich habe genau gezielt, und *peng!*«

Damit sie ihn besser bewundern konnte, zündete er sein Feuerzeug an, dessen Geruch Marthe unangenehm war, und der Schmetterling ließ seine Funken sprühen. Sie nahm ihn, wickelte ihn behutsam in ihr Taschentuch und legte ihn in ihre Tasche.

»Streichle mir den Bauch«, sagte sie, »ich mag es so gerne, wenn du mir den Bauch streichelst.«

»Man könnte meinen, man hat dir noch nie den Körper gestreichelt!«

Er streichelte ihren Bauch, diese so sanfte Haut um den Nabel herum, staunend über diese Frau, die wegen nichts, wegen jeder Kleinigkeit eine solch tiefe Wollust empfand.

»Du brauchst aber nicht viel, um loszulegen.«

Es war die Nacht vom ersten August. Sie dachte an die Höhenfeuer, die an diesem Abend in ihrem Land auf allen Bergen entfacht wurden. Doch sie bekam kein Heimweh, sie wärmte sich jetzt an ihren eigenen Freudenfeuern.

Am neunzehnten Tag sollten sie sich nicht sehen. Marceau arbeitete mit seinem Vater in den Kanälen der Ebene.

Madame Rode war nach La Ciotat weitergereist. Marthe begab sich allein an den großen Strand. Abgesehen von zwei, drei Unbekannten und einer Schweizer Familie aus dem Hotel war niemand da: ein alter Herr mit langem weißem Bart und rosaroter Haut, der sich, von seinen Enkeln umgeben wie der Gott Neptun von seinen Tritonen, mit breitem Lächeln vom Wasser tragen ließ. Das Meer war schön, mit großen wogenden Wellen.

Marthe schrieb einen Brief an ihren Mann. Während sie das Blatt, an dessen Rändern der Wind zerrte, nur mit Mühe festhalten konnte, sah sie zu ihrer großen Überraschung Marceau mit seinem Seiltänzerschritt näher kommen. Sie empfing ihn mit einem Lächeln, doch er blieb zurückhaltend, düster, warf argwöhnische Blicke auf die anderen Badegäste.

»Ich beobachte dich schon eine ganze Weile«, sagte er.

»Ach, und ich habe dich gar nicht gesehen!«

»Ich habe dich von dort oben überwacht.«

Er zeigte auf die Mauer eines Anwesens über ihnen, das in der Mulde zwischen zwei Hügeln saß.

»Die Mauer ist gerade breit genug, dass ich in der Ecke darauf stehen konnte. Eine Frau hat mich angeherrscht: ›Sie dürfen sich hier nicht aufhalten!‹ Ich habe geantwortet: ›Ich befinde mich nicht auf Ihrem Gelände, ich befinde mich auf der anderen Mauerhälfte.‹«

»Du hast mich überwacht ... Dann hast du ja gesehen, dass ich brav war.«

»Ich habe gesehen, dass du schreibst. Wem schreibst du?«

»Meinem Mann.«

»Was sagst du ihm?«

»Ich erzähle ihm vom Meer, vom Fischen. Ich sage ihm, dass ich glücklich bin.«

»Du schreibst doch hoffentlich nicht von mir?«, fragte er beunruhigt.

»Nein … Ich habe in meinem ersten Brief von dir geschrieben.«

»Das hast du getan?«

»Aber ja. Ich habe ihm erzählt, wie du fischst.«

»Und hat er nichts gesagt?«

»Nein.«

»Du bist leichtsinnig, Marthe! Du musst sehr vorsichtig sein.«

Bei diesen Worten warf er einen misstrauischen Blick auf die Schweizer Familie.

»Und deine Arbeit?«, fragte sie.

Wir verbrennen das Gras der Zwischenwege, putzen, heben den Kanal aus. Ich konnte einen Moment entwischen. Je länger das dauert, umso mehr sehne ich mich nach dir. Aber jetzt muss ich zurück, ich komme am Abend wieder, gegen sechs.«

Um halb sieben wartete sie noch immer.

Da ihr Badeanzug vom Vormittag noch nicht ganz trocken war, trug sie nur einen kurzen weißen Slip und einen ebenfalls weißen BH. Sie genierte sich nicht, beinahe nackt zu sein am Meer, und glaubte sich in dieser abgelegenen Bucht fern aller Blicke.

Sie fiel in einen fiebrigen Schlaf. Hin und wieder wachte sie auf, fühlte sich schwer wie ein Stein, der harte Sand drückte ihr gegen Bauch und Brüste, und ihre Herzschläge bohrten sich wie zähe Wurzeln durch sie hindurch. Sie öffnete die Augen und betrachtete das Meer, die Wälder: Das ist es also, das Land meines Herzens und meines Körpers.

Endlich kam Marceau.

»Ich wurde länger bei der Arbeit zurückgehalten«, sagte er.

Doch er musterte sie streng:

»Ist das alles, was du zum Anziehen hast? Und dein Badeanzug?«

»Er war noch nass von heute Morgen.«

»Und so gehst du ins Wasser? Man kann ja regelrecht hindurchsehen!«

»Schimpf nicht mit mir, Marceau.«

Er drückte sie etwas grob an sich:

»Ach, wenn mir einer gesagt hätte, dass ich dich lieben würde! Ich sagte immer zu meinen Kumpeln: ›Darauf könnt ihr lange warten.‹ Solange ich nicht verliebt war, habe ich die Mädchen oft versetzt.«

»Warum das denn?«

»Um mich zu rächen. Weil eine mal meinem besten Freund Kummer gemacht hat.«

»Aber sie sind doch nicht alle grausam, und kokett auch nicht!«, protestierte Marthe, während sie sich anzog. »Sieh doch, Marceau, die Mädchen sind oft einfach nur brav. Und wenn sie zögerlich sind, dann haben sie recht: Sie riskieren weit Schlimmeres als ihr. Die Liebe stellt für sie ein großes Risiko dar.«

»Auf der einen Seite macht es mich glücklicher, dich zu lieben«, spann er seine Gedanken weiter.

Und auf der anderen bist du es weniger, dachte Marthe. Sie wunderte sich über diese Angst der Männer, dass aus der Liebe

Ernst werden könnte. »Ich habe keine Angst zu leiden«, sagte sie. Er stammelte etwas, was sie nicht verstand.

»Was sagst du?«

»Das war ein provenzalisches Wort.«

»Du kannst Provenzalisch?«

»Ja.«

»Aber das ist eine der schönsten Sprachen der Welt! Die Sprache der Dichter!«

Er schaute sie ungläubig an.

»Das Provenzalisch von hier ist viel zu stark mit Spanisch und Italienisch vermischt. Aber in manchen Dörfern sprechen sie es noch richtig. Mein Vater, der kann es.«

»War es ein Kosewort?«

»Nein, Kosewörter sind nicht so meine Sache.«

In der benachbarten Felsenbucht planschten ein dicker Mann und eine junge Frau. Marthe hörte ihr provozierendes Lachen schon eine ganze Weile. Sie hatte sich auf einen kleinen Steinblock gesetzt, der aus dem Wasser schaute, und verteidigte sich mit diesem Lachen gegen den Ansturm ihres Freundes.

»Die kenne ich.«

»Sie lacht viel.«

»Zu viel: Die hat eine *briquette* im Kopf.«

Das Bild amüsierte Marthe, die an einen Ziegelstein dachte, und war enttäuscht, als sie hörte, dass es eine Käsesorte war.

Er zog sie an sich:

»Mir ist, als könntest du mir gar nicht nah genug sein! Ich habe es schon immer gemocht, den Körper einer Frau neben mir zu spüren, wenn ich aus dem Wasser kam. Aber dich liebe ich, das ist nicht dasselbe. Und jetzt bist du ganz angezogen, hast sogar eine Wolljacke an, und ich mag es trotzdem, dich ganz nah an mir zu spüren.«

»Den anderen, die nach mir kommen werden, wirst du aber nicht sagen: mein Schutzengel.«

»Nein, denn eine Frau wie dich, das weiß ich, werde ich nie wieder kennenlernen.«

Marthe schloss die Augen.

»Wenn man fest an jemanden denkt«, sagte sie, »dann ist er beschützt.«

»Stimmt das?«

»Ja.«

»Ich möchte nicht, dass dir etwas zustößt.«

»Manchmal habe ich Angst, Angst vor dem kommenden Winter. Im Dezember vor allem ist es so trist im Laden.«

»Den Dezember«, antwortete Marceau mit bestimmtem Ton, »den Dezember weihe ich dir: Es wird dir kein Unglück zustoßen.«

Einmal brachte er ihr wunderschöne Weintrauben mit, die er vor ihr auf dem Sand aufschichtete.

»Für dich.«

Sie waren in dieses schrecklich raue Papier gewickelt, in dem die Händlerinnen der kleinen französischen Krämerläden auch Salz und Zucker verkauften.

»Heute haben wir das ganze Sainte-Madeleine-Fest abgebaut, und ich musste die Leitung eines Brunnens an der Kirchenmauer reparieren.«

»Ha, du arbeitest für die Kirche!«, spottete Marthe.

»Nein, das Wasser ist für das Dorf. Wenn es für die Kirche

gewesen wäre, hätte ich es nicht gemacht, ich kann sie nicht mehr sehen, die Typen dort. Oh, das heißt nicht, dass ich mir eine Kirche nicht anschauen gehe, wenn sie schön ist. In Saint-Cyr bei Marseille, hatte man mir gesagt, gebe es eine wunderschöne. Ich mag, was schön ist. Also bin ich vor dem Fußballspiel hochgegangen, um sie mir anzusehen. Die Kumpels meiner Mannschaft haben mich gehänselt, haben gesagt: ›Marceau ist beten gegangen, jetzt werden wir bestimmt gewinnen!‹ Sie wiederholten es die ganze Zeit, bis ich mich schließlich nicht mehr gerührt habe. ›He, rühr dich!‹, haben sie geschrien. Ich antwortete: ›Warum auch, wenn wir doch sowieso gewinnen!‹«

Marthe lächelte, aber beugte sich plötzlich über die Hand ihres Gefährten. Er hatte einen Verband am Finger.

»Hast du dich verletzt?«

»Ja, ich habe mich geschnitten, mit Kupfer, ist nicht schön. Ich bin mich desinfizieren gegangen. Eine sehr hübsche Dame hat mir Alkohol draufgetan. ›Au‹, habe ich gesagt, ›wenn Sie nicht so nett wären, würde ich Ihnen den Hof machen …‹«

»Marceau …«

»Das hat vielleicht noch höllischer wehgetan als vor drei Jahren, als ich mir extra mit dem Schweißbrenner den Arm verbrannt habe.«

»Extra?«

»Ja, ich wollte ein paar Tage freihaben. Und so … Und nachdem ich mich verbrannt hatte, habe ich die Flamme gleich noch mal drüber gehalten, das ist das beste Mittel, dass es heilt.«

»Über die Wunde?«

»Ja, der Arzt hat selber gesagt, das hätte ich gut gemacht.«

»Du hast vielleicht eine Art zu arbeiten, du!«

»Aber wenn ich mal dabei bin, glaub mir, dann schaffe ich dreimal so viel wie die anderen. Wirklich. In den Furchen, die wir putzen, hole ich mit einmal Schippen so viel heraus wie der neben mir mit drei Schaufeln. Der nervt vielleicht!«

»Ja, ja, ich glaube dir«, sagte Marthe, »aber diese Kirche von La Tour, aus der du wegen deines Rings verjagt worden bist, die will ich mir ansehen. Und wusstest du, dass ich diesen Ring neulich nachts im Traum gesehen habe? Er war riesig und es waren, genau wie du gesagt hast, Hammer und Sichel darauf, und dein Name stand dabei, und eine Nummer, etwas wie 6135 oder so ähnlich.«

»Siehst du auch Zahlen im Traum? Genau wie meine Mutter. Sie hat einmal nachts eine Zahl gesehen, dann hat sie nachgeschaut. Und na, diese Nummer wurde bei der Lotterie als erste gezogen. Sie hat die Gabe, meine Mutter. Sie kann auch in den Augen von Schwangeren sehen, ob es ein Mädchen oder ein Junge ist, sie täuscht sich nie.«

»Das ist merkwürdig! Ich habe in einer Zeitung gelesen, dass ein Arzt dieselbe Entdeckung gemacht hat, das heißt, er kann das Geschlecht des Kindes nach dem Farbton bestimmen, den ein Teil des Auges in den ersten Tagen der Schwangerschaft annimmt. Siehst du, deine Mutter kommt durch ihre Intuition zum selben Schluss wie die Wissenschaft.«

»Ich habe zu Hause ein Buch«, sagte Marceau, »das *Wissenschaft und Liebe* heißt.«

»Liest du es?«

»Ja, aber ich muss zugeben, dass ich viele Seiten überspringe.«

Er kreiste seine Füße vor Marthes Augen.

»Hast du meine Espadrilles gesehen?«

»Hast du sie dir gekauft?«

»Nein, du weißt doch, dass ich kein Geld habe. Sie haben meinem Bruder in Afrika gehört. Heute Abend werde ich mit Raphaël allein zu Hause sein, meine Eltern sind nach La Roquebrussanne gefahren.«

War das eine Einladung? Marthe reagierte nicht.

»Oh, ich komme gut aus mit Raphaël. Ich werde das Abendessen kochen.«

»Was wirst du machen?«

»Drei Spiegeleier jeder.«

Sie nahm einen Brief von ihrem Mann aus der Strandtasche, in dem er mit seiner breiten Schrift vier Verse geschrieben hatte:

Lou neblarès, qu'à chapau s'enlumino
A descubert au jour la vau tubiero
Emé si verd coustau de mountagnolo
Qu'entre-mitan lou Rose ié barrulo

»Hier, er sagt, ich soll dir diese Verse zeigen und dich bitten, sie zu übersetzen, weil ich ihm geschrieben habe, dass du Provenzalisch kannst.«

»Das hast du ihm gesagt? Hast du schon wieder von mir gesprochen?«

Er war fassungslos.

»Ja. Lies, Marceau, und sag mir, was es heißt.«

Er versuchte, es zu entziffern, aber er buchstabierte mehr schlecht als recht und konnte kein einziges Wort übersetzen. Er ärgerte sich.

»Das ist Italienisch!«

Marthe versuchte, es selbst zu entschlüsseln. Die letzten beiden Verse konnte sie erraten, aber die ersten zwei blieben unklar. Und plötzlich sah sie durch diese schwere, aber solide, brave Schrift hindurch ihren Mann. Zum ersten Mal spürte sie Zärtlichkeit und Mitleid.

»*Lou Rose*, das könnte doch die Rhone meinen?«, fragte sie.

»Vielleicht, ich frage meinen Vater.«

Sie war enttäuscht, Marceau hatte geprahlt mit seiner Behauptung, Provenzalisch zu können! Aber die Sprachen verändern sich so schnell, dachte sie, und was die Alten hier noch sprechen, hat wahrscheinlich nicht viel Ähnlichkeit mit diesen vier Versen. Marceau nahm sich den Brief noch einmal vor und beugte sich mit grimmiger, verächtlicher Stirn über ihn.

»Ich habe dir gesagt, das ist Italienisch!«

Aber Marthe faltete den Brief und legte ihn verstimmt in die Tasche zurück.

»Ist er sehr schlau, dein Mann?«

»Ja. Er ist ein bisschen wie du. Er hat viel gelesen. Und all diese Sachen gehen dann in seinem Kopf herum und kommen in kleinen Spitzen wieder raus.«

Es war Zeit zurückzukehren. Marthe war aufgestanden und schüttelte den Sand aus ihrem Kleid.

»Kämm dich«, sagte Marceau.

Er selbst fuhr sich mit dem Kamm durch die schwarzen Locken und entfernte gewissenhaft die kleinen Halme:

»Nicht dass es nachher heißt, ich hätte es extra gemacht, dass man sieht, dass ich mich im Gras gewälzt habe.«

Sie strich sich halbherzig mit der Bürste über ihre langen widerspenstigen Haare, die dick und struppig geworden waren, seit sie am Meer war.

XVI

»Am Samstagabend«, sagte Marceau, »haben sie mich überall gesucht, zum Brotbacken. Ich habe für nächsten Samstag zugesagt. Aber nicht für tagsüber, und auch nicht für Sonntag.«

»Nächsten Sonntag«, sagte Marthe, »werde ich über alle Berge sein.«

Marceau verstummte.

Es bereitet dir Kummer, dachte Marthe, erstaunt, selbst so wenig Kummer zu spüren beim Gedanken an diese Abreise. Ich werde die Liebe in mir tragen, sie wird mich nie mehr verlassen. Darum.

Doch schon am nächsten Tag hatte Marceau seine Leutseligkeit und seine Selbstgefälligkeit wiedergefunden.

»Ich habe beschlossen, jeden Samstag in der Bäckerei auszuhelfen, um das Geld für die Reise zusammenzubekommen. Wenn du in der Schweiz bist, werde ich komplett weiß sein.«

»Weiß vom Mehl?«

»Das auch«, erklärte er, »aber ich werde ganz weiß angezogen sein, mit einem Tuch um den Hals. Und wir werden die ganze Nacht nur über die Liebe reden.«

»Die ganze Zeit?«

»Ja. Ist das Leben teuer in der Schweiz?«

»Ja, teurer als hier. Aber für die Kleider ist es dasselbe.«

»Sag mal, wie viel kostet ein Kilo Brot bei dir zu Hause, und hundert Gramm Butter?«

»Oh, ich weiß nicht mehr genau, das müssen etwa fünfzig Rappen sein. Und die Butter einen Franken, glaube ich.«

»Wie, du bist nicht sicher? Aber dann bist du keine Hausfrau!«

»Das schwankt doch, und außerdem zahle ich nicht sofort. Sie schreiben es im Laden in ein Heft. Ich rechne nicht gern. Ich schreibe auch die Rechnungen für meine Hüte nicht gern.«

»Und ein Kilo Kartoffeln?«

»Ich weiß es nicht.«

»Du weißt es nicht!«

»Marceau, du nervst.«

Was für lächerliche Verdächtigungen spukten ihm jetzt schon wieder im Kopf herum? Aber Marceau verzichtete brav auf weitere Fragen und zählte wieder an den Fingern ab, wie viele Samstage in der Bäckerei es brauchen würde, um die nötige Summe für die Reise zusammenzuhaben.

»Gestern war ich mit meiner Mutter vor dem Haus, als Marilou vorbeiging, eine Geschiedene aus La Tour. Sie ruft mir zu: ›He, Marceau! Ich wusste gar nicht, dass Sie auf Blonde stehen!‹ Sie ist selber auch blond. – ›Doch, doch, und darum stehe ich auch auf Sie!‹ Aber das ist nicht dasselbe«, fügte Marceau zu Marthes Beruhigung rasch hinzu. »Dann dreht sie sich zu meiner Mutter um: ›So eine schöne Frau!‹ – ›So schön ist sie?‹ – ›Oh ja, wirklich schön. Ihr Sohn, der ist ein rechter Feinschmecker. Es gibt viele, die würden gar zu gerne wissen, was die beiden zusammen treiben.‹ – ›Und ich nehme an‹, erwidert meine Mutter, ›Sie sind eine von denen, die es am meisten wissen möchten! Was er mit dieser Frau tut, das könnte er sehr gut auch mit Ihnen tun!‹«

»Deine Mutter ist aber nicht auf den Mund gefallen«, sagte Marthe etwas verstört.

»Nicht weit von uns, da wohnen auch noch zwei Zwillingsschwestern, die gleichen sich so, dass ich sie nicht auseinanderhalten kann. Aber ich glaube, eine der beiden liebt mich, ihre Schwester sagt manchmal zu mir: ›Sie möchte, dass du sie einmal ans Meer mitnimmst.‹ Ich antworte: ›Um ans Meer zu gehen, braucht sie mich doch nicht!‹«

»Wirst du oft ans Meer gehen, wenn ich nicht mehr da bin?«

»Nein, dann werde ich nicht mehr herkommen. Ich werde auf die Jagd gehen.«

Die Wälder des Massif des Maures standen in diesem Sommer in Flammen. Von La Farloude aus waren hinter dem Mont-des-Oiseaux schwarze Rauchschwaden zu sehen. Aber sie ließen sich nicht beunruhigen. Marceau erzählte noch von einem jungen Mädchen, das in einem Haus auf dem Land lebte, dessen Mutter, eine Freundin seiner Mutter, in den höchsten Tönen von ihm sprach.

»Gestern, als ich mit meinem Vater vor ihrem Hof Unkraut verbrannte, fragt sie mich vor allen anderen: ›Na, wann wirst du denn heiraten, Marceau?‹ Worauf ich eines der anwesenden Mädchen sagen höre: ›Der ist doch viel zu hässlich, den will doch keine!‹ Die da, Marthe, ich sag's dir, die ist ein bisschen simpel, aber was die Liebe angeht … Da ergreift die Mutter des andern Mädchens meine Verteidigung, sie sagt …«

Marthe beschlich eine leichte Unruhe. Er begann sich ein bisschen allzu sehr für die jungen Mädchen zu interessieren.

Sie sah alle diese Frauen und dieses Leben, das für Marceau weitergehen würde, das existierte, an dem er von neuem teilhaben würde, sobald sie weg wäre. Sie spürte, wie diese Welt bereit war, sich hinter ihm zu schließen, ihn ihr wieder wegzunehmen.

»Da ist noch eine, die ist so schön, dass ich sie nicht anzusprechen wage. Sie hat schwarze Haare, so schwarz wie meine, und komplett blaue Augen. Aber wenn ich sie zum Ball einladen will, weiß ich, dass ich meine Zeit verliere: Ich bringe kein Wort heraus. Warum, kannst du mir das erklären? Vor ihr verstumme ich. Was hat das zu bedeuten, Marthe?«

»Das bedeutet …«, stieß Marthe mit zugeschnürter Kehle hervor, »das bedeutet, dass du sie lieben könntest.«

»Ich bin vielleicht von ihrer Schönheit beeindruckt, aber die übrige Zeit denke ich nicht an sie. Und außerdem ist sie nicht die Einzige, die ich nicht anzusprechen wage.«

Plötzlich setzte er eine ernste, geheimnisvolle Miene auf.

»Morgen wirst du mich auf der Straße vorbeilaufen sehen, ich bin einer der Flammenträger.«

»Der Flammenträger?«

Marceau musste ihr, da sie keine Zeitungen mehr las, erklären, dass die Kommunisten einen Fackellauf durch ganz Europa organisiert hatten, um ihrer Forderung nach Frieden Gehör zu verschaffen.

»Ach! Glaubst du wirklich, dass sie den Frieden wollen?«

»Ja, das glaube ich.«

Marthe blieb skeptisch.

»Weißt du«, wechselte Marceau das Thema, »mein Vater hat mir die Bedeutung der Wörter in deinem Brief erklärt, und er hat mit mir geschimpft: ›Das ist das Provenzalisch von unserem großen Dichter Mistral. Ah, mein Junge, sag nie wieder, das sei Italienisch!‹«

Die Dämmerung hatte bereits eingesetzt, nur vereinzelt irrten noch ein paar letzte Badegäste über den Strand, die vor Marthe und Marceau diskret den Blick senkten. Das Boot von der Insel war schon vor Stunden vorbeigefahren.

»Deine Frau wird einmal sehr glücklich sein, Marceau.«

»Oh, bis dahin wird noch ein Weilchen vergehen.«

»Zeit für die anderen, für die, die nach mir kommen werden.«

Sie war zufällig auf der Straße, weil sie ihre Briefe zur Post gebracht hatte. Das kiesige Trottoir von La Farloude entlang wartete die Menge gleichgültig oder grinsend – das Dorf war nicht so kommunistisch wie La Tour – auf das Vorbeilaufen des Fackelträgers.

Für den Frieden, behaupten sie! Marthe spürte leichte Scham und Mitleid. Sie war darauf gefasst, in jedem Moment Marceau auftauchen und mit seiner Fackel über die Straße rennen zu sehen. Sie fürchtete sich davor, hätte sich am liebsten versteckt, diese ganze Aufregung kam ihr lächerlich vor. Aber sie wusste, Marceau wollte, dass sie ihn sah.

Das ist ja wie bei der Tour de France, dachte sie.

Bevor sie Zeit hatte, das Hotel zu betreten, hörte sie ein Gejohle, und kurz darauf erschien ein weißgekleideter Mann auf der Straße, gefolgt von einer kreischenden Menge auf Fahrrädern und Lastwagen. Es war nicht Marceau, es war, Überraschung, ein magerer, grauhaariger alter Mann, der, die Lippen vor Anstrengung zusammengepresst, gleichzeitig angefeuert und verspottet, die Fackel hochhielt.

»Man macht ihnen etwas vor, es sind immer die Kleinen, die man täuscht, die Einfachen, Braven, die kleinen Soldaten, in jedem Land!« Ihr Unbehagen und ihr Kummer nahmen zu. Sie drehte sich noch einmal um und meinte Marceau eingeklemmt zwischen anderen jungen Leuten auf dem letzten Lastwagen zu sehen. Alle riefen »Hurra«. Es sah aus, als wären sie unterwegs zu einem Fest.

Sie ging in ihr Zimmer hinauf und fing an zu packen; am nächsten Tag sollte sie in die Schweiz zurückkehren.

Und es kam der letzte Abend auf dem Hügel, in dem sanften, belaubten Labyrinth, dessen kleine Zweige Marthes Pelerine zerkratzten und Marceaus Wollweste durchstachen. Es war der vierzehnte August. Seit einer Woche waren die Abende kühler und feuchter geworden; die Zeit, da sie sich vollkommen nackt in den Sand gelegt hatten, schien weit zurückzuliegen.

Aus dem Wald hörte man einen melancholischen Ruf, ähnlich dem des Vogels, der in Marthes Heimat den Regen ankündigte. Doch sie spürte keine Traurigkeit. Im Gegenteil, es war Heiterkeit in ihr. Herz und Leib waren befriedet, glaubte sie, befriedet für das ganze Leben.

Diese Unbekümmertheit irritierte Marceau. Er wiederholte mehrmals mit dumpfer Stimme:

»Es scheint mir einfach nicht möglich, dass du gehst!«

Sie bewegte sanft ihre Hände durch die Dunkelheit, dann machte sie sich Vorwürfe, denn sie hatte sie bewegt wie Flügel.

»Ich werde immer glücklich sein, einfach nur, weil ich dich kennengelernt habe, Marceau!«

»Ich mag es, zu lieben«, sagte er, »aber ich mag es nicht, dass man mich liebt, dass man an mich denkt.«

Sie lachte.

»Warum lachst du?«

Darauf war er nicht gefasst gewesen. Seine Verwunderung steigerte Marthes Lust zu lachen noch.

»Ich bin glücklich zu lieben, trotz der Trennung. Ich bin so, ich bin eine merkwürdige Frau.«

Er war ein bisschen enttäuscht über die ausbleibende Traurigkeit, nachdem er sie so sehr gefürchtet hatte. Vielleicht hätte er in diesem Moment lieber eine in Tränen aufgelöste Marthe in den Armen gehalten.

»In einem Jahr komme ich wieder«, sagte sie. »Und wenn du dann mit einer anderen zusammen bist, Marceau?«

»Du kannst sicher sein, Marthe, wer immer es ist, ich verlasse sie sofort für dich.«

Sie musste daran denken, wie sie am ersten Abend auf ihn gewartet hatte. Sie hatte sich auf der Straße an eine Mauer gesetzt, die von einem Feigenbaum überragt wurde. Dann war das Fahrradlicht zu ihr emporgeklettert.

»Hast du mich beim Fackellauf gesehen?«

»Nein, als sie vorbeikamen, war es dieser Alte. Es hat mir leidgetan…«

»Er wollte unbedingt! Die jungen Leute von La Farloude haben keine Ahnung, sie hätten ihn nicht laufen lassen sollen.

»Es war nicht der Alte, der mir leidgetan hat…«, antwortete sie, beendete den Satz aber nicht.

»Die haben uns aber gut aufgenommen in Carqueiranne! Es waren viele Leute da. Sie spendierten uns zu trinken.«

»Warst du auf dem letzten Lastwagen?«

»Nein, ich bin ihnen später gefolgt. Ein Kumpel hat mir sein Rad geliehen.«

»Dann war ich schon im Hotel, als du vorbeigekommen bist. Wie weit bist du gelaufen?«

»Einen Kilometer.«

»Du bist ziemlich fit!«

»Ja, aber heute spüre ich meine Beine. Setzen wir uns.«

»Warum schaust du mich so an?«, fragte sie.

»Ich schaue dich an, um mich erinnern zu können, weil du bald verschwunden sein wirst.«

»Marceau!« Ihre Stimme klang plötzlich verzweifelt. »Marceau, jetzt kann ich dir diesen Traum erzählen, der uns verbindet und den ich dir die ersten Tage nicht zu erzählen wagte.«

»Das muss mindestens der sechste Traum sein, den du mir erzählst.«

»Ich habe einmal geträumt, ich sei tot. Ich schwamm nachts im Meer. Das dunkle Wasser hat mir schon immer Angst gemacht. Ich hörte die Stimmen der anderen Badenden und bemerkte auf dem Meer starke Strahlen, die wie Glasscherben glitzerten. Die Strömung riss mich mit. Ich ertrank, war tot. Ich wusste nicht mehr, was ich machen sollte, und irrte durch die Wellen. Plötzlich befand ich mich in einem kleinen, hellen Haus. Ein junger Mann nahm mich auf, und ich lebte bei ihm. Ich war glücklich. Er liebte mich. Eines Tages schaute er mich an, wie du mich jetzt anschaust, und sagte: ›Warum gehst du fort?‹ Ich wurde durchsichtiger und durchsichtiger. Durch meinen Körper hindurch konnte man die Landschaft sehen ...«

Marceau schüttelte den Kopf.

»Ich frage mich, ob du dir deine Träume nicht ausdenkst.«

XVII

»Bis heute habe ich es nicht für möglich gehalten, dass du gehst!«

Marceau trägt einen grauen Anzug, das blau gestreifte Hemd vom Ballabend und schöne neue Schuhe. Aber er ist verlegen und spricht kaum.

Marthe, die kurz vor ihm in Toulon angekommen ist, sah ihn allein in einem leeren Bus aus La Tour sitzen. Die Augen auf sie, mitten auf dem Platz, gerichtet, saß er in dem Bus wie ein Gefangener, den man in ein dunkles Verlies gesperrt hat.

Betäubt von seinem Kummer, dem zu grellen Licht, der Hitze, steigt er aus. Er schwitzt in seinen Kleidern, er, der fast immer halbnackt lebt. Marthe ist im weißen, eleganten Kostüm, hat sogar einen kleinen Spitzenschleier am Hut, was ihren Freund erstaunt. Er hat so etwas noch nie gesehen.

»Ist der von dir?«

»Nein, das ist ein Pariser Modell, das ich gekauft habe.«

Sie lächelt ihn an. Sie schlendern durch die Straßen, sie haben Zeit, der Nachtzug in die Schweiz fährt erst um halb elf. Aber Marceau bleibt ernst, finster. Es schüchtert ihn ein, in der Stadt, in der er hin und wieder gegrüßt wird, an ihrer Seite zu sein.

»Das ist ein Kollege, wir haben zusammen gearbeitet.«

»Du kennst viele Leute«, sagt Marthe.

Plötzlich bleibt sie stehen, schaut um sich:

»Es sieht aus wie an einem Sonntag.«

»Heute ist der fünfzehnte August.«

»Mariä Himmelfahrt...« Sie hatte es vergessen, sie hat alles vergessen! »Dann kennen wir uns seit genau einem Monat.«

»Einunddreißig Tage«, sagt Marceau.

Was ist das schon in einem Leben, denkt sie. Aber für ihn scheint es viel zu sein.

Er zeigt mit dem Finger auf ein Auto.

»Und wenn ich damit in die Schweiz komme?«

»Ach, weißt du, das würde mir keinen Eindruck machen.«

Doch er antwortet ganz sachlich:

»Wir könnten herumreisen. Wir könnten in die Wälder fahren, wo ich im Herbst jagen gehe. Sie sind weit von hier.«

»Ich würde gern mit dir dahin fahren!«

»Ich werde nach schönen Plätzen Ausschau halten, wo ich dich nächstes Jahr hinbringen kann.«

»Auf Autos habe ich keine große Lust«, sagt Marthe. »Mein Vater – er hat mich verwöhnt – wollte mir früher eins kaufen. Es war schön, nicht groß, blau.«

»Welche Marke?«

»Das weiß ich nicht. Aber das Lenken hat mir Angst gemacht, ich wollte nicht. Da kaufte er mir Hunde, Rassehunde, die er in einem Zwinger ausgesucht hat.«

»Aber... Ist er denn reich, dein Vater?«

»Ziemlich, früher. Dann ging es mit den Geschäften bergab.«

»Ach, ich fing schon an zu glauben, dass du mir Märchen erzählst.«

»Inzwischen mag ich Hunde nicht mehr. Kinder möchte ich haben, und Schmuck.«

»Schmuck magst du?«

Er registriert diesen Wunsch, und die junge Frau muss unwillkürlich an ein Gemälde denken, das sie einmal bei einem Antiquitätenhändler gesehen hat: »Der Räuber, der seiner Geliebten die Beute überbringt.«

»Was mir die allergrößte Freude machen würde«, sagt sie, »wäre, mit dir zu Fuß durch die großen Wälder zu wandern.«

»Aber das muss doch ganz schön anstrengend sein«, wundert er sich. »Stehen alle Schweizer Frauen auf so was?«

»Nein, sie mögen lieber Autos«, antwortet Marthe.

»Siehst du dort, am Ende der Straße, das ist das Krankenhaus. Die Schwester, die mich versorgt hat, es war eine Gute, die hat zu mir gesagt: ›Sie sind ein ganz Besonderer!‹ Aber wegen der Operation … Dieses Motorrad, das ich mir kaufen wollte … Dieses Motorrad! Jahrelang habe ich Geld auf die Seite gelegt, ich vertraute es meiner Mutter an, so konnte ich sicher sein: fünfundvierzigtausend Francs. Und genau in dem Moment, als ich es endlich hätte kaufen können, letzten März, hatte ich diesen Bruch. Alles ist für die Krankenhauskosten draufgegangen. Danach habe ich den Mut verloren.«

Wieder schweigt er. Dann:

»Nein, es scheint mir einfach nicht möglich, dass du gehst!«

Sie sind beim Hafen angekommen. Er zeigt auf einen der beiden riesigen Kräne:

»Schau, den da habe ich mit aufbauen geholfen.«

Marthe schaut, und sie schaut auf die Schiffe, die Leute, sie denkt an all das, was nicht mehr ist: an die Häuser, die sie noch in Erinnerung hat, an die bunten Fassaden, die den kleinen Hafen von Toulon zu einem der fröhlichsten der Welt gemacht hatten. Davon ist nur noch ein plattgewalzter Platz übrig geblieben. Leere.

Ein paar Regentropfen beginnen zu fallen.

»Hallo Marceau!«, hört man die aufgeräumte Stimme einer Frau, die ihm beim Vorübergehen einen vielsagenden Blick zuwirft.

»Die, die zu viel gelacht hat?«

»Ja. Die muss den Kopf ins Eis stecken, damit ihr Hirn nicht schmilzt.«

Dann zeigt er auf einen Mann, der auf einem Schnellboot gestikuliert.

»Das ist ein Korse. Ich erkenne den Akzent. Man kann Korsika von hier aus sehen, wenn kein Nebel ist.«

Marthe hat ihre durchsichtige Kapuzenpelerine umgelegt.

»Du bist wirklich die Einzige in dieser Stadt, die so was anzieht.«

Er geniert sich ein wenig.

»Siehst du diesen Schuhladen? Hier habe ich meine gekauft, eine gute Marke.«

Sie kommen an einem Krämerladen vorbei, und Marthe sieht im Schaufenster Feuerzeuge.

»Ich will dir eins kaufen«, sagt sie.

Er wagt es nicht, zu protestieren, und bleibt draußen in diskreter Entfernung, während sie ein vergoldetes Feuerzeug mit eingraviertem Schachbrettmuster auswählt. Zwar erinnert sie sich, dass er ihr einmal von einem Feuerzeug aus rostfreiem

Nickel erzählt hat, ein Geschenk seiner Mutter, das er verloren hat und dem er immer noch nachtrauert. Doch dieses goldene Metall erscheint ihr so viel schöner. Marceau bewundert es und bedankt sich.

Sie beschließen, ins Kino zu gehen, und steigen die kleinen Gassen wieder hinauf. Aber es ist noch zu früh, und so gehen sie in einen öffentlichen Park. Sie schlendern über die Wege, setzen sich auf eine Bank. Marceau hat immer noch seinen untröstlichen Ausdruck, sein Kopf scheint, wie er da aus seinem Sonntagsgewand herausragt, noch schwärzer und grimmiger als gewöhnlich. Er schaut um sich wie ein gehetztes Tier. Kleine Kinder rennen durch den Park.

Marthe fragt sich, ob sie dabei ist, zu träumen. Was macht sie da auf den verstaubten Wegen eines unbekannten Parks in Begleitung dieses verkrampften Jungen, der kein Wort herausbringt? Doch sie fühlt sich von einer großen Sanftheit, einem großen Vertrauen getragen. Für sie ist es nicht der letzte Tag, es ist ganz einfach noch ein Tag des Glücks, und vor ihr warten weitere Tage des Glücks. Sie fürchtet sich nicht, ihr früheres Leben wieder aufzunehmen, es macht ihr keine Angst. Marceau hat ihr Kraft gegeben für ihr ganzes Leben.

Aber er ist besorgt und fängt wieder mit Ermahnungen an:

»Dein Mann?«

»Was?«

»Pass gut auf. Ja, die ersten Tage ist es normal, dass du ihm …, aber danach, verlange nichts von ihm.«

Ein Kino auf der großen Avenue. Marceau hat Plätze auf der steilen Empore gekauft. Es sind viele Leute da, Matrosen und

wunderschöne Mädchen, die, wie eine Obstpyramide aufge-
türmt, den Geruch von Schweiß verströmen. Marceau leidet
immer mehr unter der Hitze, aber ein eigentümlicher Respekt hindert ihn, die Jacke auszuziehen. Vielleicht kommt er
auch gar nicht auf den Gedanken, so sehr drückt ihn der
Schmerz über Marthes Abschied. Seine Gesten sind ihm ab-
handengekommen. Er kann nicht mehr küssen, er legt ihr
nicht einmal den Arm um die Taille, und als sie zärtlich ihre
Hand auf sein Knie legt, kann er ihr Gewicht nicht ertragen,
stößt sie zurück und streicht mit einer mechanischen Bewegung den Stoff seiner Hose glatt. Doch ihre Hände finden
einander, beide ganz feucht.

Marceaus Steifheit, so ungewohnt sie ist, erstaunt sie nicht,
auch wenn sie noch nie einen Mann gesehen hat, der auf eine
solche Weise unglücklich ist. Er allein spürt die bevorstehende
und vielleicht unwiderrufliche Trennung, während es für sie
gar keine Trennung gibt. In ihren Gedanken wird Marceau
weiterexistieren, lebendig bleiben. Und so spürt sie keinen
Kummer, im Gegenteil, sie ermisst den grenzenlosen Reichtum
ihrer Liebe mit dem Herzen. Sie ist heute so greifbar wie nie
zuvor, sie spürt einen Zauber, in den sich die Betroffenheit
mischt, ihn so bedrückt zu wissen.

»Ich liebe dich, Marceau.«

Er lässt die Schultern hängen, antwortet nicht.

Sie treten ins Tageslicht hinaus, aber der Nachmittag neigt
sich dem Ende zu. Als sie hinter dem Bahnhof hinaufsteigen,
ist ihr Schritt leichter geworden.

»Dort oben gibt es Kiefern, ich mag den Harzgeruch.«

»Ich auch«, antwortet Marthe.

Und sie gehen durch den schnurgerade angelegten Kiefern-
wald, während unter ihnen Kinder-Matrosen in großen Tunnels verschwinden. Marthe wundert sich, wie klein sie sind.

»Hattest du nie Lust, auch wegzugehen?«

»Nein. Obwohl ich einmal beinahe in die Kolonien gegangen wäre. Ich kannte einen Ingenieur, der war Bauleiter da drüben. Er konnte mich gut leiden. Er wollte, dass ich mit ihm
gehe. Er hat mir gute Bedingungen angeboten.«

»Was haben deine Eltern dazu gesagt?«

»Sie ließen mir die Freiheit. Sie sagten: ›Du, du hast immer
Glück gehabt im Leben, dir ist nichts passiert, als du denen
im Maquis Nachschub gebracht hast und als du mit Charles
zusammen die Linie bewacht hast und bei den Bombarde-
ments von Toulon und auch nicht, als du vom Kran gefallen
bist.‹«

»Wenn du mitgegangen wärst«, sagt Marthe, »hätten wir
uns nicht kennengelernt.«

»Ja, da siehst du, ich musste das alles durchmachen, und du
auf deiner Seite, was du durchgemacht hast, damit wir uns
endlich finden konnten.«

Sie betreten ein kleines Café, in dem Männer mit merkwür-
digen Gesichtern, mit zwielichtigen Gesichtern, denkt Marthe,
Tischfußball spielen. Marceau verfolgt ihre Bewegungen mit
lebhaftem Interesse, und Marthe hat Mühe, ihn aus seiner Betrachtung zu reißen. Etwas weiter weg spielen Einheimische in
Hemdsärmeln Boules.

»Spielst du das auch?«

»Ich mag das Spiel nicht. Es langweilt mich, das Schwein-
chen …« Sie glaubt, dass Marceau zum ersten Mal einen un-

anständigen Ausdruck in den Mund nimmt, doch dann versteht sie.

Als sie an ihnen vorbeigehen, halten die Spieler inne.

»Wie die dich anstarren ... Weil du schön bist.«

Sie haben einen Seitenweg eingeschlagen, der hohe, ockerfarbene Mauern entlangführt. Hier erlaubt Marceau sich, Marthe zu umarmen und verstohlen, aber stürmisch zu küssen. Dann biegen sie in eine abschüssige Allee mit kleinen, von Palmengärten umgebenen Villen ein. Marceau zeigt auf eine von ihnen:

»Hier haben wir im Krieg einmal abends getanzt, und dann gab es eine Polizeirazzia.«

Er wirft die Zigaretten, die er seit dem frühen Nachmittag ununterbrochen raucht, nach zwei, drei Zügen weg und nimmt eine neue, der es nicht anders ergeht. Merkt er es überhaupt?

Fünf Matrosen gehen vor ihnen her, von denen einer mit Sommersprossen übersät ist. Sie schwitzen, und ihre weißen Kleider sehen nicht sehr frisch aus. Marthe mokiert sich ein bisschen über ihre Kimonoblusen mit dem quadratischen Ausschnitt und den kleinen Kräuselfalten.

»Damenblusen ...«, sagt sie.

Die nackten, muskulösen Arme, die daraus hervorschauen, lösen ein Unbehagen in ihr aus, genauso wie diese männlichen, brünstig wirkenden Körper. Mit einem Satz sind die Matrosen in einem Café verschwunden. Dort scheint eine familiäre Atmosphäre zu herrschen, man sieht ein kleines Kind, das auf der Terrasse spielt, und seine Großmutter, die es überwacht. Dann öffnet sich auf der linken Seite ein ebenerdiges Fenster. Marthe und Marceau drehen den Kopf und sind geblendet vom Anblick einer jungen Frau: Haare, Augen und Kleid sind schwarz, die Haut ist glatt, und mit einer intensiven, ironischen Freude wirft sie ihnen einen herausfordernden Blick zu, breitet weit die Arme aus und schließt die Fensterläden.

»Was für eine Schönheit!«, haucht Marceau ergriffen.

»Ja«, antwortet Marthe mit stockendem Atem.

»Die Matrosen …«

Er dreht sich um. Beneidet er sie? Ach, die ewige Begierde der Männer, denkt Marthe. Du hast gesagt, du magst keine Huren, aber vor der da willst du dich auf der Stelle niederknien!

Die Straße steigt durch bewaldete Hänge steil an. Durch die Lücken der Bäume tauchen die Stadt, die große Reede und die Halbinsel La Seyne auf, doch ihre Augen halten sich nicht lange damit auf, kehren immer wieder mit demselben Durst zueinander zurück. Etwas abseits der nun stillen Straße setzen sie sich auf ein niedriges Mäuerchen, wo Marthe ihre Beine bis zum Wipfel eines Mandelbaums hinunterbaumeln lässt.

»Mandeln!«, ruft sie.

»Willst du welche?«

Und schon beginnt er eifrig zu plündern, mit Steinen um sich zu werfen, bis sie ihn mit einer Handbewegung daran hindert. »Nein, nein!« Sie weiß, er würde ihr zuliebe einen ganzen Garten verwüsten, vielleicht sogar einen Einbruch verüben.

»Marceau, ach, Marceau!«

Wie sanft diese Stimme ist, die Stimme der letzten Augenblicke. Er nimmt ihren Mund, als wolle er sich von ihrer Stimme nähren, dann weicht er zurück, morgen wird sie für ihn tot sein. Doch ihre Gesichter sind einander ganz nah, und ihre

Augen bilden nur einen einzigen Blick. Und da sieht sie Marceaus Gesicht plötzlich auf eine Art, wie sie es noch nie gesehen hat, und dieses Gesicht wühlt sie auf, so hager, geläutert und erhaben ist es auf einmal. Von welchem König stammt er ab, Marceau, der kleine kommunistische Arbeiter?

Als er Marthes Augen lange genug erforscht hat, um alles darin zu sehen, was er vielleicht noch nicht entdeckt hat, öffnet er ihre weiße Wildledertasche, die sie auf die Mauer gelegt hat. Er blättert in ihrem Reisepass. Und beim Anblick des Fotos, gerührt:

»Wie alt warst du da?«

»Zweiundzwanzig.«

»Du hast dich überhaupt nicht verändert! Oh, du wirst lange jung bleiben!«

Er nimmt ein kleines Fläschchen, das sie sich in La Farloude gekauft hat.

»*Cuir de Russie*, das ist ein gutes Parfüm.«

»Das ist für den Winter, ein Duft, um sich einzumummeln.«

»Einmal«, sagt er, »ist in meiner Tasche ein Fläschchen mit Lavendelextrakt in Scherben gegangen. Was für ein Gestank!«

Zwischen den Pinien erblickt Marthe ein sehr weißes, heruntergekommenes Anwesen mit Säulen, das sie manchmal in ihren Träumen sieht. Sie ist überrascht, es hier in Wirklichkeit anzutreffen. Ein junger, bebrillter Mann ist herausgetreten und führt einen Hund auf der Straße spazieren. Der Hund schaut das Paar an und schnüffelt in die Luft.

»Ein Deutscher Schäferhund«, sagt Marceau, »diese Hunde fressen dir einen Menschen auf.«

Also könnten sich auf diesen sanften Hügeln, denkt Marthe, Hunde mit dem Blut von einem Menschenherz bespritzt haben. Sie spürt einen leichten Schwindel, aber stellt keine Fragen.

»Gehen wir in den Wald«, sagt sie.

Doch der abschüssige Boden ist nicht gemacht für die Schritte Liebender, und so zieht Marthe es vor, in den Armen Marceaus auf dem Mäuerchen sitzen zu bleiben. Bald ist es Zeit hinunterzugehen, und sie machen sich langsam auf den Rückweg. In der Gasse mit den hohen Mauern küssen sie sich noch einmal. Nervös spuckt Marceau einen Tabakkrümel aus, der ihm von seiner letzten Zigarette im Mund geblieben ist.

Sie nähern sich dem Bahnhof, und langsam setzt die Dämmerung ein. Marthe sieht die glänzenden Schienen und spürt sich plötzlich in Verzweiflung hinübergleiten.

»Ach, ich fürchte mich vor dem Dezember.«

Obwohl es windstill ist, kommt es ihr vor, als würde ein mächtiger Wind durch die Straßen peitschen und sie vorwärtstreiben, unaufhaltsam ihrem Schicksal zu, das nicht hier ist.

»Es ist nicht hier!«

»Was sagst du?«

»Nichts, Marceau, ich dachte nur, ich sagte mir, ich sei traurig zu gehen.«

Doch schon ist ihre Stimme wieder fest geworden, und ihr sanftes Lächeln lässt Marceau erzittern. An der blinden Wand eines großen Mietshauses hat eine riesige Hand mit roter Farbe hingeschrieben: *De Gaulle Mörder von Vercors.*

In einem kleinen Bistro bestellen sie Milchkaffee und Croissants. Sie sitzen allein in dem kleinen grüngestrichenen Saal in einem zu harten Licht von einer sehr hohen Decke herab. Und da sagt er mit einem Ausdruck, als sei er auf dem Schafott, mit blutunterlaufenen Augen:

»Siehst du, ich kann dir nicht mehr in die Augen sehen. Ich liebe dich zu sehr.«

Sie spazieren noch eine Weile durch die Unterstadt, wo es inzwischen dunkel geworden ist, dann gehen sie wieder hinauf und setzen sich auf einen von Autobussen und Passanten umkreisten Platz. Neben ihnen sitzt eine Familie mit zwei kleinen Kindern. Eins von ihnen hat ein ganz aufgedunsenes Gesicht.

»Wie bleich es ist«, murmelt Marthe.

An der Bahnhofsuhr stehen die Zeiger auf nach zehn Uhr. Sie holt ihren Koffer in der Gepäckaufbewahrung, reicht einen Geldschein und geht, doch man rennt ihr hinterher, um ihr das Rückgeld zu geben. Sie taucht mit Marceau in die Menge der großen Halle ein, in der die moderne Glitzerwelt die Armut und den frühzeitigen Verfall nicht zu überdecken vermag. Und es beginnt das hektische Gerenne über die Bahnsteige und Unterführungen, im Lautsprecher wird ihr Zug angekündigt.

Aber sie ist nicht mehr allein, sie glaubt, sie werde nie mehr allein sein. Plötzlich Marceaus Stimme:

»Jetzt verstehe ich, warum dich alle so anstarren: Es ist dein Hut! Sie fragen sich, aus welchem Land du kommst.«

Es ist wahr, die anderen Frauen tragen keinen Hut, einige haben stattdessen die Haare mit einem Musselintuch zusammengebunden, sie gehen im kleinen Leinenkleid, und eine von ihnen hat sich sogar fröstelnd in einen Bademantel gewickelt. Marthe schämt sich ein wenig, anders zu sein.

Der Zug fährt ein. Eilig sucht sie die Nummer des Wagens, in dem sie einen Platz reserviert hat. Marceau trägt ihren Koffer und legt ihn verkehrt herum auf die Gepäckablage, dann küsst er Marthe mit linkischer Heftigkeit und so hastig, dass ihre Nasen zusammenstoßen. Atemlos sagt er:

»Hab keine Angst, im Dezember werde ich dir helfen!«

Und er geht, flüchtet eher, ohne sich noch einmal umzudrehen. Doch der Zug fährt nicht ab, und Marthe ruft an der Wagentür nach ihm. Er kehrt um, der Zug setzt sich in Bewegung, sie schickt ihm eine Kusshand, die er schüchtern erwidert.

Sehr viel später fragt der Herr in gewissem Alter, der in dem überfüllten Abteil neben Marthe sitzt:

»Fahren Sie auch in die Schweiz?«

»Ja.«

»Ist das Ihr Mann, den Sie in Toulon zurückgelassen haben?«

»... Ja.«

»Arbeitet er in Frankreich?«

»Ja...«

DRITTER TEIL

Der Schatten

I

Sie hatte Ja gesagt. Wieder sah sie Marceau wie einen Verrückten davonrennen, ohne sich noch einmal umzudrehen. Sie hatte Ja gesagt. Ein Jahr ist das nun her.

Und jetzt, da sie zum zweiten Mal im selben Lärm im selben Zug sitzt, fragt sie niemand mehr. Und Marceau wird ihr nie mehr auf dem Felsenweg dort hinter ihr entgegenkommen. Wo ist er? Es ist, als wäre er tot, tot, ohne sich noch einmal umzudrehen.

Er hatte ihr oft geschrieben, und sie hatte wieder ihr früheres Leben in Angriff genommen, mit dem Gewicht dieser Liebe, das es leichter machte. Jede Woche kam ein Brief, manchmal waren es zwei. Die blauen, etwas rauen Umschläge trugen den Stempel: *Toulon, seine einzigartige Reede.*

Seine Feder oder sein Bleistift, eine Waffe! Er schrieb, wie er sich geprügelt hätte: erbittert, nervös. Das Papier platzte unter der Klinge auf. Oh, wie er sich sehnte! Er konnte nicht weiterleben. Sie lachte Tränen: seine Wörter, seine Rechtschreibung! Sie schrieb ihm zurück, erzählte ihm von ihren Tagen, ihren Freuden, ihrer Liebe. Nein, sie war nicht unglücklich, sie liebte ihn, sie würde ihn wiedersehen. Ihr Mann hatte nichts bemerkt, nicht das Gold in ihrem Herzen und nicht das Gold auf ihrer Haut.

Sie las *Das Ruinenkind,* von dem er ihr die Kapitel aus dem *Journal du Var* herausschnitt. Sie las auch die gemischten Meldungen auf der Rückseite, wo sie auf einen Bericht über die Fackelträger stieß. Einmal träumte sie nachts, sie würde an Marceaus Seite im roten Krieg kämpfen und in der Dunkelheit Raketen als Signal abfeuern.

Sie versteckte die Briefe sorgfältig unter einem Wäschestapel auf dem obersten Brett eines Schranks. Marthe hatte zu verheimlichen und gar zu lügen gelernt. Der ganze Herbst und ein Teil des Winters zogen vorbei. Sie schaute zu, wie es auf die rosaroten und grauen Häuser der Stadt herabschneite, sie betrachtete die zarten Zweige der Pappeln vor der Kathedrale, verkaufte Pelzkappen, Skimützen, und dachte immerfort: Ich habe eine Liebe, eine schöne Liebe. Im Dezember fragte sie ihn, wie in seinem Land Weihnachten gefeiert werde, ob sie auch einen Baum aufstellten und ob seine Mutter in die Mitternachtsmesse gegangen sei. Er antwortete, sie würden eine Kiefer aufstellen, sie mit elektrischen Lämpchen und Girlanden in bunten Farben schmücken, und ihre Mutter wäre schon in die Messe gegangen, wenn ihr Rheuma sie nicht daran gehindert hätte.

Er kündigte sein baldiges Kommen an. Warum waren ihr dann, als sie im März den sechsundzwanzigsten Brief von Marceau erhielt, beim Öffnen die Worte entglitten: »Es ist der letzte?« Er liebte sie doch noch immer.

Es war der letzte.

Sie schrieb noch einmal, zweimal. Zuerst wollte sie nicht begreifen. Sie hatte sehr widersprüchliche Gefühle, den Eindruck einer seltsamen Freiheit, Leichtigkeit, dann Panik. Sie wurde von Marceaus Bild verfolgt, sie sah sein vorgestrecktes, trotziges, vor Wut schwarzes Gesicht. Er wollte ihr etwas sagen und konnte nicht. Vernünftige Überlegungen wechselten sich ab mit den wildesten Vermutungen. Liebte er eine andere Frau? Nein, das war es nicht, vielleicht hatte er einen Diebstahl begangen und war im Gefängnis, oder er war in den Krieg eingezogen worden. Aber nein, das hätte er ihr gesagt! Er liebte sie nicht mehr, so einfach war das, und wagte es ihr nicht zu sagen. Nur seine Mutter wagte es, sie schrieb Marthe, ihr Sohn werde heiraten.

Da packte sie den ganzen Stapel Briefe und warf ihn ins Feuer. Sie riss sie entzwei, damit sie schneller brannten. Sie spürte keinen Kummer. Es war, als würde sie sich von einem unnütz gewordenen Gegenstand trennen. Doch einige Tage später! Mein Gott, warum hatte sie diese Briefe verbrannt! Es war das Einzige, was ihr von ihm geblieben war. Jetzt hatte sie diese Worte für immer verloren, diese manchmal so direkten, so schroffen Sätze, dass sie zusammenzuckte wie unter einer Schaufel Erde. Mit dieser unglaublich eigenwilligen Rechtschreibung, bei der *dein Ehemann* zu *dein Ähemann* wurde und jeglichen Wirklichkeitsbezug verlor. Sie hatte sie mutwillig vernichtet, diese Wörter, nie wieder würde sie sie heil und ganz wiederfinden. Sie versuchte, die Sätze wieder zusammenzusetzen. Seinen ersten Brief, als ihm war, als hätte er einen Schlag auf den Kopf bekommen: *Ich hatte Dich die ganze Zeit vor den Augen, ich sah die ganze Zeit nur Dich.* Aber hatte er es wirklich so gesagt? Oder den, in dem er von ihren langen Haaren sprach, ihren langen Armen, ihren langen Fingernägeln. *Ich denke ununterbrochen an Dich. Ich töte alles, was mir vor die Flinte kommt.* Mit schwerer Stirn stürmte er durch den Wald, jagte, tötete, den Kopf voll von ihr. Und an einem anderen Tag: *Ich war in den Sümpfen von Hyères und habe eine Stockente und eine Rotdrossel erwischt.* Im Dezember hatte er geschrieben: *Ich denke an Dich, damit Dir kein Unglück zustößt.* Und mit den Worten geschlossen: *Ich behalte Dich bei mir.*

Er hatte unter der Trennung gelitten, viel mehr als sie. In der ersten Zeit wurde er nicht damit fertig, hatte keine Freude mehr am Leben. Er bat sie sogar, für ihn eine Stelle in der Schweiz zu suchen, er würde alles annehmen, und sei es als zweiter Bäckergehilfe. Sie hatte ihm geantwortet, er wäre nicht glücklich in der Schweiz. Das war, was sie dachte, und vielleicht hatte es ihn enttäuscht. In der Zwischenzeit half er da und dort aus, im Rathaus, bei der Weinlese; schließlich fand er eine Stelle als Asphaltierer bei einem großen Unternehmen in Toulon. Die Arbeit war hart, aber nach und nach fand er wieder Geschmack am Leben, und er arbeitete so gut, dass man ihm bald weniger schwere Tätigkeiten anbot. Man vertraute ihm Maschinen an. *Ich führe eine Walze.* Er war stolz darauf. Er besuchte wieder die Ballabende, *um nicht aus der Übung zu kommen.* Gelegentlich fuhr er auch mit seinen Eltern nach La Roquebrussanne. Im Februar gestand er ihr, dass er *mit einer Frau gehe, denn wenn ich keine Liebe habe, bin ich tot.* Aber der Brief endete mit den Worten: *Selbst, wenn ich mit einer anderen Frau schlafe, denke ich an Dich.* Und er sprach von seinem baldigen Kommen. Dann Stille.

Eines Nachts hatte sie einen Traum. Sie lief auf einer Straße. In einiger Entfernung sah sie Marceau, umringt von einer

Gruppe Männer. Er schien größer als die anderen und unterschied sich von ihnen durch seine merkwürdige Reglosigkeit. Da verstand sie, dass seine Gefährten beschlossen hatten, sie zu holen, eine Entführung zu organisieren, um sie zu ihm zu bringen. Sie freute sich, da dieser Akt weder von Marceaus noch von ihrem eigenen Willen abhing.

Als sie schließlich begriff, dass es aus war, hatte sie das bittere Gefühl, das einzige Wesen auf Erden verloren zu haben, von dem sie jemals geliebt worden war. Sie konnte es nicht ertragen und weinte zwei Tage und zwei Nächte.

Ihr Mann bemerkte ihren Kummer genauso wenig, wie er ihre Freude bemerkt hatte. Und als er eines Tages mit gutmütiger Zärtlichkeit zu ihr sagte:

»Du bist meine weiße Taube«, antwortete sie:

»Nein, ich bin nicht deine weiße Taube.«

»Warum nicht?«

»Weil ich dich betrogen habe.«

Doch die Antwort des Notars war:

»Auch wenn du mich betrogen hast, wirst du immer meine weiße Taube sein.«

Sie wusste nicht, ob sie so viel vorsätzliche Blindheit bewundern oder verachten sollte, oder so viel Güte. Sie weinte leise an seiner Schulter, aber er konnte es nicht hören: Er schlief den Schlaf der Gerechten.

II

Als sie den dritten Sommer ans Meer fuhr, waren zwei Jahre vergangen, seit sie Marceau zum ersten Mal gesehen hatte. Sie hatte ihn fast vergessen, sie litt nicht mehr.

Wie die anderen Sommer tauchte über Arles der große rote Morgenhimmel auf. Längs der Eisenbahnschienen erstreckte sich eine endlose, wasserdurchtränkte Ebene. Da sie nicht wusste, dass es Reisfelder waren, glaubte sie an eine Überschwemmung. Über dem mit silbrigen Büschen eingefassten Étang de Berre brach der Tag an, ein Tag, der aufgrund der unermesslichen Weite und der im Rauch und Staub des Schlafwagens verbrachten Nacht viel heller war als überall sonst. Der Zug rollte über ein riesiges Felsenplateau, durch eine unbewohnte Welt, wo eine flache Vegetation in einem sanften Grau vor sich hinkümmerte, die Marthe rührte. Mit einem traurigen Lächeln las sie wieder den Schriftzug an der blasslila Fassade eines Marseiller Hauses: DEN FRAUEN FRANKREICHS. Um sieben Uhr kam sie in Toulon an. Auf dem Bahnhofsplatz wartete der Autobus nach La Farloude, und sie stieg ein.

Es war die Stunde, da die Arbeiter der Stadt zur Arbeit gingen. Ein mit Männern beladener Lastwagen fuhr vorbei. Einer von ihnen, von dem Marthe nur den Rücken sah, den braunen Oberkörper im weißen Unterhemd, tiefschwarze Haare, trank aus einer zum Himmel erhobenen Flasche. Das ist er vielleicht, dachte sie, und das ist der Laster, der sie zur Baustelle bringt. Doch sie empfand nicht viel dabei. Noch im letzten Jahr waren ihre Blicke ängstlicher gewesen, als sie dieselbe Stadt vergeblich nach ihm absuchten. Und wie oft hatte sie geglaubt, ihn plötzlich irgendwo auftauchen zu sehen! Jetzt rechnete sie nicht mehr damit.

Leute waren eingestiegen, sie hörte ihnen zerstreut zu. Es mussten die üblichen Fahrgäste sein, vielleicht waren sie in Toulon auf dem Markt gewesen oder kamen nach La Farloude in die Ferien. Auf einmal hörte sie:

»… die Frau von Marceau.«

»Sie wohnen im letzten Haus, wenn man zum Friedhof hinaufgeht. Er geht schon morgens um sechs los und kehrt nicht vor acht Uhr heim.«

»Wie mager sie ist … Sie ist gar nicht gut bei Kräften! Ruht sie sich wenigstens tagsüber etwas aus? Sie ist immer nur drinnen. Sie hat einen Garten, aber man sieht sie nie.«

»Wissen Sie«, sagte eine der Schwätzerinnen und senkte die Stimme, »der Doktor hat gesagt, dass heutzutage viele junge Frauen dieses ungestüme Leben nicht mehr ertragen.«

Marthe hörte teilnahmslos zu. Marceau ist ein gängiger Name hierzulande. Dabei hatte sie sehr wohl gehört, dass von Jungverheirateten die Rede war. Falls es um ihn geht, was ich bezweifle, dann hätte er also ein Mädchen aus La Farloude geheiratet, und wir werden im selben Dorf wohnen. Sie hatte ihn sich immer weiter weg vorgestellt. Das letzte Haus, wenn man zum Friedhof hinaufgeht? Aber sie verscheuchte den Gedanken, Marceaus plötzliche Nähe war schmerzlich für sie.

Der Bus setzte sich mit knatterndem Auspuff in Bewegung, und die Gesprächsfetzen drangen nicht mehr bis zu ihr. Seltsam dumpf betrachtete Marthe die Landschaft. Als sie auf der einzigen Straße von La Farloude den Fuß auf den Boden setzte, sprang kein Fenster klappernd auf, wurde sie von keinem Ausruf der Überraschung oder des Zorns empfangen wie bei ihrer ersten Rückkehr. Sie haben mich vergessen, dachte sie.

Im Hotel wurde sie freundlich begrüßt. Man zeigte ihr ein Zimmer im ersten Stock mit Fenster zur Straße. Sie trauerte ihrem rosa gekalkten Zimmerchen nach, das gegen Süden auf die Reben und die Hügel blickte, aber es war nicht möglich, es zu bekommen.

»Hier gegen Norden wird Ihnen weniger heiß sein«, versicherte der Hotelier. »Und Sie haben einen großen antiken Schrank zur Verfügung...«

Darin hätte man tatsächlich gleich zwei Liebhaber verstecken können, aber die Tür schloss nicht richtig und die verblichene blaue Tapete an den Wänden tauchte diesen Glutofen in ein eisiges Licht. Das Zimmer war sehr hoch, mit Kassettendecke, und in keinem sehr guten Zustand. Das Wasser im Waschbecken kam zuerst immer heiß, bevor es kalt wurde, da das Rohr über das Dach lief. Das Eisenbett war genauso lang wie breit, und Marthe überblickte es melancholisch. Die nächsten Tage gab der Hotelier ihr mehrmals zu verstehen, es wäre ihm lieber gewesen, zwei Gäste dafür zu haben, weil... aber na ja, für sie... da sie es sei...

Wie jedes Jahr rechnete er nach dem Quatorze Juillet mit einem großen Ansturm.

»Nimm deine Wünsche nicht für die Wirklichkeit«, sagte seine Frau zu ihm.

»Ich glaube an die Wirklichkeit meiner Wünsche!«, erwiderte er.

Marthe war zum Meer zurückgekehrt, doch es war nicht wie früher. Es war zu heiß, der Sand brannte ihr an den Fußsohlen, nicht einmal das Wasser war frisch. Am Nachmittag fiel sie im drückenden Halbschatten ihres bläulichen Zimmers in einen bleiernen Schlaf. Durch die Holzläden drangen der Lärm und der Gestank der Autos. Aber erschlagen, wie sie war, schlief sie trotzdem.

Eines Abends bat sie um ein Picknick, eine Flasche Wein, mit Wasser gemischt, und machte sich auf in Richtung Meer. »Um sieben«, hatte der alte Demetria zu ihr gesagt, als er ihr versprach, sie zum Fischen mit hinauszunehmen. Sie traf ihn in der kleinen Bar.

»Ach, nein«, sagte er, »heute Abend fahre ich nicht raus.«

Um sie zu trösten, fügte er hinzu:

»Ich offeriere Ihnen den Aperitif. Nächste Woche kommt mein ältester Sohn in die Ferien, dann werden wir oft fischen gehen. Er ist Matrose.«

»Ach, er ist Matrose!«

»Ja, er ist schon siebenmal nach Amerika gefahren, und diesmal kommt er aus London. Ein angesehener Herr aus La Farloude hat ihm geholfen, in die Marine einzutreten.«

Dann drehte sich der alte Fischer um und rief:

»Da haben wir aber einen, der einen ungewöhnlichen Fang gemacht hat!«

Alle schauten auf einen Mann, der mit einem in Zeitungspapier gewickelten Fisch in der Hand vom Hafen kam. Er betrat die Bar und legte ihn auf den Tisch.

»So einer«, sagte er, »ist mir mein Lebtag noch nicht untergekommen.«

Der Fisch war sehr groß und flach und oval, aber mit den Augen auf den Seiten des Kopfs statt auf dem Kopf wie beim Rochen oder bei der Seezunge. Auf seinem dicken silbrigen Panzer waren Zeichnungen von Schuppen, aber keine echten Schuppen. Dieses Detail setzte sämtliche versammelten Männer in Erstaunen – den Barbesitzer, die Stammgäste der Bar de la Rascasse und sogar die Touristen –, das Überraschendste aber waren die Zähne.

»Oh, was für Zähne, was für Zähne!«

»Hasenzähne.«

»Und wenn es ein Haifisch ist?«

Marthe wollte laut herauslachen, doch die anderen lachten nicht.

»Könnte es denn ein Haifisch sein?«, fragte sie verblüfft.

»Nein, nein, die sind sehr selten im Mittelmeer.«

»Und sie sind auch nicht so rund«, bestätigte sie, etwas entsetzt, dass man den Fisch für einen Hai halten konnte.

»Bring ihn doch ins Museum in Toulon«, sagte der Barbesitzer. »Die werden dir bestimmt eine Prämie dafür geben.«

Er machte sich lustig, er kannte den Namen des Fisches genauso wenig wie die anderen. Marthe betrachtete ihn schüchtern, ein noch junger Mann mit schmalem, intelligentem Gesicht, die Arme mit Tätowierungen übersät. War er es, der zu Marceau gesagt hatte: »Glückwunsch, du hast das schönste

Stück vom Strand!« Würde er es jetzt immer noch sagen? Marthe fühlte sich bereits weniger schön. Sie verblasste mehr und mehr, wurde transparent, wie das Heidekraut, der Wind, die Felsen. Sie zog die Blicke der Männer nicht mehr auf sich. Wo waren ihre Vitalität, ihr Glanz vom ersten Sommer geblieben? Für Augenblicke blitzten sie wieder auf, brachten ihre Lippen und ihre Wimpern zum Strahlen, um rasch wieder zu erlöschen.

Plötzlich spürte sie einen Blick auf sich und drehte sich um.

Am Fuß der großen Treppe zum Strand stand ein Jugendlicher und starrte sie an. Ein heftiges Hassgefühl überfiel sie. Er war hässlich. Hässlich, und noch schlimmer, fremd. Und doch? Sie drehte sich noch einmal um, aber er war diskret, sah sie nicht mehr an. In blauer Hose und weißem Unterhemd spielte er nah am Wasser mit einem Hund. Seine Hässlichkeit? Schwarze, ganz glatte Haare und eine zu spitze Nase. Da erkannte sie den Hund. Eine erbärmliche Straßenmischung von Hund! An der eigenartigen Einsamkeit, die von dem jungen Mann auszugehen schien, las sie sein ganzes Unglück ab. Sie erinnerte sich an den kleinen Bruder von Marceau, der Typhus gehabt hatte und nicht war wie die anderen.

Das ist Raphaël! Na so was, sollte sie alle von ihnen kennenlernen? Wieder blickte sie zu ihm hin. Er hatte das Gesicht zur Bar gedreht, aber sah er wirklich sie an? Er schaute in Marthes Richtung wie ein Blinder, der etwas zu sehen versucht. Sie hatte den unangenehmen Eindruck, die anderen hätten ihr Hin und Her bemerkt.

Sie begann sich wieder für den Fisch zu interessieren.

»Und du wirfst ihn in den Topf!«, spaßte einer der Gäste. »Ich würde mich nicht trauen, den zu essen.«

»Bei großer Hitze steigen manchmal Fische aus der Tiefsee herauf«, sagte der alte Fischer zu Marthe.

Sie verabschiedete sich von ihm, erklärte, sie gehe oben auf den Felsen ihr Picknick essen. Raphaël und sein Hund waren verschwunden. Zum ersten Mal, seit sie zurück war, ging sie zur Pointe-du-Vaisseau hinauf und unter dem schmalen Torbogen der Ruine hindurch. Dort war der Pfad inzwischen so ausgehöhlt, dass sie sich, um nicht hinzufallen, mit beiden Händen an den Pfosten abstützen musste, so als wollte sie sie beiseiteschieben. Sie kam auf den Weg, der in die Felsen gehauen war. Da packte sie eine solche Verzweiflung, dass ihr schlecht wurde. Sie wollte fliehen, doch wohin? Sämtliche Wege trugen die Spur der Schritte, die sie und Marceau hier gegangen waren. Nein, sie hätte niemals zurückkommen dürfen!

Sie verließ den Weg, stieg über die kleinen Terrassen, die aufs Meer hinausragten, und setzte sich auf die Steine, deren Härte sie nicht ohne Bitterkeit genoss. Doch mit der Zeit richtete sie sich behaglich in ihrer Einsamkeit und der zunehmenden Dunkelheit ein. Es kam ihr vor, als rollte jede Welle einen Körper heran, als wäre das Rauschen gegen das Riff eine Stimme.

An einem Stück Brot kauend, versank sie in ihren Träumen. Was mir diesen Sommer wohl passieren wird?

Gar nichts wird mir passieren, murmelte sie traurig, die etwas steifen Finger wie Antennen zu einer Voraussagung ausgestreckt. Mir passiert gar nichts mehr.

III

Am folgenden Sonntag sah sie Marceaus armen kleinen Bruder noch einmal. Er fuhr mit dem Fahrrad vor ihr her. Am Strand hatte sie den Eindruck, er wolle ihr nachspionieren, so wie Antoine im Sommer davor. Ärgerlich über diese Befürchtung, rannte sie fluchtartig über den Sand, doch als sie sich umdrehte, war er ihr nicht gefolgt. Er stand noch immer neben der kleinen Bar, da wo der Boden mit Papierfetzen und leeren Büchsen übersät war.

Er, der Jüngere, hatte das kommende Alter seiner Brüder vorweggenommen; mit seiner sorgenvoll gerunzelten Stirn bewegte er sich vorwärts wie unter dem Gewicht einer Last. Er hatte sich etwas abseits an einen Felsen gelehnt, still und allein. Nein, er würde nicht versuchen, Marthe ihr Geheimnis zu entreißen. Er konnte sie besser als jeder andere verstehen. Er musste sich ebenfalls von Marceau verlassen fühlen. Sie spürte eine Art Mitleid, aber nur wenig Zärtlichkeit, denn sie konnte seine Brüder kaum in ihm wiedererkennen. Raphaël war nichts als ein Schatten von ihnen.

Ich habe alles verloren, es bleibt mir nichts als der Schatten.

Sie ging ins Wasser und schwamm. Ihre Haare wurden schwer auf ihrem Nacken und ihrem Rücken und fühlten sich an wie ein Lebewesen. Sie werden ganz verklebt sein, aber es war ihr gleichgültig. Das Wasser war nicht tief, Marthe stieß mit dem Bauch und den Knien gegen die flachen Felsen. Aus Angst, sich zu verletzen, stand sie auf und setzte ihre nackten Füße vorsichtig auf den sandigen Grund. Sie gab acht, nicht auf Steine oder Algen zu treten, sie hatte noch immer Marceaus Ermahnungen im Ohr. Die kleinen Wellen schlugen sanft an ihre Hüften, und sie spannte ihre Arme, während sich die Spitzen ihrer nassen Haare kräuselten. Sie dachte: Und wenn ich einfach weiterlaufe, immer tiefer hinein … Wenn ich einfach geradeaus in den Tod gehe?

Nicht weit von ihr glitt ein schönes, lackiertes Kanu vorbei, in dem zwei Jungen mit tiefschwarzem Lockenschopf ruderten. Sie schauten demonstrativ zu ihr hin und lächelten. Sie antwortete ihnen nicht und setzte sich zurück an den Strand, doch schon bald kamen die beiden und ließen sich ganz in ihrer Nähe nieder. Sie starrten Marthe weiterhin dreist an, und sie hörte sie sagen:

»Ja, das ist die von Marceau.«

Sie kam sich vor wie auf dem Grill, verbrannt von ihren Blicken, und so versteckte sie sich, als wollte sie sich vor der Sonne schützen, unter dem großen weißen Strandlaken wie unter einem Zelt. Ab und zu riskierte sie einen Blick in ihre Richtung. Sie lagen auf dem Rücken und plauderten, wandten das Gesicht regelmäßig zu ihr, aufgeräumt, bereit, sie anzusprechen. Einen der beiden hatte sie erkannt. Es musste der Besitzer des Kanus sein, auf den Marceau neidisch war. Der Junge, »der den ganzen Strand nach Frauen absucht« und der sich geweigert hatte, ihm sein Boot zu leihen. Sie sah seine spöttische Miene und sein Grinsen bis über beide Ohren. Ob sie von hier sind?, fragte sie sich. Ihre Augen hatten einen tiefdunklen Glanz, und das Weiß war fast blau. Vielleicht kommen sie von der anderen Seite des Meeres … Doch regelrecht eingeschüchtert durch ihre Mimik und ihre aufdringlichen Gesten, verkroch sie sich immer tiefer unter ihrem Laken, was ihre Neugier nur noch mehr anstachelte. So blieben sie eine ganze Weile, bis sie sich schließlich verzogen.

Von diesem Tag an wagten sie sich ihr nicht mehr zu nähern. Doch wenn sie auf den Wegen aneinander vorbeigingen, hatte sie den Mut, ihr Lächeln diskret zu erwidern, und es entstand aller Verschiedenheit zum Trotz ein amüsiertes Einverständnis zwischen ihnen. Im Hotel erfuhr sie, dass sie zwei Brüder waren, zwei Juden aus Paris. Der Ältere war als ganz kleines Kind in ein deutsches Lager deportiert worden, und auf seinem Arm war noch immer die eintätowierte Nummer zu sehen.

Abends lagen in La Farloude Palmenzweige auf den Plätzen vor dem Rathaus und der Kirche. Man bereitete das Fest vor. Kleine Mädchen lasen die Zweige auf und jagten einander damit. Sie sahen aus, als hätten sie schwarze Flügel. Marthe spazierte weiter auf der Straße, die das Dorf verließ und sanft zum Friedhofshügel anstieg, um dahinter in ein breites Tal und schließlich wieder ans Meer zu führen. Dort war ein weiterer Weiler zu erahnen und ein von Ruinen und altem Eisen gesäumter Strand mit rosarotem Sand, an dem Marthe noch nie gebadet hatte.

Obwohl dieses unbekannte Stück Land sie anzog, gab sie, eingeschüchtert von der Abenddämmerung und den Silhouetten der Bäume, nach wenigen Schritten auf. Sie versuchte es noch einmal an einem Morgen, fest entschlossen, bis zum

Strand zu gelangen, doch die Sonne brannte so stark auf die schattenlose Straße herab, dass sie erneut kehrtmachte.

Oft begab sie sich auf den kiefernbewaldeten Hügel über La Farloude. Dort fand sie verfallene Aussichtspavillons und Wachtürme in allen Formen, die aber so wackelig waren, dass Marthe sie nicht zu betreten wagte. Ich könnte ja unter den Trümmern begraben werden! Einmal suchte sie einen anderen Heimweg ins Dorf, wollte über eine schmale Steintreppe und danach quer durch winzige Gärtchen voller Feigenbäume und Kakteen. Doch sie stieß überall an Mauern und kehrte wieder zum Weg zurück.

Als sie eines Morgens im trockenen Gras saß und einen Brief an ihren Mann schrieb, sah sie zwei junge Männer, die einen langen antiken Tisch vorbeitrugen. Sie bogen in einen Privatweg ein, nicht ohne neugierig den Kopf in ihre Richtung zu drehen. Sie erkannte den Jungen, der geangelt hatte an dem Tag, als Marceaus Bruder, Antoine, der Afrikaner, sie zum ersten Mal anzusprechen wagte. Er ist also Schreiner, dachte sie, er hat für die alte Baronin oder Gräfin dieses Landguts Möbel restauriert.

Marthe verirrte sich nicht mehr auf diese verbotenen Ländereien, nur noch einmal bis in die Nähe eines kleinen Bauernhofs. Dort begegnete sie dem Fischer des berühmten Fangs und grüßte ihn.

»Der Fisch neulich«, sagte er, »also das war ein Mondfisch, der phosphoresziert in der Nacht. Ich habe ihn in die Garage getan. Oh, was für ein schöner Fisch, er funkelte regelrecht!«

»Haben Sie ihn gegessen?«

»Ja, aber das Fleisch ist nicht gut, ganz zäh.«

Er hatte eine Baskenmütze, helle Augen und die stämmigen Schultern eines Bauern. Ich habe mir doch gleich gedacht, dass er eher ein Landarbeiter ist als ein Mann des Meeres, und jetzt sehe ich, dass er Verwalter eines Anwesens ist. Es gibt keine echten Fischer mehr!

Im Übrigen vergrößerte sich La Farloude. Auf der Straßenseite gegenüber den Verkaufsständen war für die Sommerfrischler ein neues Luxusgeschäft entstanden, mitsamt einer Wäscherei. Marthe betrachtete ausgiebig die Schaufenster. Krippenfiguren in allen Größen, von denen selbst die winzigsten ein Vermögen kosteten, außerdem flammen- und aschenfarbene Vögel in Käfigen mit goldenen Gittern, davor ein Schild: BENGALI. Die Vögel reizten die junge Frau, aber sie vermutete, dass sie empfindlich waren, und was hätte sie denn mit diesem Käfig im Zug angefangen?

»La Farloude modernisiert sich«, sagten die Leute. »Bald werden wir hier Filmstars haben.«

Es stimmte Marthe fast fröhlich, in niemanden mehr verliebt zu sein. Eine hart erkämpfte Freiheit, die es ihr erlaubte, alles andere besser lieben zu können, wie sie dachte. Doch sie machte sich etwas vor: Sie liebte das Meer weniger, sie liebte den Sand und die Wälder weniger, und vor allem liebte sie sich selbst weniger. Sie achtete jedoch weiterhin auf ihr Äußeres, wechselte ihr Kleid und wusch sich die Haare. Als sie hinter dem Gartenspalier des Hotels hervorkam, wo sie ihre lange Mähne hatte trocknen lassen, sah sie aus, als wäre sie in Gold gehüllt, und eine der Angestellten rief:

»Solche Haare sieht man heutzutage nicht mehr oft!«

»Ich werde sie mir niemals schneiden lassen«, antwortete Marthe.

So gehorchte sie durch das Vergessen hindurch noch immer Marceau, der ihr einmal geschrieben hatte: *Pass gut auf deine Haare auf, damit sie immer so schön bleiben.* Sie stellte mit Erstaunen fest, dass die Meeresluft sie so gleichmäßig gewellt hatte, wie sie es nicht für möglich gehalten hätte.

Viel zu oft ließ sie sich vom Schlaf, von der Müdigkeit überwältigen. In der ersten Woche glaubte sie, sie sei krank. Im ersten Sommer hat mir die Hitze nicht so stark zu schaffen gemacht, dachte sie.

IV

Die Palmen waren auf ihre Masten genagelt, bunte Glühbirnen umrahmten den Platz. Am ersten Festabend trug Marthe ein Musselinkleid mit goldenen Rüschen, so schön, dass alle staunten. Im Speisesaal wurde sie mit einem Hurra empfangen. Sie machte eine Pirouette, die ihr langes Ballerinakleid auffliegen ließ, und für eine Sekunde glaubte sie an ihr wiedergefundenes Glück. Sie steckte sich zwei weiße Oleanderblüten in den Haarknoten, den sie sich mithilfe fingerdicker Nadeln kunstvoll aufgebaut hatte, behielt aber an den Füßen die bescheidenen Espadrilles.

Sie wurde von der Menge mitgerissen, die dem Platz zuströmte, eine quirlige Menge, die es eilig hatte, junge Burschen und Mädchen aus sämtlichen Weilern und Dörfern ringsum. Und doch spürte sie plötzlich eine eigenartige Leere um sich. Man starrte sie zu sehr an, machte Bemerkungen, eine großgewachsene junge Frau stieß ihre Nachbarin mit dem Ellbogen. Marthe bedeckte ihre nackten Schultern mit einem Stück Musselin und flüchtete sich in die Schar der Hotelgäste, lauter brave, tüchtige Paare im bezahlten Urlaub. Doch schon bald merkte Marthe, dass die Menge sie nicht mehr wahrnahm, sie war wieder zu einer unsichtbar unter ihnen Herumirrenden geworden.

Auf dem geschützten Podium spielten bereits die Musiker,

in roten Satin gekleidet, aber noch niemand tanzte. Auch bei den Fahrgeschäften, die sich leer drehten, war nicht viel los. In der Mitte einer Bahn schnellte fauchend eine riesige Seeschlange aus bemaltem Stoff empor, quietschende Autos stürzten Tunnels hinauf und hinunter, auf einer Banderole stand: »mit Karacho durch die Unterwelt!«.

Bei diesem Zeug dreht sich mir der Kopf, sagte Marthe.

Aber beim Gedanken, sie werde hier gleich Marceau sehen, wurde ihr noch schwindeliger. Sie spürte seine Nähe, und es stimmte: Es war etwas von ihm in dieser Menschenmenge, die sich um das große Asphaltviereck drängte, auf dem man jetzt zu tanzen anfing. Sie bemerkte mehrere braune Nacken, kräftige, runde, dicht behaarte Nacken, erwartungsvoll zur Piste gereckt. Doch das schwarze Auge, das sie unter der Kohle seiner Wimpern glühen spürte, das starre, erbarmungslose Falkenauge richtete sich nicht mehr auf sie, sondern auf andere, auf die neuen Auserwählten in der Arena.

Es war schwierig geworden, die Sommerfrischler von den Jungen der Gegend zu unterscheiden, sie wurden einander immer ähnlicher. Sie entfernte sich und ging zu den Ständen mit den Süßigkeiten, wo Waffeln, Nougatstangen und aufgeblähte, vom Öl triefende, wie mit Schnee bestäubte Croissants angeboten wurden. Sie wurde von einer Händlerin angeherrscht, weil sie den Preis für ein Biskuit nicht richtig verstanden und ihr nur einen lächerlichen Betrag hingestreckt hatte. Als die Händlerin sah, dass sie es mit einer Auswärtigen zu tun hatte, wurde sie sofort freundlich. Ein Mann näherte sich Marthe, um sie aufzufordern, doch sie antwortete, sie tanze nicht. Das Fest war ihr plötzlich zuwider, dennoch konnte sie sich nicht davon losreißen und suchte einen Platz auf einer der Bänke rund um die inzwischen zahlreich Tanzenden. Inmitten der Schwätzerinnen und ihrer Kinder kam sie sich ganz klein vor, niemand kümmerte sich mehr um sie. Doch ihr selbst entging kein Gesicht.

Ein Mann war aufs Podium gestiegen. Er begleitete einige Tänze mit einer kräftigen Stimme, die Marthe gefiel. Den amüsierten Reaktionen ihrer Nachbarinnen entnahm sie, dass er aus La Farloude kam.

»Claudio! Singt er auf Spanisch?«

»Aber klar doch, das ist nun mal seine Sprache!«

Aber die Frauen schüttelten den Kopf. Vielleicht fanden sie ihn lächerlich.

Das Fest würde fünf Tage dauern. Sie ging auch am nächsten Abend hin, aber ohne ihr schönes Kleid aus Seidenmusselin; sie hatte es endgültig an den Schrankhaken zurückgehängt. Sie trug ein verblichenes flachsblaues, aus Baumwolltaft, mit einem solch tiefen Dekolleté, dass man den Schatten des kleinen Tals zwischen den Brüsten erahnte. Sie fühlte sich wohler so und löste kein Staunen aus.

In ihr regte sich eine demütige Freude. Sie ging nicht mehr aufs Fest in der Hoffnung, Marceau zu sehen, sondern um das Fest zu sehen. Sie fand Gefallen daran. Sie freute sich, all diese Gesichter zu betrachten, die ihr schön vorkamen, die kühnen Füße, die sich auf der Tanzfläche miteinander verwoben, die jungen Männer mit stolz geschwungenem Oberkörper. Sie konnte sich an der simplen Musik nicht satthören.

Nous étions trois garçons, trois filles
Et joyeux nous allions à Cuba.

An diesem Abend fand das Feuerwerk statt. Es war der Quatorze Juillet. Sie saß auf einem Mäuerchen vor dem Hotel und sah es sich an, zusammen mit Ehepaaren aus Paris. Die höchst bescheidenen Feuerwerksraketen wurden von der großen Wiese abgeschossen, auf der tagsüber braune Schafe weideten. Einer der Feuerwerksleute ging ganz nah an ihnen vorbei, sie erkannten den Spanier, der am Abend zuvor gesungen hatte. Ein Pariser Tourist ging auf ihn zu, um ihn zu beglückwünschen.

»Aber ja, wie gut Sie singen!«, rief Marthe und drückte ihm ebenfalls die Hand.

Er schien sich zu freuen, dass er ihnen aufgefallen war. Man legte nach und überschüttete ihn mit Lob. Angesichts von so viel Bewunderung zischte der Hotelier verächtlich:

»Das ist ein Straßenarbeiter!«

Dann verstreute sich die Menge wieder in Richtung Platz. Marthe bemerkte die junge Frau, die am Tag zuvor bei ihrem Anblick ihre Gefährtin mit dem Ellbogen gestoßen hatte. Sie schaute sie sich genauer an und stellte fest, dass sie eine wahre Schönheit war, Haare wie dunkles Moos und große grüne Augen, abgestimmt zum Mund. Schon tanzte sie, und die Männer aus La Farloude sahen ihr tuschelnd zu:

»Ein richtiger Filmstar …«

Für Marthe hatten sie keinen Blick mehr. Es machte ihr nichts aus. Wie ich sie liebe, diese Feste, murmelte sie vor sich hin. Sie schlenderte an den Ständen vorbei, ging hierhin und dorthin. In einem Käfig auf Rädern schlief ein Schakal-pärchen, zwei Ponys waren ausgebrochen und hatten sich in die Weinberge verirrt. Plötzlich spürte sie, wie ihr jemand von hinten sanft an einer Haarsträhne zog. Sie drehte sich um und sah eine Gruppe junger Burschen, unter ihnen den Schreiner. Sie entfernte sich und ging auf ein Karussell zu, auf dem an die zwanzig Kinder johlend auf ihrem Tier saßen. Sie versuchten, den an einer Schnur zappelnden Pompon zu erhaschen, den der Besitzer des Karussells ihnen zuwarf und mit dem man eine Gratisrunde gewinnen konnte. Ihr Geschrei übertönte die Musik, jede Musik. Etwas weiter weg kreisten die Autos auf der elektrischen Fahrbahn und krachten brutal ineinander.

»Fahren Sie eine Runde?«

Es war die Gruppe der Jungen, die ihr gefolgt war. Sie schlug die Einladung aus.

»Oh nein, ich mag das nicht.«

Sie musste wieder an Marceau denken: Wenn er in der Gegend ist, wird er sich das Fest nicht entgehen lassen, er liebt das zu sehr. Dann sehe ich ihn vielleicht mit seiner Frau. Doch sie glaubte nicht mehr wirklich daran.

Abend für Abend kehrte sie zum Fest zurück und blieb wie Aschenputtel bis Mitternacht. Sie hatte noch immer Spaß an der Musik, doch mit der Zeit erschienen ihr die Tänzer weniger schön. Sie bemerkte grobe Züge an ihnen, hässliche Mienen, plumpe Bewegungen. Einer vor allem, ein knochen-dürrer Urlauber, drehte sich mit hoffnungsloser Schwerfälligkeit. Ab und zu sprang einer der Haarschöpfe der beiden

Pariser Jungen aus der Menge heraus. An einen Mast des kleinen Karussells gelehnt stand seit Stunden ein altersloser Trottel mit Glubschaugen hinter seinen Brillengläsern und glotzte auf die Kinder. Mein Gott, was macht der da …?, fragte sich Marthe angewidert.

Beim Anblick eines anderen Mannes, kleinwüchsig, mit faltigem und zugleich jungem Gesicht, erbarmte sie sich hingegen. Er versuchte vergeblich, die Vorübergehenden anzulocken, die sich rasch von seinem erbärmlichen Glücksrad abwandten, für das er sich mit ein paar Nägeln und einem Brett eine Drehvorrichtung zusammengebastelt hatte. Ein zum Heulen armseliges Glück. In jedem Feld diente sich, liebevoll angeordnet, ein bescheidener kleiner Gegenstand an. Marthe wagte sich heran, um ihm eine Freude zu machen, voller Furcht, der Zeiger könnte bei einem dieser Preise stehenbleiben. Er blieb stehen. Marthe hatte gewonnen. Der Mann überreichte ihr einen Bleistiftstummel, sie ergriff die Flucht, unfähig, die allzu höflichen Manieren dieses stimm- und machtlosen Wesens noch länger zu ertragen.

Sie kehrte zum Platz zurück, auf dem noch immer getanzt wurde. Inzwischen waren so viele Leute da, dass die Tanzpaare sich kaum mehr von der Stelle rühren konnten. Auf der Bühne sang der Spanier wieder seine Refrains. Man hatte ihn mit einer Frauenmütze und Hahnenfedern ausstaffiert, und so, wie eine Vogelscheuche aufgestellt, ließ er wieder seine laute Bassstimme erdröhnen. Der Dirigent trieb ihn spöttisch an. Auf einmal setzte die Musik aus, und der Mann sang unter Gelächter und Gejohle allein weiter.

Marthe hatte sich die Szene reglos angesehen, verloren in

der Menge. Er aber hatte sie von der Bühne herab erblickt! Er eilte auf sie zu, bahnte sich gewaltsam einen Weg durch die Leute, und bevor sie Zeit hatte zu verstehen, stand er mit ausgestreckter Hand vor ihr.

»Guten Abend, Madame!«

Er erwartete ein Kompliment, das er dringend brauchte, um seine Demütigung abzumildern. Er wartete, wünschte es sich so sehnlich, dass Marthe nichts einfiel. Ach, warum musste er vor allen andern über sie herfallen, sie, die doch unsichtbar bleiben wollte?

Die Leute umringten sie, warteten ebenfalls.

»War es gut?«, fragte der Mann.

»Ja, ja …, es war gut. Sie hätten Sie nicht unterbrechen sollen.«

Aber sie hatte Mühe, vor allen anderen zu sprechen, sie spürte, wie sie immer kälter und steifer wurde. Was wollte er denn noch? Sie konnte sich nicht entschließen, mehr zu sagen. Enttäuscht ging er davon.

Am letzten Abend war die Luft kühler geworden. Sie legte sich einen kleinen blauen Schal mit Fransen um die Schultern und machte sich wieder auf zum Fest. Was hielt es für sie bereit? Marthe empfand ein bitteres Vergnügen, das einer Krankheit ähnelte, eine mit Schmerz durchsetzte Freude, wie sie Fieber verursacht. Sie konnte nicht anders, ihre Füße trugen sie, wieder in Bastschuhen, so leicht wie immer zum Platz. Jedes Mal waren andere Gesichter da. Jetzt fürchtete sie sie, jetzt verletzten sie sie. Ach, und welche Anmut hatte sie ihnen am ersten Abend verliehen! Die Musik hatte nichts von ihrem

Schwung verloren, sie hörte mit halb geschlossenen Augen auf einer Bank sitzend zu.

Irgendwann zerfiel die Kette der Tanzenden, eine Lücke tat sich auf, und Marthe bemerkte ein Mädchen, das unter wildem Schütteln allein tanzte und dann wie ein Lumpensack von jemandem aufgefangen wurde. Sie war völlig betrunken, schien es halbwegs wahrzunehmen und bedauerte ihren Zustand, tanzte aber, hin- und hergeschubst, mechanisch weiter. Manchmal ging einer zu ihr hin und ermahnte sie spaßeshalber.

»Puh!«, machten die Schwätzerinnen neben Marthe verärgert. »Nachher heißt es wieder, es sei eine aus La Farloude gewesen!«

Marthe stand auf und ging zu dem Stand mit den Losen. Haushaltsgegenstände und Möbel aller Art stapelten sich bis zum Giebel. Man hätte ein ganzes Hotel damit ausstatten können. Es lief gut. Frauen verkauften die Lose, Männer riefen die Nummern aus.

Selbst die Pariser Ehepaare aus dem Hotel kauften erwartungsvoll ganze Bündel von Losen. Aber Marthe begehrte nichts von diesen Waren, fand alles hässlich. Sie holte sich lieber ein Vanilleeis und kehrte zu einer Bank auf der anderen Seite der Tanzfläche zurück, die leer geblieben war. Sie kam sich sehr bescheiden vor unter ihrem dunklen Schaldreieck und gealtert. In kleinen Schüben stieg wieder Verzweiflung in ihr auf.

Zwei junge Burschen aus La Farloude nahmen sie in ihre Mitte. Zwischen den beiden entspann sich ein Gespräch. Der zu ihrer Rechten war vielleicht achtzehn Jahre alt, der zu ihrer Linken kaum fünfzehn oder sechzehn.

Der Ältere sagte zum Jüngeren:

»Für kleine Kinder ist es Zeit fürs Bett!«

»Ja, es ist schon nach Mitternacht.«

»Für mich ist Viertel nach Mitternacht Zeit für die Milchflasche. Gestern habe ich sie um zwanzig nach Mitternacht genommen. Und danach habe ich mich richtig schlecht gefühlt.«

Marthe entglitt ein kleines Kichern.

Dann der Ältere plötzlich:

»Zieh nicht an den Haaren!«

»An welchen Haaren?«, stotterte der Jüngere, der große Augen hatte und schüchtern schien.

»An meinen«, sagte der Größere und machte hinter Marthes Rücken ein Zeichen, auf das der andere antwortete:

»Sie sind schön.«

Marthe schaute ihn an. Etwas weiter weg kündigte der Dirigent einen Tangowettbewerb an. Sie verließ die beiden, um zuzusehen, doch niemand meldete sich. Sie kehrte enttäuscht an ihren Platz zwischen den beiden Jungen zurück, die sich nicht von der Stelle gerührt hatten.

»Die Leute tanzen nicht«, sagte sie.

»Und Sie, machen Sie nicht mit beim Tangowettbewerb?«, fragte der Kleinere.

»Oh nein!«

Er war sanft, voller Charme und besaß diese eindringliche, nicht mehr ganz ahnungslose Offenheit an der Schwelle zum Leben. Der Ältere musterte den Kleinen spöttisch, stand plötzlich auf und verschwand. Sie blieben allein zurück. Bei dem Jugendlichen war eine leichte Angst zu spüren, doch Marthe war noch ängstlicher als er. Sie ahnte, dass er bereit wäre zu etwas, das zu erwarten er sich noch nicht einzugestehen wagte, ahnte, dass er, wie am Rand eines erschreckenden Abgrunds, am Rand des ersten Begehrens war. Und Marthe konnte es nicht überhören.

Sie wechselten ein paar Worte. Würde sie auf ihn eingehen? Sie war so allein! Die Kühle der Nacht ließ sie frösteln. Sie überschlug den Schal auf ihrer Brust und ging.

Sie lief rasch über die schlecht erleuchtete Straße, während sich der weite Rock aus künstlichem Taft hinter ihr bauschte, als wollte er noch länger im Licht bleiben.

V

Die Tage zogen dahin ohne Freude und ohne wirkliche Traurigkeit. Marthe merkte nicht einmal mehr, dass sie sich langweilte. Sie war immer noch nackt unter ihrem Kleid, aber so wenig sie trug, sie schien doch bedeckter zu sein als die meisten anderen Frauen. Sie versäumte es auch nie, sich die Kette aus Amber oder Achat um den bereits von einer zarten kleinen Falte gezeichneten Hals zu hängen, und sie band noch immer sorgfältig die Bänder ihrer Espadrilles um die Knöchel.

Die Leute wunderten sich über ihre Einsamkeit.

Sie blieb auf dem Sand liegen, während sie an nichts dachte, oder Wörter vor sich hin sprach. Sie überraschte sich dabei, wie sie Sätze wiederholte, die Marceau zu ihr gesagt hatte, Sätze wie: »Das Meerwasser heilt alle Wunden.«

Oder sie dachte sich selbst mit lauter Stimme welche aus:

»Das Auge des Geliebten ist groß wie das Meer, das Auge des Todes nur eine kleine Höhlung im Fels, aus der die Vögel trinken.«

Sie lächelte und staunte. Das klang ja fast wie ein Sprichwort.

Auf der Straße von La Farloude erkühnte sich eine alte Frau mit gelbem Teint und Maultierzähnen, sie anzusprechen:

»Sie sind also zurückgekommen! Für lange?«

»Für einen Monat.«

»Und immer ganz allein …«

»Ja.«

Marthe ging angewidert davon.

Jede Woche erhielt sie einen Brief von ihrem Mann, und, was merkwürdig war, diese Briefe wurden mehr und mehr zu Liebesbriefen. Er liebt mich, dachte sie, dann ist es also wahr, dass er mich liebt! Aber würde sie ihn noch lieben können? Er habe Angst, schrieb er, dass ihr eine Gefahr drohe, und sende ihr aus der Ferne seinen Schutz. Er erzählte ihr von seiner Arbeit, von dem Holzhandel, den er den Sommer über fast allein zu beaufsichtigen hatte.

Es war ein sehr unvollkommener und sehr unbeholfener Ruf. Er hatte sie nicht verstanden, doch er war da und liebte sie.

Marthe antwortete ihm, erzählte ihm ab und zu sogar ihre Träume.

»Ich führte den Teufel an der Leine spazieren. Es war ein Wesen von der Größe eines Enteneis und sah gleichzeitig wie ein Marienkäfer und wie ein kleines Kind aus. Es hüpfte auf sehr lästige Weise auf und ab. Die Leine war nur ein Band, aber mir war nicht wohl, denn dieses kleine, nervenaufreibende Lebewesen besaß eine fast genauso gefährliche Macht wie die Atombombe. Es konnte einfach so weiterhüpfen, ohne dass etwas passierte, aber auch plötzlich explodieren. Also hatte ich ein wenig Angst.«

Als sie zu Ende war, dachte sie auf einmal: Aber das muss Liebe sein!

Überall, vor ihren Schritten, auf den Straßen, den Stränden, hinter einer Wegbiegung, stieg Liebe auf. Paare umarmten sich fröhlich vor den Augen der Kinder, Ehemänner strichen ihren Frauen über die Hüfte. Sie sah einen sehr jungen Mann und ein sehr junges Mädchen, die eng umschlungen auf dem Sand standen. Lange Minuten verstrichen, ohne dass sie sich rührten, sie vergaßen alles, was um sie herum geschah. Wie lange blieben sie so? Als sie ins Leben zurückkehrten, gingen sie Hand in Hand an Marthe vorbei. Ihre Gesichter waren bleich wie die von Toten.

Sie sah jetzt, was sie und Marceau gewesen waren. Auch sie hatten diese sonderbare Benommenheit erfahren, diese Verlangsamung der Gesten und Bewegungen, diese Hypnose, diese Magie, bei der die Zeit sich auflöst. Und all das war die Antwort auf die unendliche Sehnsucht nach der Kindheit, nach der Entdeckung eines unbeschreiblichen Wohlbefindens, als wäre der ganze Körper ein Meer von in der Sonne erblühter Blumen. Die Liebenden tauchten glückselig in ein goldenes Zeitalter ein, um sich darin zu verlieren. Ihre Zärtlichkeit war die der ursprünglichen Unschuld, genauso wie ihre Worte.

Sie sprang ins Meer und schwamm stundenlang. Die schwarzen Abgründe mit ihren Algen und Felsen machten ihr immer noch Angst, und so schwamm sie lieber über den sandigen Weiten, deren Helligkeit sie beruhigte. Die vom Licht marmorierten Wüsten gefielen ihr; ab und zu schaukelte über ihnen eine Qualle oder ein leuchtend roter Stern. Als sie ans Ufer zurückkehrte, nahm sie die anderen Badegäste durch einen vibrierenden Schleier aus heißer Luft wahr.

An einem Morgen war das Meer ruhig und violett, von der Farbe reifer Feigen, am nächsten war es grün. Und wenn Marthe abends weit hinausschwamm, sog sie Luftströme ein, die den Duft sämtlicher Wälder der Küste mit sich trugen.

Die beste Abwechslung jedoch waren für sie die Schiffsausflüge mit dem alten Fischer Demetria. Wenn Marthe im Moment seines Aufbruchs am kleinen Hafen war, nahm er sie stets mit. Inzwischen wurde er von seinem Sohn, dem Matrosen, begleitet. Er war ein stämmiger, fülliger Mann, dessen vornehme Manieren Marthe in Staunen versetzten. Er behandelte sie wie ein wahrer Gentleman, während er gleichzeitig eine geheimnisvolle und leicht ironische Art hatte, die ihr Interesse weckte. Aufrecht am Bug des Bootes sitzend, mit bebenden Nasenflügeln, den Haaren im Wind, ließ sie sich aufs offene Meer hinaustragen, den Unterkörper von ihrem silbrig glänzenden Regenmantel geschützt, aus dem sie sich herausschälte wie eine Sirene aus ihrer Schuppenhülle. Ihre Brüste blähten sich, unter dem Stoff der Bluse zeigten sich ihre hart gewordenen Spitzen, sie fühlte sich wie von ihnen hochgehoben und mitgezogen.

Auf die gekräuselten Wellen folgte eine ebenmäßige Flaute, eine glatte See, die noch überwältigender war. Hier wurde sie gebeten, die Pinne zu halten. Der Matrose zog die Langleine heran, und es erschienen, einen Moment über dem Boot schwebend, diese seltsamen, großen, flamingorosa Fische mit flügelähnlichen Flossen, deren Rand manchmal von einer blauen oder türkisen Linie mit goldenen Reflexen gesäumt war. Sie zappelten und verrenkten sich im Frachtraum, in den sie geworfen wurden, noch lange weiter.

»Keine Angst, Madame!«, sagte der Sohn des Fischers.

Es war ein riesiger Meeraal, der mit solcher Wut um sich schlug, dass er zur Sicherheit in einen Eisenkorb gesperrt wurde.

Die Leine brachte auch Muscheln heran, an denen der Matrose sich auf dem Rückweg gütlich tat, indem er sie erst wie Nüsse mit den Händen aufknackte und dann mit schwelgerischen Lippen ausschlürfte. Einmal war es einem ungewöhnlich großen Fisch gelungen, das Tau zu zersägen, und die kilometerlange Leine blieb auf dem Grund liegen. Sie wollten sie wiederfinden, aber es war nichts zu machen, und so kehrten sie zu Marthes großer Enttäuschung mit leeren Händen zurück.

Manchmal suchte sie mit den Augen das Ufer ab, aber Marceau und seine Brüder schienen sich für immer aufgelöst zu haben. Und wenn der Sohn des alten Fischers am Strand auf sie zukam und mit einer Höflichkeit, die sie immer wieder von neuem überraschte, sagte, »Madame, wir fahren los.« – »Jetzt?« – »Jetzt gleich«, dann wusste sie, dass diese Reise in kein Reich führte, es sei denn in das der Einsamkeit.

Doch an dieser Einsamkeit betrank sie sich, berauschte sie sich, sie wollte immer tiefer darin versinken und nie mehr daraus auftauchen. Sie stellte sich vor, wie sie auf dem stillen Wasser langsam in eine andere Welt hinüberglitt, die nicht nur das Festland hinter sich ließ, sondern in ein wahrhaftiges Jenseits führte. Ahnten diese Männer, aus welchem Jubel ihre Freude bestand? Sie nahmen ihr Lächeln schweigend hin. Sie mussten sich sagen:

»Sie mag das.«

Doch Marthe vermutete, dass sie innerlich hinzufügten:

»… genauso wie sie die Liebe mag.«

Nach und nach hatte sie sich so sehr an die Abwesenheit gewöhnt, dass sie sich nicht mehr ständig fragte: Ist das Marceau, unter den Leuten dort? Ist er am Strand? Diese Hoffnung hatte aufgehört, sie zu streifen. Seine Anwesenheit wäre ihr jetzt merkwürdig vorgekommen.

Trotz allem schlug sie eines heißen Nachmittags östlich von La Farloude die Straße ein, die zum Friedhof führte. Sie dachte diffus, dass Marceau, falls er sich noch in der Gegend aufhielt, auf dieser Seite wohnen müsste. Sie verließ die große Straße, bog in einen Weg, der zwischen Zypressen, deren Schatten keine Frische spendete, auf den Hügel führte. So weit ist es also mit mir, dachte sie, jetzt gehe ich schon Gräber besichtigen, ich sehe mir den Ort an, wo er eines Tages ruhen wird. Sie hoffte, dort etwas Besänftigung zu finden. Doch kaum war sie durch das Tor gegangen – der Friedhof war von einer hohen Mauer umgeben –, befiel sie eine große Beklemmung. Was war das denn? Sämtliche Friedhöfe, die sie kannte, bestanden aus kleinen Grabhügeln mit Blättern und Blumen. Es war Natur über dem Tod, aber es war Natur. Hier gab es nichts als steinerne Katafalke, nichts als schwere Platten, über die sich eine harte, monströse Vegetation rankte, abstoßende Rosen aus Keramik, riesige Stiefmütterchen aus Fayence. Mein Gott, hier ruhen sie! Sie las die Namen, suchte verzweifelt nach etwas Sanftheit, echter oder unechter, die sie stets auf Friedhöfen gefunden hatte. Aber nichts, nichts, die Gräber waren taub und stumm, nur diese bleierne Trockenheit, diese harten Kanten, diese maßlose, erdrückende Steinflora.

Es war vorgekommen, dass sie Friedhöfe gesehen und sich gewünscht hatte, eines Tages dort begraben zu werden. Aber hier nicht, oh nein, hier nicht! Sie konnte sich nicht einmal vorstellen, dass es hier Tote gab.

Marthe flüchtete hinaus auf den sehr weißen Weg, der weiter den Hügel hinaufstieg. Wohin führte er? Würde sie das letzte Haus sehen? Aber genauso wenig, wie sie die Präsenz der Toten auf dem Friedhof gespürt hatte, fühlte sie auf den Feldern der sich selbst überlassenen Höfe die Präsenz Marceaus. Von einem Schild mit der Aufschrift »Privatgrundstück« ließ sie sich nicht aufhalten und ging weiter. Ein Bauer erntete Melonen. Ob das die Melone mit den zwei schwarzen Kernen ist, überlegte Marthe, doch der Mann kümmerte sich nicht um sie. Nach ein paar weiteren Schritten verlor sich der Pfad in einem Wäldchen, in dem vier große Pinien einen wahren Treffpunkt der Winde bildeten. Nicht weit davon befand sich ein kleines Haus mit einem einzigen Fenster nach Norden. Marthe setzte sich zwischen die hohen, trockenen Heidekrautbüschel auf die harte Erde und blickte um sich. Gärten und Weinreben zogen sich stufenartig zum kaum zu erahnenden Meer hinunter.

Plötzlich bemerkte sie etwas vor ihren Füßen. Ein vergessenes Spielzeug, ein Marinesoldat, nicht größer als ein Daumen, im weißen Matrosenanzug mit blauer Tresse, Gewehr und Stiefeln. Sie hob den Gefährten auf, den ihr das Schicksal zugespielt hatte.

»So ist das also, alles, was mir geblieben ist, ist ein Spielzeug!«

Sie hörte ein Geräusch und drehte den Kopf. Am Fenster des kleinen Hauses erschien eine junge Frau und schlug den Laden zu. Sieh an, sie schließt sich ein! Sie musste an das Mädchen aus Toulon und die fünf Matrosen denken. Wieder versank alles in Stille.

Träge stand sie auf, steckte den kleinen Seemann in die Tasche und machte sich auf den Rückweg. Bevor sie das Dorf betrat, blieb sie neben einer Hecke stehen, um Brombeeren zu pflücken. Eine raue Stimme ließ sie zusammenfahren:

»Nicht essen!«

»Warum nicht?«

»Die machen Fieber.«

Sie sah eine kleine alte Frau, die aussah wie ein Mann, eine Mütze über dem kurzgeschorenen Kopf. Marthe kannte sie. Sie kam manchmal an die Bar, um eine Flasche Wein zu kaufen, und die Frau des Hoteliers hatte ihr erzählt: »Sie besteht nur noch aus Haut und Knochen. Und was für eine bezaubernde Frau sie einst war, eine berühmte Tänzerin! Danach ist sie Ballettlehrerin geworden. Sie stand auf Mädchen, so ist das! Ihr Mann ist keine drei Tage bei ihr geblieben. Aber sie hat sich nicht scheiden lassen, wegen der Pension. Sie trägt ganz ärmliche Kleider, die sind aber immer sauber.« – »Was zieht sie denn auf ihrem Wägelchen mit sich herum?«, hatte Marthe gefragt. »Sachen, die man ihr gibt. Und sie macht auch Besorgungen für die Leute.«

Die heisere Stimme fuhr fort:

»Wenn die Sonne den ganzen Tag auf sie heruntergebrannt hat, sind die Brombeeren schädlich.«

Die Stimme gefiel ihr nicht. Sie aß trotzdem ein paar. Marceau, er, er hat sie mir nicht untersagt. Er hat nur gesagt: »Du magst also Brombeeren auch …«

VI

Marthe kehrte nicht mehr zu dem kleinen Haus beim Friedhof zurück, betrachtete aber auf ihrem täglichen Weg vom
Dorf zum Meer die zwischen den Bäumen oder auf den Feldern verstreuten Anwesen. Wenn ich doch einmal ein solches
Haus haben könnte! Da war zunächst das verlassene Häuschen, ein Zwergenhaus mit rissigen Mauern. Der Stacheldraht, der es beschützen sollte, lag als Knäuel in einer Ecke;
wenn man wollte, konnte man darüber hinwegsteigen, aber
niemand wagte es. Dann kam ein Haus, das neu gestrichen
wurde. Es musste lange unbewohnt gewesen sein, denn das
Louis-Philippe-Kanapee und der alte Stuhl, die man hinaus-
gestellt hatte, waren in einem erbärmlichen Zustand, die
Füße teilweise abgebrochen, die Federn zerrissen, und der
Blumenstoff war blass wie Regen.

Sie merkte erst jetzt, dass sie jeden Tag an einem kleinen
Obstgarten vorbeigegangen war, einem wahren Obstgarten
wie in ihrer Heimat. Sie konnte es kaum glauben. Mein Gott!
Und ich sehe ihn zum ersten Mal. Ein kleiner Obstgarten!
Er war vor kurzem gemäht worden, und Haufen von getrock-
netem Heu warteten. Und die Bäume? Es waren Apfel-
und Birnbäume. Ich glaube, ich muss Heimweh haben, dachte
sie.

Am Hafen sah sie eines Morgens den Sohn des alten Fischers, der an seinem Boot zugange war. Sie näherte sich.

»Ach, wir fahren nicht«, sagte er freundlich, »ich mache nur das Boot sauber.«

Sie beugte sich vor. In einem Korb schillerten wie ein Haufen Juwelen Hunderte kleiner Fische.

»Wie schön sie sind!«

Aber noch jemand betrachtete, ans Geländer des Kais gelehnt, das Schiff. Es war ein mittelalter Mann in weißem Leinen und mit einem Tropenhut. Der besagte Herr, der ihm zu seiner Arbeit in der Marine verholfen hat … Marthe entfernte sich.

Wäre es nach ihr gegangen, so wäre sie jeden Tag aufs Meer hinausgefahren und die ganze Nacht draußen geblieben. Die Hoteliersgattin, die ihre Sehnsucht ahnte, hatte ihr gestanden:

»Gestern Abend war der Sohn von Demetria mit seinem Freund hier. Er sagte, dass sie morgen früh zur Île de Porquerolles aufbrechen.«

»Ach!«, sagte Marthe, und ihr Herz begann, heftig zu klopfen.

»Ich habe ihnen vorgeschlagen, Sie mitzunehmen, aber es war nichts zu machen. Sie haben gesagt: ›Wir können keine Frau brauchen.‹«

»Schade.«

»Freund? Liebhaber …«, flüsterte ein Mann im Saal.

»Und sie würden unterwegs nur essen, was sie im Meer finden.«

Marthe beneidete sie um diesen großen Ausflug, das Rasten in den Felsbuchten, das Feuer auf dem Sand und den brachialen Muschelschmaus.

Drei Tage später war der Matrose zurück, und sie konnte eines Abends kurz nach sechs Uhr wieder mit ihm und dem alten Demetria hinausfahren. Es herrschte ein hoher, starker Seegang. Das Boot schoss mit surrendem Motor dahin, beinahe im Tempo der Berg-und-Tal-Bahnen auf dem Jahrmarkt, nur dass es sich in gerader Linie in der Unendlichkeit verlor. Wieder spürte Marthe ein intensives Glück, als hätte sie Flügel. Sie hätte mehrere Jahre ihres Lebens hergegeben, damit es andauerte. Sie tauchte ein in eine ewige Welt ohne jede Schwere und jedes Leid.

Über dem Festland weit hinter ihnen türmten sich zunehmend dunklere Wolken auf, doch im Süden blieb der Himmel klar, und im Westen entrollte eine riesige Wolke graue und rosa Voluten wie die zarte Asche von Kiefernfeuer. Über den düster werdenden Wellenkronen flatterten die Schreimöwen.

Wie die anderen Male bemerkte sie als Erste, noch vor den Fischern, die auf einem Holzviereck schaukelnde Palme, das Signal der Langleine.

»Haben Sie die Leine wiedergefunden?«, fragte sie.

»Nur zum Teil. Wir mussten ein Stück nachkaufen.«

Tatsächlich war das Stück Tau, an dem der Matrose zog, von der Helligkeit neuer Seile. Der erste Fisch, der hochkam, hatte ovale, gefächerte Flossen, gesäumt von grünen Pailletten, prächtig wie das Auge von Pfauen.

»Was ist es?«, fragte Marthe, die die Hände faltete.

»Eine Meersau«, sagte der Alte.

Es folgten ein paar weitere, genauso große und farbenprächtige Exemplare, dazu mit klebrigem Moos überzogene Tiefseemuscheln. Das sich selbst überlassene Boot schmiegte sich an die Wellen, stieg an bis zu ihrem höchsten Punkt und fiel dann so abrupt in den Abgrund, dass Marthe kaum hinzusehen wagte. Die Tiefe, die sich plötzlich neben ihr auftat, dieses Tal aus dunklem Smaragd, machte ihr Angst. Erst recht, da sie spürte, wie sie blass wurde. Sollte sie jetzt auf einmal seekrank werden, sie, die sich für so seefest hielt! Seit fast einer Stunde schon war sie diesem immer gleichen Schaukeln ausgesetzt. Sie biss die Zähne zusammen, versuchte, sich so gut wie möglich unter Kontrolle zu halten. Sie wollte ihre Übelkeit nicht vor diesen Männern durchscheinen lassen.

Der Sohn des Fischers zog immer weiter am Seil, und es tauchten noch eine Muräne und ein Drachenkopf aus der Tiefe auf, aber Meter um Meter der Leine blieben leer. Das dauert ja ewig, seufzte Marthe, wenn es bloß bald zu Ende ist!

»Wie viel Seil haben Sie?«

»Zwei Kilometer zweihundert«, antwortete Demetria.

Inzwischen war sie grün, und kalter Schweiß tropfte über ihren Körper. Da begriff sie, dass sie nicht mehr das Boot oder die Wellen ansehen durfte, sondern die Augen auf das Land am Horizont richten musste, die einzige unbewegte Linie in dieser unruhigen Welt. Das erlaubte ihr, einen Anschein von Gelassenheit zu bewahren. Die Fischer warfen den Motor an. Jetzt, da das Boot wieder Meister über sich selbst war, konnte Marthe aufatmen, und ihr Lächeln kehrte zurück. Sie fühlte sich gut.

Als sie sich dem Ufer näherten, war es dunkel, und um sie herum fielen Blitze ins Wasser. Der Lärm des Motors und der Wellen ging im Krachen eines Donners unter, aber Marthe hatte keine Angst. Sie wunderte sich nur, dass die Männer es so eilig hatten heimzukommen. Ängstlich untersuchten sie den Himmel. Haben sie Angst vor dem Gewitter? Bald sah sie, wovor sie sich fürchteten. Kaum waren sie an Land, fiel ein heftiger Sturzregen auf sie herab. Sie hatten gerade noch Zeit, in Demetrias alten Jeep zu springen.

Am nächsten Morgen war das Wasser eiskalt, und es gab riesige Wellen, deren Gischttropfen einen Dunstschal über den Saumstreifen des Sandes legten. Sie schwamm mit Mühe, kam ganz außer Atem und schürfte sich die Knie an den Felsenklippen auf.

VII

Ganz allmählich starb die Liebe in ihr. Mitunter sah sie überrascht, dass sie anderes begehrte, sich des Lebens freute. Abends jedoch fühlte sich das Zirpen der Grillen an, als würde ihr Herz mit Steinchen beworfen. Und da war wieder dieser regelmäßige, traurige Ruf: fü-fü-fü. Ob es der Waldkauz ist?, fragte sie sich.

In ein paar Tagen würde sie in die Schweiz zurückkehren.

Eines Nachts, als sie in ihrem Zimmer eingeschlafen war, den Körper wie immer zum Schutz vor Mückenstichen mit Zitronengrasöl eingerieben, wurde sie von einem langen männlichen Pfiff geweckt. Was war das? Es pfiff weiter, jedes Mal länger, mit einer schmerzlichen Beharrlichkeit.

Er ruft eine Frau, murmelte sie.

Und der Mann pfiff und pfiff.

Sie kommt nicht.

Marthe drehte sich im Bett um, legte sich der Breite nach hin, um etwas Kühle zu finden, und schlief mit dem Satz von Marceau im Ohr wieder ein: »Im Sommer schlafe ich nackt, ohne Laken oder Decke.«

Am nächsten Abend dasselbe schrecklich schrille Pfeifen. Eigenartig, dachte sie und fiel wieder in den Schlaf. Doch in der letzten Nacht, die sie in La Farloude verbringen sollte, horchte sie genauer auf diesen Ruf. Er hatte es geschafft, ihre Gleichgültigkeit zu durchbrechen. Sie lauschte. Der Mann pfiff, ängstlich, flehend. Er schien vor dem Fenster zu stehen, auf der anderen Straßenseite oder vielleicht sogar ganz nah auf dem Trottoir. Aber niemand antwortete.

Sie lauschte mit angehaltenem Atem. Ob sie aufstehen und durch die Spalten in den Fensterläden spähen sollte? Sie hätte es tun können, ohne gesehen zu werden. Doch eine eigenartige Trägheit und auch Ungläubigkeit hielten sie davon ab. Die Pfiffe verstummten.

Ich werde es nie erfahren ...

Aber hatte das jetzt noch eine Bedeutung?

Ihren letzten Tag verbrachte sie im Meer. Sie glitt durch das Wasser, die Sonne im Gesicht, und mit einem Mal war ihre Freude wieder die Freude ihrer Kindheit. Sie erkannte die Geräusche des Windes in den Ohren, dieses Feuer, das durch die Wimpern drang, wenn sie in den Bergen die großen Wiesen hinunterrannte, auf dem Gesicht die Strahlen der untergehenden Sonne.

Sie blieb lange in Ufernähe, konnte sich nicht entschließen, aus dem Wasser zu gehen. Über den goldenen Kieselgrund schwammen helle, fingerlange Fische, verschmolzen mit ihm, nur dass ihre Streifen von einem etwas dunkleren Braun waren.

Sie legte sich in den Sand. Die Strandflöhe um sie herum verschwanden mit einem Sprung, und sie betrachtete, den Kopf zurückgelegt, die dunkel glänzenden Wälder hinter sich, wo sie sich geliebt hatten. Der Kiefernhügel bildete eine Krone um ihren Kopf. Eine Krone für mich, jetzt, da ich keine Königin mehr bin! Doch sie war nicht traurig.

Sie blieb bis zum Abend. Wie die beiden vergangenen Jahre fuhr der Zug in die Schweiz erst um halb elf in Toulon ab. Sie nahm den Weg über die Felsenküste der Pointe-du-Vaisseau zurück ins Dorf. Es gab eine oder zwei Stellen, wo ihr immer etwas schwindelig wurde. Man musste von einem Felsen zum anderen springen, während die Wellen in die Spalte dazwischen schlugen, und sich dann mit beiden Händen in einer Kerbe festhalten. Danach wurde der Weg einfacher, aber sie gab acht, den Fuß nicht auf einen wackeligen Stein zu setzen.

Die Sonne war nur noch ein ausgedehntes Orange hinter dem Dunst, und im Landesinnern dämmerte es bereits. Doch zu dieser Stunde schwoll das silbrig blaue Meer an, wie von einer sanften Kraft aus der Tiefe emporgehoben. Die Luft duftete nach Rosen und Salz. Marthe kam zu der kleinen Sandarena. Der Sand darauf war warm. Wie viele Fluten hatten sie umspült und wie viele Körper hatten auf ihr gelegen seit den Tagen, da sie zwei Mulden für ihre Brüste hineingegraben hatte, bevor sie sich bäuchlings neben Marceau legte? Er schien noch etwas von ihrer Wärme bewahrt zu haben. Sie blieb reglos stehen und schaute zu, wie vor ihren Füßen die Gischt zerfloss. Und das hier war unser Lager, das hier war unser Meer.

Auch die Kiefer, die sie vor der Sonne geschützt hatte, war am Sterben, es gab keine Erde mehr, sie zu nähren. Sie klammerte sich mit ihren Wurzeln an dem großen Felsen fest, auf dem sie stand; und eine von ihnen schob sich wie eine graue Schlange in seine Risse. Der dicke Ast hatte sich noch tiefer geneigt, und die anderen waren verdorrt. Ein allzu großes Feuer von Campern hatte ihre Nadeln verbrannt.

Als sie zum letzten Mal die Felsenklippe hinaufstieg, erkannte sie den Weg aus ihrem Traum vom einsamen Berg. Den Felsen entlang stieg sie zum Hafen hinunter. Als sie durch den kleinen Torbogen ging, musste sie sich nicht mehr mit den Armen an den Säulen abstützen, es waren natürliche Stufen in den Stein gehauen worden.

Doch von unten, aus dem Innern der Bar de la Rascasse, beobachtete sie jemand. Auf solch intensive Weise, dass es sie durchfuhr wie ein Schuss in die Brust. Und je näher sie kam, desto fester schaute er sie an. Er musste sie vom Gipfel der Halbinsel her kommen gesehen haben und hatte auf sie gewartet. Wer war er? Sie erkannte Raphaël, den armen Bruder, Marceaus Schatten.

Sie ging rasch an ihm vorbei, erreichte die Straße. Ihre Füße brannten. Es ist, als hätte er gewusst, dass ich kommen würde. Sie ging am Straßenrand entlang, an der Weißdornhecke vorbei, von der Antoine ihr erzählt hatte. An der Stelle, wo er sich gebückt hatte, um eine Zikade zu fangen, versperrte ein altes verbogenes Eisenbett den Weg, dessen kleine, rostige Räder sich im Wind drehten, umgeben von einem Knäuel Stacheldraht, das sie an die Dornenkrone erinnerte. Sie ging an den Gitterzäunen der Ländereien mit dem stets verbotenen Zutritt vorbei; über Bougainvilleas und Palmen erhoben sich Chateaus mit blauen Fensterläden. Aus einem der Tore fuhr ein Auto heraus, am Steuer ein junges Mädchen mit gerstenblonden Haaren und Nelkenteint. Dann traf Marthe die spindeldürre kleine Alte, die ihr Wägelchen hinter sich herzog, ihre kindliche Kapitänsmütze auf dem Kopf, den Seemannskragen im Nacken hochgeschlagen.

Das kleine Haus auf dem Rücken des Hügels war vollständig renoviert, rosa gestrichen, das Fries unter dem Dach etwas dunkler, und das Gartenhäuschen nicht weit davon war ebenfalls rosa. Durch die offene Tür waren die gekalkten Wände zu sehen; an einem der Fenster wogte wie ein Brautschleier ein Mückennetz aus Gaze. Und an dem kleinen öffentlichen Brunnen, an dem Marceau im ersten Sommer seinen Durst gestillt hatte, floss noch immer Wasser.

Nun würde selbst die Erinnerung an ihre Schritte auf den Wegen für immer ausgelöscht: Männer waren mit einer schweren Maschine gekommen und über die Straße, die sie so geliebt hatte, hinweggedonnert, hatten eine dicke, klebrige Flüssigkeit darüber gegossen, dann einen Regen aus kleinen, zerstoßenen Steinen, die darauf haften blieben, unter der Walze und den Sohlen festgedrückt wurden, um mit der Zeit nur noch eine nahezu glatte Oberfläche zu bilden. Und der Teer hatte sich nicht nur auf der Straße, sondern auch auf der Hecke ausgebreitet, das Laub in der Spurrinne und sogar die grünen Blätter waren voll davon. Glänzend, hart und schwarz, wie die von Grabkränzen.

Im Moment, als sie das Dorf erreichte, holte Marceaus Bruder sie mit dem Fahrrad ein, fuhr an ihr vorbei, verlangsamte. Da blickten sie sich ohne Verlegenheit und ohne Scheu in die Augen. Zum ersten Mal sah sie nicht mehr, dass er hässlich war. Er hatte den wohlwollenden, unruhigen Blick seiner Brüder. Diese Augen hatten nie aufgehört, sie zu verstehen.

Er schien ihr etwas sagen zu wollen. Er zögerte. Ja, er hatte ihr etwas zu sagen. Doch sie unternahm nichts, um ihn zu ermutigen, lächelte nicht. Er setzte seinen Weg fort, sie ihren.

Auf der Straße von La Farloude rief ein Sommerfrischler, so laut er konnte:

»Heute ist in Toulon ein großes Schiff mit Freiwilligen nach Indochina ausgelaufen!«

Es ist der Tag der Abschiede, dachte Marthe und beschleunigte ihren Schritt.

»Wie geht's, wie steht's?«, fragte ein kleiner Junge und versperrte ihr den Weg.

»Gut…«

»Na prima, doremifaso!«, sagte er und ließ sie vorbei.

Das Auge des Geliebten ist wie das Meer.
Das Auge des Todes ist eine kleine Höhlung im Fels,
aus der die Vögel trinken.

»In Wahrheit bin es immer ich.«

Dass der Roman *Meerauge* zu ihren Lebzeiten nie erschienen ist, stellte für Corinna Bille eine ihrer größten Enttäuschungen dar. Nachdem sie am 1. Juni 1956 ihrem Vater geschrieben hatte: »Hurra! Ich verkünde Dir mein Glück: *Meerauge* ist fertig«, begann eine mehrjährige Odyssee durch die Verlage, die – oft nach anfänglichen Ermutigungen und Komplimenten – schließlich alle von einer Veröffentlichung absahen. Der Roman kam erst 1989, zehn Jahre nach Corinna Billes Tod, zum ersten Mal heraus, allerdings in einer von ihrem Ehemann Maurice Chappaz stark gekürzten Fassung.

An Zuspruch hatte es nicht gefehlt. Der Schriftsteller Jean Paulhan etwa, der den Roman dem Verlag Gallimard vorschlug, rühmte »seine Aussage, seine Gestaltungsweise bis hin zu den Unbeholfenheiten«. Der Schweizer Autor Charles-Henri Favrod pries die »sehr schöne und sehr pure Geschichte« und der Verleger Ernest Flammarion »die leichte Poesie des Meeres, der Liebe, der Nostalgie, die das ganze Werk durchzieht«.

Corinna Bille war auf einen Skandal gefasst, beschreibt der Roman doch die Ferienaffäre einer verheirateten Frau, die unverkennbar Züge der Autorin trägt. »Ich bin gespannt auf die Reaktion auf *Meerauge*«, schrieb sie 1955 an ihre Eltern, »möglich, dass ich eine Tracht Prügel bekomme«, und 1956 an den Vater noch einmal: »Es wird Reaktionen geben. Wir werden diesen Winter was zu lachen haben.«

Doch die Zurückhaltung vonseiten der Verleger und Freunde ist nicht nur auf die »Prüderie des Verlagsvorstands« zurückzuführen, mit der die Éditions Rencontre ihre Absage im letzten Moment begründeten – so ein Buch könne man jungen Mädchen nicht in die Hand geben –, sondern es wurden auch stilistische Schwächen, einige Längen und die »dünne Handlung« beanstandet. Zudem verübelte man der Autorin, die bereits als Nachfolgerin von Ramuz, als Schriftstellerin des Wallis, als Porträtistin der »Menschen der Berge« gefeiert wurde, dass sie der Bergwelt und ihren Figuren den Rücken kehrte. Nahm man ihr diese Abkehr von den wortkargen Berglern hin zum munter vor sich hin plappernden Mittelmeercasanova krumm?

Corinna Bille ist selten da, wo man sie erwartet. Sie probiert immer wieder Neues aus und überrascht in *Meerauge* auch in stilistischer Hinsicht. Einen naiven Blick wie den von Liebenden brauche sie, steht ihrem Buch als Motto voran. »J'ai besoin d'un regard naïf comme celui des amants«. So lautet das Zitat aus Virginia Woolfs Roman *Die Wellen* in der französischen Version, die Bille gelesen hat. »I need a little language such as lovers use«, eine kleine Sprache, wie Liebende sie sprechen, heißt es im englischen Original. Ein naiver Blick, eine kleine Sprache, beides illustriert ihr Vorhaben sehr gut, denn eine

bewusste Naivität wird hier zum Programm, und auch Spar-
samkeit, Zurückgenommenheit, Nüchternheit. »Das Meer
selbst ist schon so fantastisch, dass ich beschlossen habe, diesen
Roman realistisch, ja, gar antipoetisch anzugehen.« Was einige
bemängelt haben, fordert den Respekt anderer heraus: Für den
Dichter Georges Haldas war der Roman von großer Klarheit,
er sah ihn als »eine Art Journal, das sich literarischen Kriterien
widersetzt«. Haldas sei der Einzige, der ihren Roman zu verstehen scheine, klagte die zunehmend verunsicherte Corinna
Bille ihrem Mann.

Vom Strand direkt ins Buch

Der autobiografische Zug ist nichts Ungewöhnliches für
Corinna Bille, die ihr Werk oft an der Wirklichkeit entlang
geschrieben hat, vor allem dann, wenn das weibliche Begehren
im Mittelpunkt steht wie im Erzählband *Für immer Juliette*.
Und wie *Meerauge* ist auch ihr letzter, noch nicht auf Deutsch
erschienene Roman *Les Invités de Moscou* einer bewusst
naiven Schreibweise verpflichtet. Schildert *Meerauge* die gelebte Idylle einer Frau mit einem Mann aus einem niedrigeren
sozialen Milieu, thematisiert der Moskau-Roman die heim-
liche Verliebtheit einer alternden Schweizerin in ihren viel
jüngeren russischen Reiseleiter. Selten hat sich das Erlebte so
direkt und so realistisch niedergeschlagen wie in diesen beiden Romanen.

Was ist der Hintergrund von *Meerauge?* Ab 1950 fährt
Corinna Bille drei Sommer hintereinander zur Erholung von

der Mehrfachbelastung als schreibende Mutter zweier – dann dreier Kleinkinder – an den Mittelmeerort Le Pradet bei Toulon. Hier lernt sie bei ihrem ersten Aufenthalt einen begeisterten Hobby-Tiefseefischer kennen. Die Begegnung mit ihm steht im Zentrum des Romans. Liest man parallel dazu Corinna Billes Korrespondenz aus dieser Zeit, stößt man auf lauter Bekannte, ja, auf beinahe das gesamte Romanpersonal, allen voran den Fischer, von dem sie ein Foto im beschriebenen weißen Unterhemd samt Fischharpune nach Hause schickt. »Ich habe einen echten Freund. Ein junger Fischer aus der Gegend. Ein einfaches, absolut wunderbares Wesen«, schreibt sie ihrer Mutter. Manche Stellen wie etwa die Schilderung des drohenden Sturms auf dem Meer haben fast wörtlich aus den Briefen Eingang in den Roman gefunden (ein paar besonders frappante Beispiele finden sich in den Anmerkungen). So unmittelbar wird das Gelebte protokolliert – sie macht erste Notizen schon am Strand in ein Schulheft, von dem ihr Roman-Double Marthe befürchtet, der Geliebte könnte es in die Hände bekommen –, dass es sich wie eine Art Tagebuch liest und die fiktive Gestaltung auf Kosten der Autobiografie in den Hintergrund zu rücken scheint. »In Wahrheit bin es immer ich«, schreibt sie ihrem Mann.

Ein Thema mit Variationen

Genau wie Corinna Bille verbringt auch ihre Protagonistin Marthe dreimal Ferien am Mittelmeer, und den drei Sommern entsprechend gliedert sich der Roman in drei Teile.

Schildert der mittlere, größte Teil die eigentliche, kurze Liebesidylle, thematisieren die beiden anderen Teile vor allem deren Verlust. So wird das Erlebnis in der Erinnerung mit winzigen Variationen der Wahrnehmung immer wieder durchgespielt, und alles neu Erlebte wird an dieser Erinnerung gemessen. Denn auch wenn für einmal die Unbeschwertheit, die erfüllte Liebe im Mittelpunkt steht – ein Buch, das nach ihrer eigenen Beschreibung »die Freude an der Liebe und dem fast nackten Leben am Meer atmet« –, bei Corinna Bille ist das Glück nicht ohne sein drohendes Ende, die Erfüllung nicht ohne Vergänglichkeit, die Liebe nicht ohne den Tod zu denken.

Ein Blick auf die Entwürfe zum Roman, die im Schweizerischen Literaturarchiv in Bern (SLA) einzusehen sind, bestätigt, wie wichtig der Autorin die Dimension der Vergänglichkeit und des Todes ist. *Œil de mort ou le dernier été* war einer der Titel, den sie handschriftlich in den Manuskripten ausprobierte, und sie spielte mit Kapitelüberschriften wie *Œil de mer. Comme la mort / Œil de mort – œil de mer.* Dass sie während ihres Aufenthalts mit Begeisterung Thomas Manns *Tod in Venedig* gelesen hat, mag ebenfalls seine Spuren hinterlassen haben. Wie sehr sie bereits hier das Thema im Auge hatte, das in ihrem Moskau-Roman zentral werden wird, das Altern der Frau und der Verlust der Schönheit, machen einige von ihr selbst wieder gestrichene Passagen deutlich, wie zum Beispiel:

Du bist auf dem Gipfel deiner Schönheit, Marthe. Morgen wird sie sich Stück für Stück davonmachen.

Du wirst die Liebe nicht mehr erfahren, Marthe, es ist vorbei. Du denkst vielleicht, du wirst sie erneut erfahren, aber es wird nicht die große Liebe sein. Die Liebe muss nicht groß sein, um zu existieren. Nennen wir sie eine kleine Liebe. Das genügt im Leben.

Zu Herausgabe und Übersetzung:

Dieses Durchdeklinieren der Liebe kommt in der auf Französisch erschienenen Version kaum zum Tragen, da die Handlung mit Ausnahme der ersten Seiten fast ausschließlich auf die Idylle reduziert ist. Die erste Rückkehr (1. Teil) ist stark gekürzt, die zweite (3. Teil) fehlt ganz. Damit hat der Roman eine komplett andere Gewichtung erhalten, die Corinna Billes ursprünglicher Absicht einer Dreiteilung und einer Einbettung der Liebesgeschichte in die Erzählung des Liebesverlusts entgegensteht.

So erfahren wir wenig über das Auf und Ab der Gefühle nach dem Ende der Liebe, über die Schatten der Erinnerung, die Trauer und wie sie nach und nach weniger wird, und auch nicht, wie sich das stets präsente, vitale Begehren wieder zaghaft für neue Begegnungen öffnet.

Davon zeugen hingegen die verschiedenen Manuskripte des Romans – vom Schweizerischen Literaturarchiv akribisch erfasst und sorgfältig konserviert – vom ersten handschriftlichen Manuskript in einem Schulheft bis zu dem Typoskript, das Corinna Bille an die Verlage schickte. Auf diese offensichtlich letzte, mit handschriftlichen Korrekturen versehene Version habe ich meine Übersetzung gestützt. Corinna Bille war sich jedoch bewusst, dass auch dieses Manuskript unabgeschlossen war, gestand sie doch 1956 in einem Brief an ihre Mutter, Maurice habe recht, »es muss überarbeitet werden«, und sie spricht von erforderlichen Kürzungen.

Als Beispiel für die Unstimmigkeiten sei etwa der inkohärente Gebrauch der Zeiten erwähnt, ohne dass dafür eine klare stilistische Absicht zu erkennen ist. Ein Vergleich der verschiedenen Versionen hat ergeben, dass Corinna Bille offenbar mit Zeitsprüngen experimentierte, einmal fast den ganzen Roman ins Präsens setzte, dies aber später wieder rückgängig machte, allerdings nur unvollständig. Von diesem Spiel mit den Zeiten zeugt in der vorliegenden Version das Abschiedskapitel (2. Teil XVII), das im Präsens geblieben ist – und den Eindruck schafft, die Liebenden möchten die Zeit des Abschieds dehnen oder aufhalten.

Im Wissen um die Unfertigkeit des Manuskripts war meine Arbeit eine zweifache: Einerseits ging es darum, den Roman in der ursprünglich von Corinna Bille beabsichtigten Form zu rekonstruieren, andererseits musste auch ein Lektorat nachgeholt werden – Maurice Chappaz hatte als Ehemann zwar intime Kenntnis von ihrem Werk, aber er war kein Lektor. Seine Arbeit bestand, abgesehen von einem geänderten Zwischentitel – der erste Teil »Der Doppelgänger« hieß ursprünglich »Der Bruder« –, ausschließlich aus Kürzungen. Neben den bereits genannten Eingriffen in den Text strich er auch einzelne Sätze oder Abschnitte innerhalb der Kapitel. Dabei handelt es sich meist um kleinere Wiederholungen oder psychologische Erklärungen. Er war aber nicht immer so zurückhaltend. Bei einigen der vielen Werke seiner Frau, die er postum herausgab, ließ er es sich nicht nehmen, Stellen zu ergänzen, gelegentlich ganze Gedichtstrophen oder ein Romankapitel.

Neben den stilistisch oder erzähltechnisch begründeten Strichen gibt es auch einige, die politische Stellen betreffen. Es fehlen Gespräche mit dem Bruder des Geliebten, einem unverhohlen rassistischen Kolonialisten. Corinna Bille, die sich gelegentlich den Vorwurf politischer Naivität gefallen lassen musste, setzt diese Naivität hier bewusst als Stilmittel ein, mit dem Ergebnis, dass diese leicht dahingesagten politischen Anspielungen uns heute, rund siebzig Jahre nach Niederschrift, durch ihren Realismus einen authentischen, dokumentarischen Einblick in eine Zeit des Übergangs kurz nach dem Zweiten Weltkrieg gewähren.

Bei der Überarbeitung konnte ich mich an den handschriftlich eingefügten Manuskript-Korrekturen der Autorin selbst orientieren. Auch sie hat gestrichen, oft erklärende Stellen psychologischer Natur, was ganz im Sinn ihres übrigen Werks ist, das sich stets durch Zurücknahme auszeichnet, wenig deutet, der Natur das letzte Wort überlässt. Und ich konnte dabei dem Rat folgen, den sie sich gelegentlich selbst gegeben hat: »Keine psychologische Analyse, keine Kommentare, DIE TATSACHEN, DIE GEDANKEN DES MOMENTS, DAS GESPRÄCH, nicht eingreifen.«

Korrekturen einer Autorin in den Manuskripten nachverfolgen und somit hinter die Kulissen der Entstehung eines Werks sehen zu können, ist für eine Übersetzerin natürlich ein Glücksfall und eine große Hilfe – und zu beobachten, wie auch sie um das richtige Wort gerungen hat (nicht selten änderte sie einen Ausdruck, um schließlich wieder zur ursprünglichen Version zurückzukehren) mitunter ein Trost.

Diesen Glücksfall ermöglicht hat der mit wissenschaftlicher Sorgfalt archivierte Nachlass der Autorin im SLA, der nicht nur die Manuskripte, sondern auch Korrespondenz, Notizen, Zeitungsausschnitte und anderes rund um Billes Werk enthält.

Es geht jedoch hier nicht um eine philologisch-wissenschaftliche Arbeit, sondern darum, einen Roman vorzulegen, der trotz oder eher dank der Eingriffe der ursprünglichen Absicht der Autorin so nah wie möglich kommt. Denn *Meerauge* stellt auf jeden Fall einen wichtigen Puzzlestein in Corinna Billes Schaffen dar.

Anmerkungen

12 Wie die meisten Romanfiguren hat auch der Fischer Demetrius sein reales Vorbild. In ihren Briefen an die Mutter schildert Corinna Bille Schiffsausflüge mit einem alten Fischer namens Solfi.

18 Achthundert Francs: Corinna Bille hat für uns nachgerechnet, wie viel man sich unter den sogenannten *anciens francs* vorstellen muss: Nach ihrer Ankunft in Le Pradet berichtet sie ihrer Mutter am 12. Juli 1950, die Pension »kostet 900 Francs pro Tag, alles inbegriffen, was 10.80 Schweizer Franken macht«.

20 Hier endet in der französischen Version der erste Teil.

69   Möglich, dass Maurice Chappaz seine Frau zum Ausdruck
     »Zyklopenauge« inspiriert hat, schreibt er ihr doch nach
     Le Pradet, nachdem sie ihm von ihrer Begegnung mit
     dem Fischer erzählt hat: »Deine Fischer haben etwas von
     einem Zyklopen.«

95   Der besagte Zeitungsartikel mit Foto befindet sich in
     einem der handschriftlichen *Meerauge*-Manuskripte.

128 Hinter dem Trunkenbold ist unschwer Corinna Billes ers-
     ter Geliebter aus den Bergen zu erkennen, über den sie in
     ihren Notizen zu einer literarischen Autobiografie *(Le
     vrai conte de ma vie)* schreibt: »Er war schrecklich, und ich
     liebte ihn. Nicht nur schrecklich, auch dumm. [...] Als er
     eines Abends nach fast einem Jahr der Trennung zu mir
     kam und nach mir pfiff wie nach einem Hund, war meine
     ganze Liebe auf einen Schlag dahin.« Und sie schlägt den
     Bogen zu dem Fischer: »Doch eine Geschichte ist nie zu
     Ende, und ich denke, dass eine kleine Wurzel dieser Liebe,
     die in meinem Herzen zurückgeblieben ist, dreizehn Jahre
     später für einen anderen Wilden ausgeschlagen hat, vom
     Meer diesmal, genauso schwarz, aber intelligent und von
     unbewusster, unschuldiger Drolligkeit, eine doppelte Er-
     innerung, die mich noch immer bezaubert.«

201 Marthes Vermutung ist richtig, mit *Lou Rose* ist die
     Rhone gemeint. Das Zitat stammt aus Frédéric Mistrals
     Langgedicht *Lou Pouèmo dóu Rose* und lautet auf
     Deutsch: »Der dichte Nebel, der nach und nach sich klärt,

hat das dunstige Tal ans Tageslicht gebracht mit den grünen Hängen seiner Hügel, durch deren Mitte kullernd die Rhone jagt.«

Maurice Chappaz hatte Corinna Bille einen anderen Auszug aus dem Gedicht ans Mittelmeer geschickt, mit der Bemerkung: »Du findest bestimmt ausgezeichnete Aal jagende Lehrer für die Übersetzung.«

132 Wie reichhaltig so ein Abendessen ausgesehen hat, berichtet Corinna Bille ihrem Mann am 15. Juli 1950:
»Sehr frische Austern
Fisch an Sauce (Seehecht, glaube ich)
Roastbeef und Kartoffeln
Gute Käseplatte (die ich nicht anrühre, weil ich satt bin)
Melone oder Pfirsiche«

233 Hier endet der Roman in der gekürzten Version. Zugegeben, kein schlechter Schluss, der uns jedoch den *Letzten Sommer* vorenthält, wie Corinna Bille den letzten Teil in einem Entwurf nannte.

239 Weder der kranke Bruder noch der Hund fehlt in den Briefen, schreibt Corinna Bille doch im Juli 1952 an ihre Mutter: »Den Fischer habe ich nicht mehr gesehen. Nicht mal seinen Schatten. Ich glaube wirklich, er wohnt nicht mehr in der Gegend. Nur zweimal meinte ich seinen dritten Bruder gesehen zu haben, der Typhus hatte und noch immer etwas kränklich ist. Ich habe ihn am Hund erkannt, den er dabei hatte, und an einer vagen Ähnlich-

keit. Manchmal bedauere ich es sehr, glaub mir. Er war sehr sehr nett.«

260 Der Sohn des Fischers. Seine Manieren scheinen auch Corinna Bille imponiert zu haben, denn sie gesteht ihrer Mutter: »Ich habe übrigens eine kleine Schwäche (nicht schlimm) für den Sohn von Solfi. Ein wahrer Gentleman. Du solltest sehen, wie hübsch, wie vornehm er ist. [...] Er findet, dass ich gute Augen habe, denn ich bin immer die Erste, die das Signal der Langleine auf dem Wasser sieht.«

Zitate (Übersetzung Lis Künzli) aus:

S. Corinna Bille: *Le vrai conte de ma vie*, établi et annoté par Christiane P. Makward, Éditions Empreintes, Vevey 1992

S. Corinna Bille, Edmond et Catherine Bille: *Correspondance 1923–1958*, établie et annotée par Gabrielle Moix, Éditions Plaisir de Lire, Cossony 1995

S. Corinna Bille, Maurice Chappaz: *Jours fastes. Correspondance 1942–1979*, Éditions Zoé, Lausanne 2016 / *Ich werde das Land durchwandern, das Du bist. Briefwechsel 1942–1979*, Rotpunktverlag, Zürich 2019

Mein Dank

gebührt dem Schweizerischen Literaturarchiv Bern in Person von Stéphanie Cudré-Mauroux, die den Nachlass von Corinna Bille betreut, Maurice Chappaz noch persönlich gekannt hat und mir wertvolle Einblicke in die Archivarbeit zu Bille und Chappaz gegeben hat.

Dem Kanton Wallis, der es mir ermöglicht hat, während eines Aufenthalts im Künstleratelier Raron ganz in Corinna Billes Universum einzutauchen, und dem

Kulturverein Raron, der auf freundliche und professionelle Weise dafür gesorgt hat, dass sich dieser Aufenthalt gewinnbringend und angenehm gestaltete.

Meiner Lektorin Anina Barandun, durch deren sorgfältiges und kundiges Lektorat das deutsche *Meerauge* den letzten Schliff erhalten hat.

Bücher von S. Corinna Bille im Rotpunktverlag

Von der Rhone an die Maggia
Erzählung einer Wanderung

Aus dem Französischen
von Hilde Fieguth
Fotos von Manfred Imhof
Nachwort von Andreas Weissen

Dunkle Wälder
Roman

Aus dem Französischen
von Hilde Fieguth

Alpenblumenlese
Kleine Prosa

Aus dem Französischen
von Hilde Fieguth
Mit Alpenblumenverzeichnis und
Illustrationen von Pia Roshardt

Venusschuh
Roman
Aus dem Französischen
von Hilde Fieguth

Theoda
Roman

Aus dem Französischen
von Gabriela Zehnder

Für immer Juliette
Erzählungen

Aus dem Französischen
von Lis Künzli

S. Corinna Bille, Maurice Chappaz
**Ich werde das Land durchwandern,
das Du bist**
Briefwechsel 1942–1979

Aus dem Französischen
von Lis Künzli
Mit 32 Seiten Fotografien
und Faksimiles

100 kleine Schauergeschichten
Aus dem Französischen
von Lis Künzli
Mit Illustrationen von Anna Luchs

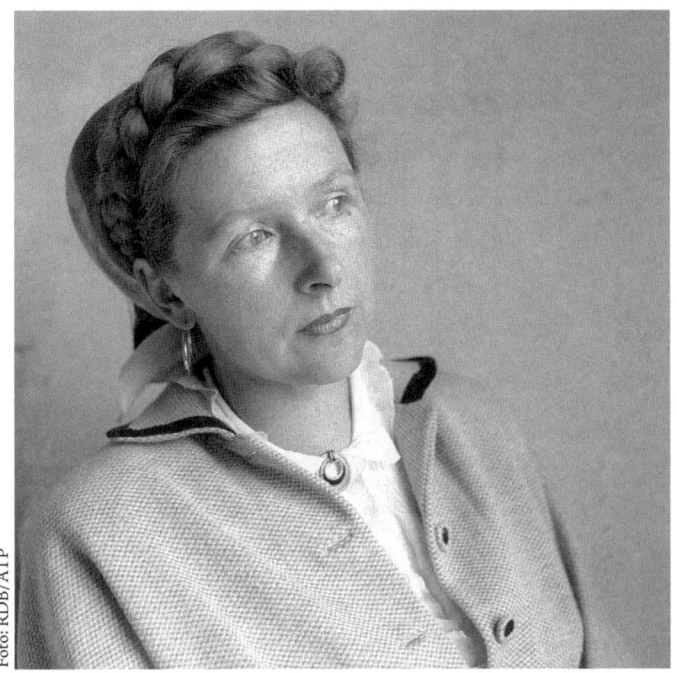

S. Corinna Bille (1912–1979), Tochter eines Malers und einer
Bergbäuerin, besuchte ein Internat in der Zentralschweiz.
Mit ihrem ersten Mann lebte sie in Paris. Dann kehrte sie ins
Wallis zurück und heiratete 1974 Maurice Chappaz (1916–2009).
Zusammen waren sie das berühmteste Schriftstellerpaar der
Schweiz jener Jahre. S. Corinna Bille veröffentlichte Prosa und
Lyrik und wurde 1975 mit dem Prix Goncourt ausgezeichnet.

Lis Künzli, 1958 geboren in Willisau, studierte Germanistik und
Philosophie in Zürich und Berlin und lebt heute in Toulouse.
Die Übersetzerin von Amin Maalouf, Atiq Rahimi, Camille
Laurens, Pierre Bayard, Pascale Hugues, Marivaux u. a. wurde
2009 mit dem Eugen-Helmlé-Übersetzerpreis ausgezeichnet.

EDITION BLAU
Rotpunktverlag

Verlag und Übersetzerin bedanken sich
bei folgenden Institutionen:

Die Übersetzung wurde gefördert von Pro Helvetia,
Schweizer Kulturstiftung.

prohelvetia

Der Rotpunktverlag wird vom Bundesamt für Kultur
mit einem Strukturbeitrag für die Jahre 2021 bis 2024
unterstützt.

Die Originalausgabe ist 1989 unter dem Titel *Œil-de-Mer*
in den Editions 24 heures in Lausanne erschienen.

Umschlagbild: James Jenkins –
Visual Arts / Alamy Stock Foto
Lektorat: Anina Barandun
Korrektorat: Sarah Schroepf
Satz: Patrizia Grab
Druck und Bindung: Friedrich Pustet, Regensburg

1. Auflage 2024
ISBN 978-3-03973-018-6

Dieser Titel ist auch als E-Book erhältlich.